MARTIN CRUZ-SMITH

DAS CAPITOL

Roman

WILHELM HEYNE VERLAG
MÜNCHEN

HEYNE ALLGEMEINE REIHE
Nr. 01/8029

Titel der Originalausgabe
THE ANALOG BULLET
Aus dem Amerikanischen übersetzt
von Dr. Wolfgang Crass

Dieser Titel erschien bereits in
der Allgemeinen Reihe mit der
Band-Nr. 01/6000

2. Auflage
1. Auflage dieser Ausgabe

Copyright © MCMLXXVII by Tower Publications, Inc.
Copyright © der deutschen Ausgabe 1982 by
Wilhelm Heyne Verlag GmbH & Co. KG, München
Printed in Germany 1990
Umschlagfoto: Photodesign Mall, Stuttgart
Umschlaggestaltung: Atelier Ingrid Schütz, München
Gesamtherstellung: Ebner Ulm

ISBN 3-453-04156-9

*Für Sam Ervin,
ehemaliger demokratischer Senator
aus North Carolina*

EINLEITUNG

1970 starb der ägyptische Präsident Nasser an einem Herzanfall, und Linus Pauling verkündete, daß Vitamin C geeignet sei, Schnupfen abzuwehren. Joe Frazier war Schwergewichtsweltmeister. Das Buch des Jahres war Hemingways *Inseln im Strom*. China wurde der Beitritt in die UN verwehrt. Ein Haus in Greenwich Village ging in die Luft. Dabei wurden drei Bombenbastler von den Weathermen getötet. Die Königliche Marine stellte die Ausgabe einer täglichen Grogration nach dreihundert Jahren ein. Denny McLain, Werfer bei Detroit, wurde für die Hälfte der Baseball-Saison gesperrt, weil er sich mit Spielern unterhalten hatte, und für den Rest der Saison wegen Waffenbesitz. Die Nationalgarde eröffnete auf eine Anti-Kriegs-Demonstration in der Kent State University das Feuer. Der große Film war M.A.S.H. Spiro Agnew war nach Richard Nixon und Billy Graham laut einer Gallup-Meinungsumfrage der drittbeliebteste Amerikaner. Und ich fing *Das Analog-Geschoß* an.

Nicht alle diese Ereignisse waren gleich wichtig. Eines, das ich nicht erwähnt habe, war die Kampagne gegen die Überwachung amerikanischer Bürger, die der knorrige Senator Sam Ervin, der gute alte Junge aus South Carolina, gestartet hatte. Das war zwei Jahre, bevor er bei den Watergate-Anhörungen Berühmtheit erlangte, und man hielt ihn für einen Spinner. Daher mochte ich den Mann und hielt das, wovon er sprach, für wichtig.

Regierungen behalten immer gern alles im Auge. Das tun die Sowjets, früher taten es die Puritaner. Schon die Griechen spionierten Sokrates nach und richteten ihn hin. Der Unterschied zu heute lag in der Tatsache, daß unsere amerikanische Regierung in der Lage war, alles – fast alles – zu beobachten. Datenbanken wurden von der lokalen Polizei, der Staatspolizei, dem FBI, dem Secret Service und dem CIA unterhalten. Das Department of Housing and Urban Development (Abteilung für Wohnungsbau und Stadtentwicklung) besaß Unterlagen über alle Personen, die sich beim Staat um ein Darlehen bemühten, und die Bewerber wurden anhand von Unterlagen der Justizabteilung überprüft. Die Steuerfahndung fing in den sechziger Jahren damit an, Angaben über die Steuerzahler zu verkaufen. Staatsanwälte überprüften routinemäßig die Steuererklärungen künftiger Geschworener. Das klassische Telegramm lautete: »Fliehen Sie, alles ist entdeckt.« Hier war alles bekannt und stand zum Verkauf, aber es gab keinen Ort, an den man fliehen konnte. Außerdem war 1970 das Jahr, in dem die US-Armee wegen illegaler Überwachung prominenter Zivilpersonen angeklagt war. Henry Kissinger genehmigte Geheimfonds, mit deren Hilfe die legal gewählte Regierung Chiles gestürzt wurde, und Präsident Nixon traf die Entscheidung, im Oval Office geheime Tonbandgeräte installieren zu lassen. Die Paranoia begann ganz oben und sickerte langsam nach unten bis zu jungen Autoren durch.

Im Leben eines Autors gibt es eine Zeit, da er versucht, zwei Dinge gleichzeitig zu tun: zu schreiben und zu überleben. Mit dem Überleben verhält es sich so ähnlich, als wollte man versuchen, Wasser zu treten und dabei eine Schreibmaschine festzuhalten. Das ist die schwierigste und zugleich stolzeste Periode für einen Autor. Dabei lernt er schreiben.

Einige Elemente von *Gorky Park* kann ich auch in *Analog* entdecken. Eine Ähnlichkeit wie beim Ansehen eines Fotos aus der Schulzeit. Sehen Sie sich nur diesen Haarschnitt an! Diese Ohren! Nach *Analog* begann ich mich für amerikanische Zigeuner zu interessieren, und Putnam brachte meinen ersten Hardcover heraus, aber zwischen 1970 und 1971 kam noch eine Anzahl von Taschenbüchern heraus. Sie sind überhaupt das große Übungsfeld der amerikanischen Autoren. Einem Taschenbuch verzeiht man – ein Luxus, den man sonst nur noch in der Schule findet. Daher scheint es mir angemessen, daß alle Einkünfte aus dieser neuen Ausgabe von *Analog* an die Autorengilde und an das amerikanische PEN-Zentrum für bedürftige Autoren gehen.

Im Gegensatz zu »Smokin' Joe« und Spiro, aber genau wie der Schnupfen, existiert *Das Analog-Geschoß* noch immer. Das überrascht mich mehr als alle anderen.

Martin Cruz Smith

New York, Juli 1981

Der »7075« war in der Lage, 30 000 Wörter von zehn Buchstaben im 0,00000004. Teil einer Sekunde aus einer Datenbank abzurufen. In seinem stahlverstärkten Komplex waren Namen und Daten von 225 Millionen Amerikanern auf 17 000 Spulen festgehalten und konnten auf 245 Computerausgängen abgerufen werden. Jeder Ausgang war mit dem Hauptcomputer verbunden, der Hauptcomputer seinerseits wieder mit 100 weiteren Computereinheiten im ganzen Land. Der größte Teil der außenliegenden Einheiten stand in Militärbasen, in eigenen Schächten mit eigenen Schirmen, streng bewacht. Keine von ihnen besaß Programmierer; die besaß nur der Meister.

Der Meister besaß alles.

1. Kapitel

Hank Newman sank in den Sessel. Bis auf den Fernseher war der Raum dunkel, und die Anwesenden sahen wie Geister aus. Zum erstenmal seit vier Monaten erlaubte er es sich, sein Gesicht zu entspannen und das Lächeln daraus verschwinden zu lassen.

Leicht war es nicht gewesen, verdammt noch mal. Die Hand, die den schwachen Wodka mit Tonic hielt, war vom Händeschütteln rot und geschwollen. Seine Schultern waren von Autohändlern und Versicherungsvertretern zu Teig geknetet worden. Die Muskeln um seinen Mund waren durch sein Wahlkampflächeln verkrampft, das nach der Ansicht seines Managers charismatisch wirkte. In seinen Beinen hatte er ein Gefühl wie ein angeschlagener Boxer, denn er war durch Montagehallen, Einkaufszentren und Altenheime gehastet, hatte verständnisvoll gelächelt und alles versprochen.

Wenn sie ihn nur wählten. Wenn die schwieligen Hände, die kraftlosen Hände, die Hände mit den falschen Fingernägeln nur an dem Hebel gezogen hätten, mit dem ein Kreuz bei Howard Newman gemacht wurde. Allein darauf kam es an.

»Schhhh«, sagte Jack Maggan unnötigerweise, denn niemand sprach. Er war der Manager für Newmans Wahlkampagne und verbreitete die Aura von Autorität, die für Selfmade-Millionäre üblich ist.

Der Werbespot war zu Ende. Ein Nachrichtensprecher stand vor einem elektronischen Hochrechnungsmonitor, der in das Studio gerollt worden war.

»Nun zum Ausgang der Kongreßwahlen im Staat. Der

Präsident selbst hat sein Prestige gegen Senator Hansen in die Waagschale geworfen. Zwischenwahlen gehen für die Regierung, für die Partei, die jeweils an den Machthebeln sitzt, traditionell schlecht aus, und der Präsident wollte diese Tradition durchbrechen. Der Vizepräsident hat nicht nur eine, sondern zwei Wahlveranstaltungen in unserem Staat abgehalten. Nach den Computervoraussagen hat es jedoch den Anschein, als werde Senator Hansen für seine vierte Amtsperiode in den Senat der Vereinigten Staaten einziehen, und sogar einige weniger bedeutende Kandidaten mit ihm.«

Maggans irisches Gesicht verzog sich verärgert. Einige von den für die Reden verantwortlichen Autoren, die auf dem Fußboden saßen, sahen sich nervös an. Einer von ihnen holte sich eine volle Flasche Bourbon vom Tisch und goß sein Glas randvoll. Es sah nicht so aus, als würde der kostenlose Alkohol noch lange fließen. Niemand traute sich, Hank ins Gesicht zu sehen.

Hank lächelte. Seine Lippen formten ein lautloses »Hurensohn«. Hansen, dieses pseudoehrliche, fette Großmaul, das Lieblingskind der Liberalen, hatte wieder gewonnen. Eines mußte man Hansen aber lassen; als Wahlkämpfer war er Spitzenklasse, wenn es ihm gelungen war, den Vizepräsidenten zu schlagen. Sein Gegner war natürlich nichts weiter als ein Kleinstadt-Begräbnisunternehmer. Wenn der Nachrichtensprecher aber recht hatte, war Hank Newman auch erledigt.

»Das interessanteste Rennen findet im 7. Kongreß-Distrikt statt, wo Senator Hansens Schützling, der ehemalige Verwaltungsassistent Ephram Porter, gegen ein neues Gesicht in der Politik angetreten ist, und zwar gegen Howard Newman. Nirgends war der Kontrast größer«, sprach der Reporter für die Kamera weiter. »Porter ist die bekannte, respektierte Stimme der Mäßigung, ein Mann von professoralem Stil. Newman ist ein draufgängerischer Anwalt, ein Kriegsheld, der die harte Linie vertritt, und zu Beginn des Wahlkampfes sah es so aus, als hätte er keine Chance. Das war vor den Unruhen am State College, vor Porters Eintreten für die Studenten. Newman ist als Superpatriot für eine Politik der Härte eingetreten. Seitdem rechnet man mit einem Kopf-an-Kopf-Rennen. Heute abend erwartet Porter die Resultate in Hansens Hauptquartier, wo die Siegesfeierlichkeiten bereits begonnen haben, während Newman den Ausgang der Wahlen auf dem Besitz seines Wahlkampfmanagers Jack Maggan verfolgen soll. Aus dem westlichen Teil des Staats liegen uns bisher nur sehr wenige Ergebnisse vor, aber wir werden die Entwicklung in den Schlüsselbezirken verfolgen, um herauszubekommen, wer der nächste US-Kongreßangehörige aus diesem Distrikt sein wird.«

Die Mädchen in dem Raum, die sogenannten Newmannymphen, hockten in den Ecken. Ihre lippenstiftbemalten Münder und rot-weiß-blauen Miniröcke waren ausgefranst. Im nächsten Raum saß ein Wahlkampfhelfer am Telefon und nahm Anrufe von den Wahlleitern aus den verschiedenen Bezirken entgegen. Autoren schoben die Bourbonflasche hin und her wie die Kugel in einem Flipper. Maggan kam herüber.

»So schlimm ist es nicht. Wie Sie sehen, kommen von dem Computer noch keine Angaben. Wenn es schlecht aussehen würde, hätten wir schon Zahlen. Je länger es dauert, desto besser stehen Ihre Chancen.«

»Vorher hatten Sie aber gesagt, je schneller die Angaben kommen, desto besser sieht es für uns aus.«

»Hören Sie mal, wenn Sie in der Schule dort die Uniform der Nationalgarde angezogen hätten, wäre jetzt die Sache für uns gelaufen. Aber nein, Sie waren zu stolz. Großer Held. Die Kameras waren bereit, alles. Da saßen 5000

Stimmen. Mensch, ich könnte wetten, daß Sie die Uniform jetzt anziehen würden, stimmt's?«

Hank sah zu Maggans glattem, rotem Gesicht hoch.

»Verpiß dich«, sagte er leise.

Der Wahlkampfhelfer am Telefon steckte seinen Kopf in den Fernsehraum.

»Hallo, Ivans sagt, daß es mit den Maschinen Schwierigkeiten gegeben hat. Deshalb dauert alles so lange. Jetzt müßte jeden Augenblick etwas hereinkommen.«

Maggan sah Hank unverwandt an.

»Gut, Newman, gut«, flüsterte er. »Aber wenn die Nacht vorbei ist, werden Sie kein Kandidat mehr sein. Sie werden wieder der gleiche zweitklassige Anwalt sein, der Sie vorher waren. Sie können zu Hause bleiben und Ihre Orden zählen. Ab morgen sind Sie nämlich in diesem Staat nur noch einen Scheißdreck wert, das verspreche ich Ihnen.«

Hank schwenkte sein Glas und zählte, wie oft die Limonenscheibe darin kreiste, während Maggan wegging. Er *war* ein mittelmäßiger Anwalt gewesen, genau wie er ein mittelmäßiger Jurastudent gewesen war. Er hätte sich für eine Armeelaufbahn entschieden, aber sein Vater war Berufssoldat gewesen, und er hatte gesagt, daß kein Nachkomme von ihm den gleichen Fehler machen werde. Nein, sein Junge sollte auf Kosten anderer Leute reich werden; er würde Jura studieren, und wenn er ihn mit dem Bajonett dazu zwingen müßte. Also hatte Hank in Duke Fußball gespielt, war mit einem Graduiertenstipendium für Armeegören auf die Universität von Virginia gegangen und war Rechtsanwalt geworden. Kein sehr guter, aber schlau genug, um sich mit Militärgerichtsverhandlungen über Wasser zu halten, während er der Armee innerhalb von drei Jahren seine Schulden zurückzahlte.

Zweitklassig. Das hätte er sich auf sein Kanzleischild

schreiben sollen, als er sein Zivilleben begann. Er hatte sich auf Scheidungsfälle spezialisiert, und so hatte er seine Frau kennengelernt. Er hatte sie in einer Ehebruchsklage vertreten und war dann mit ihr ins Bett gegangen. Sie brachte Geld, Sozialstatus und die eine oder andere merkwürdige Neigung mit. Als seine Reserveeinheit nach Vietnam einberufen wurde, zögerte Hank nicht. Seine Entscheidung erwies sich als richtig, und zum erstenmal in seinem Leben hatte er wirklich Spaß. Er fand Freunde in den Special Forces, und in seinen Urlauben übernahm er Langstrecken-Aufklärungsflüge. Er war ein geborener Jäger, und den Krieg fand er berechtigt. Wenn die Roten nicht an der entmilitarisierten Zone aufgehalten werden würden, dann hätten sie bald den Mississippi erreicht. Am ersten Abend, den er wieder in den Staaten verbrachte, schleifte er einen Wehrdienstverweigerer aus einer Bar heraus und brach ihm die Beine, damit er an keiner Demonstration mehr teilnehmen konnte.

Das Jahr, das auf seine Rückkehr folgte, langweilte ihn schrecklich. Er betrank sich, ging dann und wann mit einer Kellnerin ins Bett, spielte viel Golf und übernahm einfache Fälle. Maggan hatte ihn nur deshalb vorgeschlagen, sich um einen Sitz im Repräsentantenhaus zu bewerben, weil niemand anders sich von Porter schlagen lassen wollte. Hank hatte eine Chance für sich erkannt und sofort zugegriffen; so würde er zumindest vom Schreibtisch weggeholt. Zur Zeit sah es so aus, als wäre er in alle Zukunft an seine Kanzlei gefesselt. Ellie würde sich darüber freuen. Sie sah ihn gern in einer Zwangsjacke.

»Hallo, Irv, würden Sie mir hier etwas mehr Wodka hineingießen?«

Einer der Autoren rührte sich etwas langsam von seinem Platz auf dem Boden – bei einem Sieger Hank hätte er sich schneller bewegt. Es war komisch, welche feinen Unterschiede ein paar Zahlen auf einem Schirm mit sich bringen konnten.

»Danke, Irv.«

»Klar, Hank, jederzeit.«

Im Fernsehen wurde nun ein Bericht aus Hansens Hauptquartier im großen Saal eines Hotels in Des Moines gebracht. Dort hingen Transparente an den Wänden, und junge Wahlkampfhelfer rannten aufgeregt mit Pappbechern voll Ginger Ale herum. Als Senator Hansen für seine Siegesrede den Saal betrat, erhob sich ein Beifallssturm. Porter neben ihm strahlte vor Vorfreude.

Mitten in Hansens Siegesrede schalteten die Kameras von dem großen Saal zur Zentralstelle für die Wahlresultate um. Es dauerte eine Minute, bis einer der Autoren bemerkte, was dort vor sich ging, und den Ton aufdrehte. Plötzlich ertönte laut und deutlich die Stimme des Nachrichtensprechers.

». . . so sieht es also aus. Ein erstaunlicher Sieg für einen Mann, der noch vor wenigen Monaten ein politischer Niemand war. Seitdem aber die Angaben von den Schlüsselbezirken vorliegen, kann nach Einschätzung des Computers kein Zweifel mehr bestehen. Howard Newman hat Ephram Porter deutlich geschlagen. Ein Erdrutsch ist es nicht, aber nach der Hochrechnung entfallen auf ihn achtundfünfzig Prozent der Stimmen. Damit fällt das Mandat eindeutig an die Konservativen, und das bedeutet für einen weiteren Sieger von heute abend, Senator Hansen, einen deutlichen Schlag.«

Hank war völlig verblüfft. Er stellte das Glas auf den Teppich, bevor er es fallen ließ. Bis zu diesem Augenblick war es ihm nicht klar gewesen, daß er sich auf eine Niederlage eingestellt hatte. Maggan ging es ebenso. Er stand sprachlos in der Mitte des Raums. Die Autoren sahen sich ungläubig an.

Ein älterer Journalist, ein Analytiker, erschien mit Instant-Weisheit auf dem Bildschirm.

»Die Gründe für diese Umwälzung liegen deutlich auf der Hand. Porter war ein bekanntes Gesicht mit einem ruhigen, vernünftigen Ansatz in sozialen Problemen. Newman ist ein neues Gesicht, eine angenehme, fotogene Erscheinung, und er hat keine Angst davor, einfache Lösungen vorzubringen, mit denen die Wähler sich leicht identifizieren können. Darüber hinaus hat er sich als politischer Mensch und als Kämpfer mit Killer-Instinkt erwiesen. Vermutlich hat Ephram Porter gegen ihn nie eine Chance gehabt.«

Hank stand auf. Er wußte nicht, was er tun sollte. Maggan kam mit ausgestreckter Hand und einem verlegenen Grinsen auf seinem runden Gesicht durch den Raum auf ihn zu.

»Verdammt noch mal, Hank, wir haben es geschafft, wir haben es geschafft. Verdammt noch mal.«

Sie schüttelten sich die Hände, und Maggan klopfte ihm auf die Schulter. Wahlkampfhelferinnen kamen herbeigestürzt und küßten beide Männer. Die Autoren waren aufgesprungen, und einer schob Hank ein Glas in die Hand. Der Mann am Telefon nahm keine Resultate mehr auf, sondern rief bei Newman zu Hause an, um Ellie Newman, die steif wie eine schöne Mumie vor ihrem Fernseher saß, mitzuteilen, daß sie von einem Wagen für die Siegesfeierlichkeiten in Newmans Hauptquartier in der Stadt abgeholt werden würde.

»Aber es ist doch noch nicht offiziell, nur eine Hochrechnung«, sagte Hank.

»Beruhigen Sie sich«, sagte Maggan. »Der Computer macht keine Fehler.«

2. Kapitel

An einem kalten Januarnachmittag fuhr ein Farmer mit seinem Kleinlastwagen bei Harpers Ferry am Potomac entlang. Er arbeitete auf der Farm eines der Senatoren von Maryland. Der Senator besaß 4000 Acres unbebautes Land. Er erntete landwirtschaftliche Unterstützung. Er baute immer das nicht an, was gerade im Überfluß vorhanden war. Dieses Jahr war das Mohrenhirse, Baumwolle und Erdnüsse. Es wäre einfacher gewesen, nur ein Produkt nicht anzubauen, aber in der letzten Zeit hatte es Einschränkungen vom Kongreß gegeben, und er konnte nur 50 000 $ dafür einstreichen, daß er ein Produkt nicht anbaute. Der Senator selbst hatte für die Reform gestimmt. Also baute er statt dessen drei landwirtschaftliche Produkte nicht an und erhielt für jedes von ihnen 50 000 $.

Das Land blieb jedoch nicht völlig ungenutzt. Der Senator hatte Spaß an der Aufzucht von preisgekrönten Rindern, und er besaß einen Eisenhower Black Angus Bullen, auf den er sehr stolz war. Die einzige Schwierigkeit dabei war, daß die wachsende Herde einen Überschuß an Dung produzierte. Der Farmer pflügte ihn gewöhnlich unter, aber zur Zeit war die Erde zu kalt.

Der Lastwagen hielt an und stieß bis zum Wasser zurück. Der Farmer kletterte aus dem Fahrerhaus und zog sich auf den Misthaufen hoch. Er trug schwere Fischerstiefel, die ihm bis zur Hüfte reichten. Mit zwei Tritten entfernte er die Sicherungsstifte von der hinteren Klappe. Dann nahm seine Gabel in langsamen Bögen Klumpen aus der aromatischen Masse und warf sie in den Fluß. Jeder Klumpen versank, wenn er in das eisige Wasser fiel, teilte sich dann in mehrere Teile auf und stieg wieder an die Oberfläche, um seine Reise flußabwärts zu beginnen.

Der Mist schwamm an der Fähre vorbei, die John Brown einst in der Hoffnung auf eine Revolution besetzt hatte. Er verteilte sich langsam und schwamm weiter zwischen Tuscarora auf der linken und Leesburg auf der rechten Seite. Inzwischen hatte er sich mit Industrieabfällen und dem Abwasser aus den Apartmentgebäuden in den Vorstädten vermischt. Der Capital Beltway, der sich über ihm hinzog, verlieh dem Schmutzgemisch noch den Duft von Auspuffgasen. Die Ufer in Arlington standen voller Schilder, die vor dem verschmutzten Wasser warnten. Als der Potomac den nationalen Flughafen von Washington erreicht hatte und daran vorbeifloß, war das, was der Farmer ins Wasser geworfen hatte, zu einem Teil der braunen Haut geworden, die den Fluß bedeckte und gegen die Yachten im Bootshafen von Washington schlug.

»Gott sei Dank haben Sie eine Heizung in dem Ding hier«, sagte General Weggoner. »An einem Tag wie heute würde ich wirklich nicht gern schwimmen gehen. Eine Hundekälte ist das heute.«

Mitchell Duggs, der ranghöchste Abgeordnete des Staates Maryland, lachte. Wenn der Stabschef der Armee seinen Abschied nahm, stand Ned Weggoner als nächster auf der Liste. Das war ein Grund zum Lachen. Der zweite war die Freude über seine Voraussicht, das Deck seiner 60-Fuß-Yacht mit isoliertem Glas umbauen zu lassen. Es gab in der ganzen Stadt keine Stelle, die für eine Party beliebter war als die *Onthaloosa*.

Ein schwarzer Dienstbote in einer weißen Jacke schob eine fahrbare Bar an einer Gruppe von Frauen vorbei. Die Party erstreckte sich über die gesamte Länge des Schiffs, und die *Onthaloosa* leuchtete wie ein gelber Diamant in der Abenddämmerung, während Kongreßangehörige und ihre Frauen sich seitwärts aneinander vorbeidrängten, um sich in der Kombüse Drinks weiterzureichen. Für die eingeladenen Würdenträger war die Party eine Rückkehr zu dem kultivierten Tempo des Lebens in Washington; für die Neulinge war es der erste Geschmack vom Zauber der Macht.

Alle Ehefrauen, ob sie nun aus Manhattan oder aus Davenport, Iowa, kamen, trugen ihre schönsten Kleider. Ellie Newman war eine auffallende Erscheinung unter ihnen. Sie bewegte sich elegant mit einem vor sich gehaltenen Sektglas in der Hand durch die Menge, und ihr pechschwarzes Haar und ihre fast orientalische Erscheinung bildeten einen Kontrast zu ihrem reinweißen Dior-Kleid.

»Mrs. Newman, ich möchte Ihnen gern Ned Weggoner vorstellen«, sagte Duggs, während er sie aus dem ärgsten Gedränge herauszog. »Ich weiß, daß er Sie gern kennenlernen möchte.«

Nicht übermäßig geschmeichelt lächelte Ellie kühl, und Duggs fing an, Fakten über sie zu sammeln. Faktum Nummer eins: Sie war kein Dorftrampel.

»Wir haben uns darauf gefreut, Sie und Ihren Mann in Washington begrüßen zu können«, sagte Weggoner. »Seine Leistungen während seiner Dienstzeit waren hervorragend.«

»Ihm hat jede Minute davon Spaß gemacht«, sagte Ellie.

»Da kommt er ja«, sagte Duggs, als Hank im Schlepptau von Celia Manx, der Herausgeberin der Frauenseite des *Star*, zu ihnen herkam.

»Das ist zweifellos das schönste Paar in der Stadt. Und ich bin schon seit Hoover hier. Sie können sich aussuchen, welches ich meine«, sagte Celia. »Dem Jungen hier sage ich eine große Zukunft voraus. Wenn ihm nur nicht die Haare ausgehen wie dem General.«

»Hank, Sie kennen doch sicher General Weggoner, nicht wahr?« fragte Duggs.

»Ich fürchte, nein«, sagte Hank. Er war seinem Gastgeber gerade vor einer Stunde zum erstenmal begegnet. »Die meisten Leute, die ich in Nam kennengelernt habe, waren Unteroffiziere, die versucht haben, mich aus Schwierigkeiten herauszuhalten.«

»Na, und jetzt werden Sie die Armee aus Schwierigkeiten heraushalten«, sagte Duggs. »Das Militär kann alle Freunde gebrauchen, die es im Kongreß zur Zeit bekommen kann.«

»Sie können auf mich zählen.«

»Danke«, sagte Weggoner. »Das habe ich mir gedacht. Sie müssen Marsha und mich mit Ihrer bezaubernden Frau in unserem Haus in Palm Springs besuchen. Meine Frau ist ziemlich stolz auf einige der japanischen Rezepte, die sie während der Besatzungszeit aufgeschnappt hat. Hibachi-Küche, wissen Sie.«

»Bin ich damit auch gemeint«, fragte eine sonore Stimme. Alle drehten sich zu Everett Hansen um.

»Auf jeden Fall«, sagte Weggoner, ohne das geringste Zögern. Sein gebräuntes, markiges Gesicht strahlte. »Wenn Sie mir versprechen, daß Sie nicht eine von Ihren Verdammt-das-Pentagon-Reden im Hinterhof halten. Nach der letzten wollte Marsha Ihnen mit einem Shish-Kebab-Spieß ans Leder.«

»Wenn Marsha kocht, werde ich den Mund zu voll für eine Rede haben.«

Allzu freundlich war das Klima nicht, aber auch nicht allzu feindselig. Alles Profis. Zwanglose Unterhaltungen erleichtern den Fluß der Geschäfte. Hank lernte schnell, daß die Macht auf einen ausgewählten Club beschränkt war, dessen Mitglieder sich an die Regeln hielten.

»Das hier aber ist der Mann, den ich kennenlernen

wollte«, sagte Hansen. Selbst bei der Konversation dröhnte seine machtvolle Stimme aus seinem Webster-ähnlichen Kopf mit der silbernen Locke, die bis zu den dichten Augenbrauen über die Stirn hing. Hansens Name war mehr als einmal bei Versammlungen genannt worden, in denen der nächste Präsidentschaftskandidat bestimmt werden sollte. Wenn er aus einem größeren Staat gekommen wäre, hätte man ihn wahrscheinlich zum Präsidenten gewählt. »Er ist es, der meinen Freund Ephram geschlagen hat. Sie haben ein gutes Rennen geliefert, Abgeordneter Newman.«

»Das ist komisch«, sagte Hank. »Ich wollte gerade das gleiche von Ihnen sagen, Senator Hansen.«

»Nehmen Sie sich in acht vor diesem Menschen«, sagte Duggs zu Hank. »Er bekommt gern gute, gesetzestreue Abgeordnete in die Finger und verwandelt sie in wütende Liberale.«

Ellie lachte. Es war ein musikalischer, geheimnisvoller Laut.

»Machen Sie sich über Hank keine Gedanken. Wenn er sagt, daß er gern jeden Hippie aus tausend Fuß Höhe auf Hanoi abwerfen würde, dann meint er das auch so«, sagte sie.

»In Washington passieren merkwürdige Dinge«, sagte Hansen.

»Derart merkwürdige nicht.«

Eine Stunde später saß Hank im Maschinenraum der *Onthaloosa*. Duggs hatte eine Besichtigungstour veranstaltet, und er hatte die gesamte Yacht von der Brücke bis zu den Kabinen besucht. Hansen war nicht mehr bei ihnen, aber Cecil Ames aus Florida und Harmon Pew aus Pennsylvania hatten sich ihnen angeschlossen. Hank war zu betrunken, um zu bemerken, daß er von drei der mächtigsten Angehörigen des Repräsentantenhauses umgeben war.

»Sie hätten ihn sehen sollen«, sagte Duggs. »Ev hat ihm auf seine bewährte Art schöne Augen gemacht, und Hank hat ihn total abblitzen lassen. Höflich, aber bestimmt.«

Ames hatte eine Flasche Johnny Walker zwischen den Knien stehen, aus der er dann und wann etwas eingoß. Seine Haut sah aus wie gegerbtes Leder.

»Das überrascht mich«, sagte er erfreut. »Ev macht gern seine Eroberungen, aber daß er es mit seinem Charme bei Ihnen versucht hat, Hank, das überrascht mich. Er sollte es besser wissen. Für die Liberalen aus dem Norden muß die Sache schlecht stehen, wenn sie versuchen, ihre Rekruten aus unseren Reihen abzuwerben.« Er sprach mit deutlichem Südstaatenakzent.

»Hank, wir haben Sie hier heruntergebracht, weil wir Ihnen sagen wollten, daß wir uns entschlossen haben, Ihnen einen Sitz in einem Ausschuß zu übertragen«, sagte Pew. »Wie Sie wissen, wird ein Sitz in einem Ausschuß des Hauses nicht leichtfertig verliehen. Besonders ein Sitz unserer Partei. Wir sind im Haus eine Minderheit.«

»Und in der Partei gibt es auch einige Liberale, vergessen Sie das nicht«, sagte Ames.

»Wenn wir auch das Weiße Haus in der Hand haben, gibt es eigentlich nur wenige Parteimitglieder von der richtigen Couleur dort im Kongreß, wo wir sie am nötigsten brauchen«, sprach Pew weiter. »Clevere neue Repräsentanten wie Sie brauchen wir dringend. Verstehen Sie, was ich meine?«

»Deshalb habe ich kandidiert«, sagte Hank.

»Genau. Deshalb sitzen wir jetzt zusammen, zu dem Zeitpunkt, in dem die Sitze in den Ausschüssen verteilt werden. Sie wissen, welche Positionen ein neuer Abgeordneter erwarten kann, einen der letzten Sitze im Bewilligungsausschuß. Den Bewilligungsausschuß sollte man nicht zu gering schätzen, schließlich bin ich der ranghöchste Republikaner darin. Es gibt aber 51 Abgeordnete in diesem Ausschuß, 51, und Sie können sich vorstellen, wie weit ein Neuling kommen würde, welchen Einfluß er in einer solchen Menge gewinnen könnte.

Oder nehmen Sie Mitchell. Er ist unser ranghöchstes Mitglied im außenpolitischen Ausschuß. Das ist ein sehr wichtiger Ausschuß, eine Menge Schlagzeilen, aber ein Neuling wäre darin die Nummer 37. Er würde es nicht einmal schaffen, an das Mikrofon zu kommen, um ›Feuer‹ zu rufen. Es gibt natürlich Ausschüsse, in denen Sie eine höhere Position hätten, wie im Ausschuß zur Prüfung der Amtsführung. Der hat nur zwölf Mitglieder, aber wen kümmert schon Amtsführung? Niemand würde Sie ernst nehmen.«

»Es gibt nur einen Ausschuß, in dem ein Neuling eine Chance hat. Innere Sicherheit«, sagte Duggs. »Großer Name, hat das Ohr des Präsidenten selbst, eine beeindruckte Wählerschaft sorgt für eine automatische Rückkehr in das Haus, wahrscheinlich eine ausgezeichnete Chance, in den Senat hineinzukommen, falls man das will. Die Schwierigkeit ist nur, daß Neulinge nie in Innere Sicherheit hineinkommen; das ist einfach zu populär.«

»Was schwebt Ihnen dann vor?«

Die drei Männer lächelten.

»Gewöhnlich kommen Neulinge nie in Innere Sicherheit«, sagte Pew. »Dieses Mal machen wir eine Ausnahme. Sie sind ein Kriegsheld mit Orden, ein Anwalt, ein Mann, der sich nicht scheut, seine Stimme gegen die Anarchie zu erheben. Am wichtigsten ist jedoch, daß Sie ein Mann sind, auf den wir uns verlassen können. Wenn das Haus in der nächsten Woche zusammentritt, wird Ihr Name als einer der neun Ausschußmitglieder genannt werden.«

Aus irgendeinem Grund erinnerten die drei grinsenden Männer Hank an die Affen, die nichts Böses sehen, hören oder sprechen. Er setzte ein gebührend erfreutes Lächeln auf. Es war ihm klar, welche Ehre ihm erwiesen wurde. Unter 435 Abgeordneten erhielt er einen der begehrtesten Sitze. Hier handelte es sich nicht mehr nur darum, in die Nähe der Macht zu kommen; diese Männer forderten ihn auf, seinen Anteil an ihr zu übernehmen. Die drei Monate seit seinem Überraschungssieg über Porter waren schnell vergangen.

»Ich werde versuchen, das in mich gesetzte Vertrauen zu rechtfertigen.«

»Das werden Sie sicher tun«, sagte Cecil Ames. Ein väterliches Lächeln spaltete sein ledriges Gesicht. Er schenkte eine beglückwünschende Runde ein.

»Das wäre also abgemacht«, sagte Duggs.

Um Mitternacht schlug die Laufplanke der *Onthaloosa* auf die Kaimauer. Die Party kam langsam zu ihrem Ende; die Anzahl der Nachtschwärmer im Repräsentantenhaus ist kleiner, als die meisten glauben. Mitchell Duggs stand auf dem Deck neben der Laufplanke und verabschiedete sich von seinen Gästen. Er hielt Ellies Hand mit beiden Händen fest, während er sie mahnte, vorsichtig zu sein. Washington sei eine gefährliche Stadt.

»Wohin zum Teufel hattest du dich verdrückt«, fragte sie Hank, als sie im Auto saßen und in Richtung Watergate losgefahren waren. »Das ganze Schiff hat darüber gesprochen, daß du dich mit Duggs und noch ein paar Leuten zu Gesprächen zurückgezogen hast. Was war los?«

»Nur eine Begrüßung für mich.«

»Ha! Ich habe gesehen, wie die anderen begrüßt worden

sind. Einmal auf die Schulter geklopft, und dann noch ein Abschiedsküßchen. Wieso bist du etwas Besonderes?«

Er blieb mit dem Wagen auf der langsamen Spur. Vor sich konnte er bereits die geschwungenen Steinklötze des Watergate ausmachen. Nicht viele Abgeordnete konnten es sich leisten, dort zu wohnen, aber Ellie wäre sonst nicht nach Washington gekommen.

»Warum interessiert dich das?«

»Neugier. Vielleicht verpasse ich etwas. Ich möchte nur gern wissen, was sie zu der Meinung bringt, du würdest dich irgendwie von einem x-beliebigen Idioten auf der Straße unterscheiden.«

»Jeder muß irgendwo anfangen.«

»Und du hast angefangen, indem du mich geheiratet hast. Also verdankst du mir alles. Du hast doch wohl darüber nicht irgendwelche Illusionen, oder?«

Weil es eine Nacht war, in der er stolz auf sich selbst hätte sein müssen, gab Ellie keine Ruhe. Weder als der Garagenwärter ihren Wagen übernahm, noch als sie ihr Doppelapartment mit Teppichboden und Musikberieselung auf Knopfdruck erreichten.

»Schaut ihn an, den Helden, der in den Krieg gezogen ist, weil er Angst vor seiner Frau hatte. So cool, und seine vierzig Liegestütze macht er nur, damit er in der Unterhose appetitlich aussieht.«

Sie saß in einem kurzen, weißen Unterrock auf der Kante ihres Betts, und ein Ellbogen ruhte auf ihren übereinandergeschlagenen Beinen. Ihr schweren Brüste hingen über ihren flachen Bauch, und ihre Spitzen zeichneten sich gegen den Satin ab. Sie rauchte nervös eine Zigarette.

»Wer ist da unter dir, mein Schatz? Jemand, den ich kenne? Jemand, den du bei einer anderen Scheidung vertreten hast? So ist es richtig, schieb ihn nur rein. Gib ihr noch einen Stoß für mich.«

Hank stand vom Boden auf. Sein Brustkorb und sein Gesicht waren rot, und das kam nicht nur von der Übung. Er war noch immer durchtrainiert. Ein Gewirr von Narben und Pigmentstörungen bedeckte eine Seite seines Brustkorbs.

»Komm, Ellie, hör doch auf. Gehen wir ins Bett.«
»Vielleicht, um zu schlafen? Was denn sonst mit einem Fleischkloß wie dir.«
»Bitte, ich bin fertig. Du hast gewonnen. Wir können ja morgen weitermachen. Ich bringe heute abend einfach nichts mehr.«
»Du hast es noch nie gebracht. Glaub mir, ich bin schon von jedem Botenjungen in Washington gefickt worden. Manche von ihnen mußte ich erst anmachen, bevor sie hereingekommen sind. Aber sie konnten es besser als du . . .«

Die Ohrfeige hallte wie ein bösartiger Applaus. Ellie sank mit noch immer offenem Mund auf das Bettuch. Die Hälfte ihres Gesichts war feuerrot. Hanks Hand kribbelte. Er hatte sie geschlagen, ohne vorher darüber nachzudenken, aber er war ja auch weit impulsiver. Damit gewann sie immer.

Die Newmans lebten in einer geheimen Hölle. Der einzige Trost für Hank war, daß niemand davon wußte.

(Auszug aus dem)
KONGRESSPROTOKOLL

Vorgänge und Debatten des 94. Kongresses, erste Sitzung, Bd. 120.

> Washington, Montag, den 3. Februar 1975.
> Nr. 16.

REPRÄSENTANTENHAUS

Das Haus ist um 12 Uhr zusammengetreten.
Rabbi Moishe Zlatkin Zeller, B'nai Jacob Synagoge, Westchester, Conn., sprach das folgende Gebet:
Ewiger Gott, wir erbitten Deinen Segen für diese gesetzgebende Versammlung. Erfülle sie mit Deiner Weisheit, damit Deine Wahrheit heller über ihr leuchtet, auch wenn die Dunkelheit sich herabsenkt. Möge Deine Hilfe uns in Zeiten der Not sicher die Heimat erreichen lassen. Amen.

Der Bericht

DER SPRECHER: Der Vorsitz hat den Bericht über die Vorgänge des gestrigen Tags geprüft und verkündet dem Haus seine Billigung.
Erheben sich keine Einwände, so ist der Bericht hiermit genehmigt.
Es wurden keine Einwände erhoben.

Nationale Datenzentrale

MR. DUGGS: Mr. Montgomery, der Leiter der Polizeibehörde des Kapitols, hat mich davon unterrichtet, daß die aus Leitungsrohr angefertigte Bombe, die gestern in einer

Männertoilette des Obersten Gerichtshofs entdeckt worden ist, in seinen Amtsräumen für Abgeordnete zur Besichtigung freigegeben ist. Es ist für Abgeordnete und Senatoren nichts Neues, unter physischer Gewaltdrohung zusammenzutreten. Solange wir freien Zugang zum Regierungsgebäude gewähren, werden wir uns und den unschuldigen Wähler weiter der Bedrohung aussetzen, die von blindwütigen, verantwortungslosen und kranken Menschen ausgeht. Das wenigste, was wir dagegen tun können, ist die Überprüfung von solchen Besuchern, die den Zugang zur Besuchergalerie oder zu Amtsräumen wünschen, wo potentielle Störenfriede zur Zeit praktisch dazu eingeladen werden, Zerstörungen anzurichten.

MR. FIEN: Wir alle teilen den Abscheu über den gestern versuchten oder vielleicht auch aufgegebenen Bombenanschlag auf den Obersten Gerichtshof. Der geschätzte Abgeordnete aus Maryland steht damit nicht allein. Ich möchte jedoch auf einen oder zwei Punkte hinweisen. Die Mehrzahl von Bomben scheint in Waschräumen deponiert zu werden. Soll jetzt eine Überprüfung stattfinden, bevor es jemand gestattet wird, diese Räume zu benutzen? Nach meiner Einschätzung ergeben sich aus einer Verzögerung in dieser Situation Gefahren, die mein Vorredner nicht bedacht hat. Darüber hinaus ist an den bereits eingeleiteten Maßnahmen, die nicht erwähnt wurden, wie der Überprüfung und Durchsuchung aller Pakete und der Installation von Metalldetektoren an den Eingangstüren, deutlich etwas Abstoßendes. Ich nehme an, mein Vorredner zielt auf das Thema der nationalen Datenbank und der Verwendung der dortigen Daten für die Überprüfung jedes Amerikaners, der sehen möchte, wie seine eigene Regierung arbeitet. Ich darf vielleicht daran erinnern, daß wir in der letzten Woche darüber diskutiert haben, ob das Datenzentrum aufgelöst werden soll, und nicht über die Million von

Methoden, mit denen wir diesen illegalen Computer dazu benutzen können, einer arglosen Wählerschaft Recht und Ordnung aufzuzwingen.

Mr. Duggs: Ich darf meinen Kollegen aus New York berichten. Die Frage ist nicht, ob das Datenzentrum aufgelöst, sondern ob es legalisiert werden soll.

Mr. Fien: Wenn es nicht legalisiert wird, vermag ich nicht einzusehen, wie die Auflösung noch weiter verzögert werden kann.

Mr. Doerr: Ich möchte gern wissen, warum das Repräsentantenhaus der Vereinigten Staaten nur mit fünf Sichtschirmen ausgestattet ist, die mit dem Datenzentrum verbunden sind. Als die Übersensiblen sich darüber beschwerten, daß um der Sicherheit der Nation willen Telefone angezapft werden, waren wir dazu bereit, ein computerisiertes Überwachungssystem für die Telefongesellschaften zu schaffen.

Mr. Fien: Darf ich widersprechen.

Mr. Doerr: Ich habe das Wort nicht abgegeben. Zum Schutz unschuldiger Bürger haben wir im Kongreß die mit großen Kosten verbundene Einrichtung von Relais angeordnet, die an die Datenbank angeschlossen sind. Diese Relais sind so konstruiert, daß sie Stimmenbilder von Telefonbenutzern aufnehmen und sie mit Stimmenbildern gesuchter Verbrecher vergleichen. Es gibt nicht mehr die Tausende von Menschen, die Tausende von harmlosen Unterhaltungen aufnehmen, um einen einzigen Verbrecher einzufangen. Der Computer fällt die Entscheidung darüber, welche Konversationen es wert sind, daß man sich auf sie konzentriert, und schützt zur gleichen Zeit die Freiheit von gesetzestreuen Amerikanern.

Mr. Fien: Wenn Mr. Doerr mir jetzt das Wort überläßt, möchte ich bemerken, daß das eine beschönigende Interpretation der Geschichte ist. Die Überwachung jedes Telefonanrufs aller amerikanischen Bürger, die täglich durch Computer oder Menschen durchgeführt wird, erscheint mir oder anderen Abgeordneten, die meiner Meinung sind, nicht besser, als wenn nur Tausende von Amerikanern belauscht werden.

MR. DOERR: Wenn Sie auf die Stimmenbilder verzichten wollen, warum nicht auch auf Fingerabdrücke? Beide werden vor Gericht als Beweismaterial anerkannt. Der größten Mehrheit der Amerikaner sind zu irgendeinem Zeitpunkt Fingerabdrücke abgenommen worden. Auch ich gehöre durch die Sicherheitsüberprüfung zu dieser Mehrheit, und ich schäme mich deshalb nicht. Ich schäme mich vielmehr über die Tatsache, daß wir nur fünf Sichtschirme mit einer Verbindung zur Datenzentrale in Morovia bekommen haben, während der Senat der Vereinigten Staaten zehn solcher Schirme besitzt. Warum sollten die Abgeordneten Schlange stehen, wenn sie einen Schirm benutzen wollen, während die Senatoren mit einem Fünftel an Zahlenstärke doppelt so viele Schirme besitzen? Das ist die Situation, um die wir uns kümmern sollten.

MR. FIEN: Wir sollten uns darum kümmern, daß Abgeordnete und Senatoren bereits die Möglichkeiten einer Zentrale ausnutzen, die nach der Meinung der Mehrheit der hier Versammelten illegal ist.

MR. NEWMAN: Ich sehe mich gezwungen, darauf hinzuweisen, daß Mr. Fien für seine Attacke auf das Datenzentrum einen Sichtschirm praktisch monopolisiert hat, um Informationen zur Unterstützung dieser Attacke zu bekommen. So gut er konnte.

MR. FIEN: Sie sehen mich zurechtgewiesen. (Bemerkungen gelöscht.)

MR. DUGGS: Herr Vorsitzender, ich möchte darum bitten, daß das Publikum daran erinnert wird, von Beifall oder Störungen abzusehen. Wir alle wissen, daß der Abgeordnete aus New York in seinem Stab auch menschliche Wesen einsetzt, wie wir das alle tun.

DER SPRECHER: Das Publikum wird entsprechend ermahnt.

MR. DUGGS: Ich gebe das Wort an den Abgeordneten aus Iowa weiter.

MR. NEWMAN: Ich bedanke mich bei dem Abgeordneten aus Maryland. Ich möchte diese Gelegenheit dazu benutzen, einige Punkte zu behandeln, die die Öffentlichkeit vielleicht verwirren. Zum Beispiel, warum wir hier über eine Gesetzesvorlage debattieren, mit der ein Datenzentrum legalisiert werden soll, das nicht nur bereits existiert, sondern auch von beiden Seiten zur Unterstützung ihrer Argumente benutzt wird. Tatsache ist, daß die Information selbst aus legalen, streng kontrollierten Quellen wie dem FBI, dem Selective Service, dem militärischen Nachrichtendienst sowie geheimen Regierungsbehörden, wie der Steuerfahndung und dem Schatzamt, stammt. Mit anderen Worten, die Information selbst besitzt schon die Überzeugungskraft der Legalität. Es handelt sich um notwendige Daten, die aus genehmigten Gründen gesammelt worden sind. Sie sind vor dem Zugriff durch alle Personen geschützt, die sie nicht zu kennen brauchen, und sie sind zum Teil, wie die Akten der Steuerfahndung, nur auf Anordnung des Präsidenten hin verfügbar. Wir debattieren jetzt nicht darüber, ob die Information selbst legal ist – das ist sie –, sondern darüber, ob es illegal ist, alle Informationen zentral zu sammeln.

Ich will nicht so weit gehen, den Gegnern der Gesetzesvorlage unedle Motive zu unterstellen. Aber Torheit, ja. Die Vereinigten Staaten sind zur Zeit eine Nation von 225 Millionen Einwohnern. Wir sind ihre Repräsentanten, und es ist unsere Pflicht, dieser großen Nation nach besten Kräften zu dienen. Dazu haben wir uns alle mit unserem

Diensteid verpflichtet, und ich bin sicher, das wollen wir auch alle. Was sind die schwersten Probleme für die Menschen, die uns gewählt haben? Inflation und Kriminalität.

Das Haushaltsvolumen für 1975 liegt bei mehr als 300 Millionen $, das heißt ungefähr 3500 $ pro Familie. Aus diesem Etat wird die größte und unwirksamste Bürokratie der freien Welt bezahlt. Wir können diesen Etat jedoch beschneiden und jeder Familie fast 400 $ Steuern zurückerstatten, damit sie sie für Unterkunft, Erziehung oder zum Sparen verwenden kann. Wir können die Bürokratie der Regierung modernisieren und zur gleichen Zeit verschwendete 50 $ Milliarden $ einsparen, die zur Lösung der Probleme der Armen verwendet werden können. Wir wissen wie. Die Frage lautet, warum tun wir es nicht?

Es gibt zur Zeit mehr als 100 größere Regierungsbehörden, die Milliarden von Steuerdollars und Tausende von Arbeitsstunden damit verschwenden, daß sie die Arbeit noch einmal tun, die andere Behörden bereits getan haben. Wie sie alle ihre eigenen Akten anhäufen, sie verteilen und dann wieder neu anhäufen, das ist kein Gerücht, das ist die Wahrheit. Noch schlimmer ist es, daß man die Verwirrung noch um das Fünfzigfache vergrößern kann, indem die Behörden in den einzelnen Staaten die gleiche Arbeit noch einmal tun. Diese Flut von bürokratischer Verschwendung droht uns zu ersticken. Welch ein Glück ist es also, daß die amerikanische Technologie einen Weg zu unserer Rettung gefunden hat. Wir wären töricht, wenn wir diesen Weg nicht gehen würden.

Das Problem der Kriminalität und der inneren Unruhen könnte uns jedoch noch vorher zerstören und uns frei . . .

DER SPRECHER: Wenn vom Publikum noch eine Störung kommt, lasse ich den Saal räumen.

MR. NEWMAN: Lokale Behörden geben zu, daß sie gegen die computerisierten Strategien des organisierten Verbrechens und das schnelle Taktieren und den häufigen Ortswechsel der Drogenhändler machtlos sind. Wir stehen einer organisierten Verschwörung gegenüber, die die Zerstörung unseres Staatswesens plant. Wir leben in einer Zeit von noch nie dagewesener politischer Gewaltanwendung, und Attentäter haben uns schon einen zu hohen Preis zahlen lassen. Ich darf die Damen und Herren auf der Galerie, die anderer Meinung sind, daran erinnern, daß das Dossier des Selective Service über politisch Unzufriedene erst nach und auf Anregung der Warren-Kommission angelegt worden ist; daß die Aufarbeitung der Bänder vom militärischen Nachrichtendienst erst auf Anweisung des Präsidenten nach den Unruhen vorgenommen wurde, die auf die Ermordung von Martin Luther King folgten; daß der Kongreß die Datenbanken der Armee dem Selective Service erst auf die Ermordung von Robert Kennedy hin zugänglich gemacht hat. Sollen wir es vielleicht abwarten, bis ein weiterer Attentäter zugeschlagen hat, bis wir endlich einen wirksamen Schutz gegen den Terrorismus schaffen?

Wir sollten stolz darauf sein, daß der Computerkomplex in Monrovia einige von unseren Exekutivkräften zusammengefaßt hat. Wir sollten den Rest unserer Mittel einbringen und sie jeder Autorität in unserem Lande verfügbar machen, die – ich wiederhole – sie kennen *muß*. Gleichzeitig sollten wir eine weitreichende Analyse unserer überstaatlichen und staatlichen Bürokratien durchführen, sie rationalisieren und ihre Daten in Monrovia sammeln.

Der Komplex in Monrovia gehört zu den großen Leistungen der amerikanischen Geschichte. Benutzen wir den Komplex nicht zum Wohl, vielleicht sogar für die Rettung Amerikas, so verletzen wir damit unsere Pflicht und verstoßen gegen unseren Eid als Angehörige des Repräsentantenhauses.

3. Kapitel

Weggoner hatte einen harten Aufschlag. Der kleine, schwarze Ball wurde an der hinteren Wand förmlich flachgedrückt. Hank fing ihn bei seiner Rückkehr auf und knallte ihn einen Inch über den Markierungsstrich auf der Vorderwand. Weggoner war gezwungen, sich gegen die Wand des Squash-Platzes prallen zu lassen, um ihn zurückzugeben, und Hank hatte leichtes Spiel.

»Matchpunkt«, sagte Hank.

Weggoner grunzte und balancierte auf seinen Fersen. Hank schickte einen leicht geschlagenen Ball in die Ecke. Weggoner erwischte ihn mit der Kante seines Schlägers und schlug den Ball von der Vorderwand in die andere Ecke. Hank war schon da. Er legte sein ganzes Gewicht hinter den Schlag und jagte ihn weit in Weggoners Ecke. Weggoner antwortete mit einer Rückhand. Der Ältere spielte noch immer kraftvoll, aber ohne besondere Finesse.

Der Ball schlug schwer auf Hanks Vorhand, und der schickte ihn noch tiefer in Weggoners Ecke. Weggoner wußte, was als nächstes kommen würde. Er stand, mit einer Hand an die Wand gestützt, plattfüßig in der Ecke, als Hank einen geraden Schuß von der Vorderwand zu seiner eigenen Ecke lenkte. Es hatte keinen Sinn, ihn zu erwischen zu versuchen.

»Mein Gott«, sagte Weggoner angewidert.

»Gutes Spiel«, sagte Hank.

Weggoner antwortete mit einer detaillierteren Bezeichnung. Er blieb stehen, und sowohl er als auch Hank sahen auf, als sie Applaus von dem Zuschauergang über der hinteren Wand hörten. Durch das Glas sahen sie Celia Manx und eine viel jüngere, blonde Frau. Bis die beiden Männer den Ball geholt hatten und aus der Halle hinausgegangen waren, waren auch die Frauen heruntergekommen.

»Bravo, bravo, ein weiterer Wahnsinnserfolg für den Goldjungen«, sagte Celia.

»Das ist eigentlich ein Männerclub, Celia. Was tun Sie hier?« fragte Weggoner.

»Sie werden es nicht glauben, aber manchmal gibt's auch über Männer Neuigkeiten. Eigentlich bin ich Hank auf der Spur. Ich habe endlich die Redaktion in der Stadt dazu überredet, einen Artikel über ihn zu bringen.«

»Also, ich habe im ganzen Monat noch kein einziges Spiel gewonnen. Er gehört Ihnen«, sagte Weggoner. Er hängte sich ein Handtuch um die Schultern und ging zu den Duschen, aber erst, nachdem er der anderen Frau einen langen Blick zugeworfen hatte.

Hank konnte den Grund dafür gut verstehen. In Washington gab es viele gutaussehende Frauen, die zum größten Teil als Sekretärinnen arbeiteten und hofften, einen cleveren, jungen Politiker-Assistenten an Land zu ziehen. Diese hier sah nicht so verfügbar aus, aber das hatte sie auch nicht nötig. Sie trug einen schwarzen Hosenanzug, wie bei Ellie ein bewußter Kontrast zu ihrem Haar, das fast so weißblond war wie frische Maisfäden. Ihre Augen waren dunkel und gleichmäßig blau, ihre Wimpern lang und praktisch unsichtbar. Ihr Mund war zu einem ironischen Lächeln über einen Witz gekräuselt, den er nicht verstand.

»Daisy wollte sie kennenlernen«, sagte Celia. »Kommen Sie, gehen wir irgendwohin, wo es bequem ist und man sich unterhalten kann.«

Die drei Leute gingen die leere Tribüne hoch und

setzten sich in der obersten Reihe hin. In der Halle unter ihnen hatte ein neues Spiel begonnen, und sie hörten die unregelmäßigen Aufpralle des Balls gegen die Wand.

»Welche Art von Artikel?« fragte Hank.

»Genau, was ich gesagt habe, unser Goldjunge. Erst zwei Monate in Washington, und bereits ein Sitz im wichtigsten Ausschuß. Einführungsrede mit einer Anklage gegen subversive Elemente ein großer Erfolg. Der populärste Mann im Pentagon, die am meisten gefragte Persönlichkeit bei Partys in Washington. Was wollen Sie noch mehr? Ich habe noch nie jemanden gesehen, der Politik so einfach aussehen läßt.«

Die junge Frau namens Daisy saß auf Celias anderer Seite. Sie lehnte sich hinüber und flüsterte Celia etwas ins Ohr.

»Ach ja, das hätte ich fast vergessen. Äußere Merkmale: groß, dunkles, gewolltes Haar, romantische Augen. Markanter Knochenbau, energisches Kinn. Breite Schultern, lange Beine, sehr sportlich.«

»Außer Atem, Seitenstechen und ein Krampf im Bein«, fügte Hank noch hinzu.

»Auch noch bescheiden«, sagte Celia. »Wissen Sie, was man über Sie sagt? Sie seien eine Mischung aus Cary Grant und Spiro Agnew.«

»Sie meinen, ich sehe aus wie Spiro und bin als Politiker so gut wie Grant? Das hört sich nicht wie ein Kompliment an.«

»Na ja, gut, aber unser Freund hier ist nicht so leicht einzuschätzen, wie das auf den ersten Blick aussieht. Sagen Sie mal, Hank, wie erklären Sie Ihr Glück? Es sieht so aus, als hätten Sie in Ihrem Leben eine gute Fee auf Ihrer Seite. Der Nationalausschuß benimmt sich, als wären Sie gerade mit zwei Tontafeln in der Hand vom Sinai herabgestiegen. Abschriften Ihrer Rede gehen an

›Junge Amerikaner für Freiheit‹, in Kommentaren spricht man davon, Sie seien der erste von einer Welle von Vietnamveteranen in der Politik. Selbst Ihr Sieg über Porter war eine große Sache.«

»Ist das für die Frauenseite?« fragte Hank.

»Frauen denken nach«, sagte Daisy.

Hank leckte sich am Finger und hielt ihn in die Luft, um damit einen Punkt für die Frau zu vermerken.

»Ganz im Ernst«, sagte Celia. »Hört sich das nicht an, als wäre es zu schön, um wahr zu sein?«

Hank sah die Reporterinnen an. Kluge, durchdringende Augen sahen ihn über Hautsäcken an. In seinem Magen breitete sich langsam Nervosität aus.

»Im Ernst?«

»Im Ernst.«

»Ich gestehe. Das kommt daher, daß hinter mir eine gute Frau steht, eine loyale Ehefrau, die nicht an mir zweifelt, meine Siege inspiriert und meine Wunden salbt.«

Die beiden Frauen sahen ihn ausdruckslos an.

»Ich glaube nicht, daß Sie etwas herausholen werden«, sagte die jüngere Frau zu Celia.

»Wenn Sie aber die Wahrheit wissen wollen«, redete Hank weiter, »es ist ganz einfach. Ich glaube, was ich sage. Dieses Land hat es zugelassen, daß selbstsüchtige Minderheiten und Pseudoliberale es zum Schrottplatz gemacht haben. Solange sie nur einen Zirkus veranstaltet haben, war das okay, aber jetzt gefährden sie das Überleben der Vereinigten Staaten selbst. Das meine ich ganz ehrlich, und vielleicht gefällt das vielen Leuten. Wenn es ihnen nicht gefällt, kann man auch nichts machen.«

»Der Ausschuß für Innere Sicherheit ist mächtiger als je zuvor. Manche Leute sagen, daß die Entscheidungen, die während dieser Amtsperiode von ihm getroffen werden, darüber bestimmen werden, ob die Vereinigten Staaten eine Demokratie bleiben. Glauben Sie, daß Sie nach zweimonatiger Erfahrung wissen werden, welche Entscheidungen zu treffen sind?«

»Ich weiß, was der durchschnittliche Amerikaner will«, sagte Hank.

»Das meinen Sie ernst«, sagte die jüngere Frau.

»Verdammt ernst.«

»Oh.« Sie schien enttäuscht. Nach ein oder zwei Sekunden entschuldigte sie sich, stolperte die Treppen der Tribüne hinunter und verschwand ohne großes Aufheben.

»Sind Sie nicht der Meinung, daß die Generale die Meinungsverschiedenheiten über Vietnam ausnutzen und den Ausschuß politisch nach rechts drängen?« fragte Celia.

»Ich weiß, daß es die Liberalen waren, die uns in diesen Krieg hineinmanövriert haben.«

Er wich ihren Fragen noch ungefähr zehn Minuten lang aus, bis sie es aufgab und ihm einige belanglose Fragen darüber stellte, was seine Hobbys seien und was er gern mit seiner Frau zusammen tat. Schließlich standen sie auf und gingen zusammen die Stufen hinunter.

»Ich möchte Ihnen eine Frage stellen«, sagte er.

»Nur zu.«

»Wer war die Frau?«

Celia lächelte spitzbübisch.

»Daisy Hansen, Senator Hansens Tochter. Sie ist mitgekommen, um sich davon zu überzeugen, ob Sie echt sind.«

»Bin ich es?«

Die Frage traf Celia unvorbereitet.

»Es macht mir zwar angst, aber ich halte es durchaus für möglich.«

Als Hank in den Umkleideraum mit den Schließfächern kam, war Weggoner schon weg. Er ließ sich auf der Holzbank vor seinem Schließfach nieder und holte eine Zigarette heraus. Bis der Rauch durch die Gasfilter, die reaktivierte Holzkohle und das Zelluloid gekommen war, schmeckte der Tabak sauer. Er drückte die Zigarette auf dem Boden aus und machte sich noch immer nicht die Mühe, seinen Straßenanzug anzuziehen.

Celia Manx war nichts als eine Klatschjournalistin. Sie hatte merkwürdige Gerüchte gehört und sie für Neuigkeiten gehalten. Die Schwierigkeit bestand nur darin, daß die Fragen, die sie Hank gestellt hatte, die gleichen waren, die ihn seit einiger Zeit beschäftigten.

Warum hatten man ihn für einen Sitz in dem Ausschuß ausgesucht? Er war nicht so von sich eingenommen, sich selbst für die einzig richtige Wahl zu halten; es gab im Haus eine ganze Menge Leute jeder politischen Richtung, die weit beschlagener waren als er. Warum nahm sich ein Mann wie Weggoner Zeit, mit ihm Squash zu spielen? Es gab auf jeden Fall mächtigere Abgeordnete, die er hätte hofieren können. Warum hatte Hank überhaupt Zeit zum Spielen, während andere neue Kongreßangehörige in der Stadt herumrasten und auf sich aufmerksam zu machen suchten.

Das war es, was ihn störte. Es war alles einfach zu leicht. Pew hatte ihm einen Presseagenten besorgt, und der Presseagent machte alles. Er holte Hank morgens ab, gab ihm einige ausgesuchte Briefe aus der morgendlichen Post und beantwortete die anderen selbst mit einer guten Imitation von Hanks Unterschrift. Die Helfer des Agenten übernahmen die Laufarbeit und verfolgten den Weg von Gesetzesvorlagen durch die verschiedenen Ausschüsse, kümmerten sich um Besucher in Washington aus seinem Wahlkreis und schickten regelmäßig Pressemitteilungen rechtzeitig an die Zeitungen zu Hause. Hank aß ohne Hast zu Mittag, und wenn das Haus um zwölf Uhr zusammentrat, war der Agent da und flitzte von Schreibtisch zu Schreibtisch. Wenn Hank eine Rede hielt, wie zum Beispiel die über die Unruhen an der Universität, war sie auf eine sorgfältige und vernichtende Art vollständig. Wer auch immer sie vorbereitete – Hank bekam seine Reden immer erst zehn Minuten, bevor er sie halten sollte, zu Gesicht –, hatte dafür verblüffend viel Vorarbeit geleistet. Die Nachricht, daß der Student, der die Protestveranstaltungen in Michigan organisiert hatte, der Sohn eines ehemaligen Roten war, sorgte für Schlagzeilen. Nicht einmal der Student hatte das geahnt, so eifrig hatte sein Vater seine Vergangenheit verborgen.

Nein, es sah wirklich so aus, als sei Hank ein Schoßkind des Glücks. Einige einflußreiche Persönlichkeiten hatten ein Interesse an ihm entwickelt und unterstützten ihn. Er hätte Dankbarkeit empfinden müssen, und das tat er auch. Je mehr er aber über die hilfreiche Hand nachdachte, desto weniger gefiel ihm die Sache. Er würde herausbekommen, wer diese Rede für ihn geschrieben hatte.

Die Entscheidung erleichterte ihn. Er zog sich aus und wickelte sich das Handtuch um die Hüften. Als er in den Duschraum kam, war er leer. Auch der Umkleideraum war leer, was für diese Zeit ungewöhnlich war. Er vermißte die Witze unter Männern.

Die Kacheln waren kalt und naß. Wasser stand in Pfützen darauf. Er hängte das Handtuch über den nächsten Hahn. Mit einer Hand kratzte er sich am Sack, während er mit der anderen den Wasserhahn aufdrehte, zuerst heiß und dann kalt. Er mußte eine Zeitlang an den Hähnen drehen, bis er die richtige Kombination erreicht hatte, heiß, aber nicht kochend. Der Dampf stieg in einer

Säule von seinem Körper auf. Er begann, sich einzuseifen.

Sein Haar hing über seine Augen und Wasser lief an ihm herunter, als ein anderer Mann hereinkam. Der Mann trug ein Handtuch über einem Arm, aber er war vollständig bekleidet. Hank wischte sich das Haar aus den Augen und grinste. Jameson, sein armer Pressesekretär, hatte ihn offensichtlich in der ganzen Stadt gesucht.

»Bringen Sie eine Mitteilung?« rief Hank, um das Geräusch des Wassers zu übertönen.

»Ja«, sagte der Sekretär. Er ließ seinen Arm gerade herunterhängen. Das Handtuch fiel auf den Boden und färbte sich grau, als es Wasser aufsaugte. Die Hand, die von dem Handtuch bedeckt gewesen war, hielt einen .45er. Der Pressesekretär zog den Verschluß der automatischen Pistole zurück und spannte sie. Er zielte mit ihr direkt auf Hanks Magen und feuerte.

In dem dampferfüllten Duschraum war der Schuß wie eine Explosion; draußen war kaum etwas zu hören.

4. Kapitel

Ein kurzer Blick auf die vergangenen vier Monate. Der Tod entfaltete sich mit der langsamen Bewegung einer sich öffnenden Blume.

Als Arthur Jamesons Hand von dem Rückschlag der Pistole zuckte, ragte eine stumpfe Nase aus ihrem Lauf. Das Geschoß trennte sich von ihm und schwamm auf Hank zu. Das Geräusch schwoll an und verebbte in träger Orchestrierung. Hank senkte sich aus der Schußbahn und schwebte neben dem Geschoß. Es verschwand aus seinem Blickfeld, und zur gleichen Zeit begann sein Magen zu brennen. Keramiksplitter traten aus dem schwarzen Stern in der gekachelten Wand hinter ihm.

Er prallte von seinen Knien auf seine Ellbogen, und sein Pressesekretär senkte die Mündung seiner Pistole in Hanks Gesicht. Hank packte ein Hosenbein und zog. Ein Gummiabsatz rollte über seine Finger, während Jameson um sein Gleichgewicht kämpfte. Der Sekretär hob seine Arme, als stünde er auf einem Sprungbrett, und der zweite Schuß löste sich und ging direkt nach oben in die Decke. Hank zog noch einmal, und Jameson fiel steif auf seinen Rücken. Das krachende Geräusch war sein Schädel, der auf die Kacheln schlug. Die Pistole sprang aus seiner Hand und glitt in elliptischen Umdrehungen bis zur gegenüberliegenden Wand.

Beide Männer krochen zu der Pistole. Hank lag vorne. Jameson versuchte, ihn zurückzuhalten, kratzte aber nur über seinen Rücken. Hank hatte die Hälfte der Strecke bis zu der Pistole zurückgelegt. Sie war ein paar Fuß von der Wand abgeprallt und lag mit dem Lauf auf sie gerichtet auf dem Boden. Je mehr Jameson versuchte, Hank zurückzuhalten, desto heftiger schob der ihn von sich weg, so daß sie wie ein seltsames Akrobatenteam aussahen. Jameson ließ Hanks Hüfte los und fiel zurück, um sich über seine Beine zu hocken. Hank schleifte das tote Gewicht über den Boden. Er bemerkte, daß sein linkes Bein an die Kacheln gedrückt wurde, wußte aber nicht warum, bis es krampfartig zu zucken begann und gefühllos wurde. Inzwischen drückte der Sekretär sein rechtes Bein herunter und entblößte die straff gespannten Sehnen auf der Innenseite von Hanks Knie. Hank trat zurück, so fest er konnte, und rutschte wieder fünf Inches näher an die Pistole.

Hank streckte seinen Körper und seinen Arm. Sein Mittelfinger berührte den Lauf und schlug ihn zwei Inches zurück. Er berührte die Pistole wieder, und sie entglitt ihm ein zweites Mal. Sein Bein war verwundbar, aber der Schlag kam zu sehr von oben herab und traf nur den dicken Muskel auf der Hinterseite seines Oberschenkels und nicht die Sehnen. Er bäumte sich auf und erwischte die Pistole mit seiner Hand so, wie eine Katze ihr Junges aufschnappen würde. Er drehte sich auf seinen Rücken.

Jamesons Bewegungen waren gewandter, professioneller aufeinander abgestimmt. Hanks Hand wurde in der Luft abgefangen, und ein Unterarm drückte gegen seine Kehle. Er mußte die Geschicklichkeit des Sekretärs bewundern. Er war nicht in der Lage, die Pistole auch nur einen Inch zu bewegen, aber sein Kopf wurde zurückgedrückt, bis er nur noch Jamesons Gesicht und die Decke sehen konnte. Der Unterarm bewegte sich langsam über seine ungeschützte Luftröhre, und dann spürte er, wie Daumen und Finger nach der Halsschlagader suchten. Der Sekretär senkte sich bequemer auf Hanks Brustkorb und beugte sich nach vorn, um mehr Gewicht hinter seine Arbeit zu setzen.

Hank hatte bisher nie die Augen seines Sekretärs bemerkt. Sie waren hellbraun, mit langen Wimpern, und sie waren sehr geduldig. Als er die Pistole zweimal in die Decke abfeuerte, blinzelten diese Augen nicht einmal. Die Finger glitten unter sein Kinn und streichelten die versteckten Arterien. Seine mit der linken Hand geführten Schläge prasselten nutzlos auf die Schulter des Sekretärs herab. Die Fingerspitzen ruhten so sanft und fest auf seinem Schlund wie die eines Chirurgen und versuchten nicht, ihm die Luftzufuhr zu unterbrechen, sondern nur den Fluß seines Bluts zum Gehirn. Die Kraft in seinem rechten Arm ließ nach, bald würde er die Pistole aufgeben müssen. Er ließ seinen Kopf nach hinten sinken und sah an die Decke. Die Bilder vor seinen Augen flackerten wie Sterne. Der Sekretär beugte sich noch weiter nach vorne.

Hanks Knie hob sich zwischen Jamesons Beinen. Die leichte Bewegung beschleunigte sich abrupt, und als der Kopf des Sekretärs gegen die Wand schlug, hatte er die Geschwindigkeit eines langsam fahrenden Autos erreicht. Hank befahl seinem Knie einen weiteren Stoß, aber er hatte den Verdacht, daß es nicht reagierte. Das machte nichts aus, denn Jameson rollte zur Seite. Die Rehaugen hatten ihre Schärfe verloren, und die beiden Männer waren nur noch durch die Hand an Hanks Handgelenk verbunden. Hank versuchte, es wegzuziehen, aber sein Arm war so schwach wie der eines Babys. Er erhob sich zur gleichen Zeit wie Jameson auf ein Knie, und sie sanken trunken ineinander. Der Sekretär begann, vage um sich zu schlagen, und traf Hank schließlich gegen die Brust. Hank sank gegen die Wand und sah zu, wie die Pistole aus seiner Hand fiel und zu ihrem Besitzer hinklapperte.

Jameson ließ sich beschützend über die Pistole fallen und tastete unter seinem Magen nach ihrem Griff. Hank sagte sich selbst, er müsse etwas tun. Er brauchte seine gesamte Konzentration dazu, seine Knie unter sich zu ziehen; er schien einfach nur einzuschlafen. Jameson hatte sich auf alle viere erhoben, als Hank mit einer Anstrengung auf ihm landete, die so schwächlich war, daß sie dem Mann nicht einmal einen Grunzlaut entlockte. Er hielt sich auf dem schwankenden Sekretär fest. Zuerst versagte Jameson ein Knie seinen Dienst, und dann das andere. Er senkte seinen Kopf, als seine Arme auf dem glatten Boden wegrutschten und er mit Hank auf dem Rücken sanft zusammenbrach. Als sie auf den Boden aufschlugen, hörte Hank eine Explosion und spürte durch die Rückseite des Jacketts, wie Jamesons Herz gegen ihn schlug.

Jameson hatte keine Überraschungen mehr auf Lager. Innerhalb von wenigen Sekunden begann sein Jackett sich von unten herauf zu verfärben, und das Gitterwerk der Kacheln um ihn herum wurde rot. Hank saß da und sah zu, wie das rote Muster sich zum Abfluß bewegte, bis er wieder Luft bekam. Er hoffte auf einen Bauchschuß, aber das Geschoß war durch die Brust gedrungen und hatte das Herz durchbohrt. Jameson war tot. Bis auf die Hand um die Pistole war er völlig schlaff. Hank wurde an einen Schwanz erinnert, der mit dem Hund wedelt.

Er stand auf, schlang sich ein Handtuch um die Hüften und wischte sich daran das Blut von den Händen. Seine Füße hinterließen auf dem Boden rosa Spuren, bis er sie unter einer Dusche abwusch. Er hinkte und hatte Schluckbeschwerden, aber der größte Schmerz kam von der verkohlten Brandwunde über seinem Magen. Er verspürte keine Siegesfreude. Die Augen des Sekretärs hatten sich endlich geschlossen, als schämten sie sich darüber, daß das schreckliche Geheimnis seiner Brust enthüllt worden war. Er war der perfekte Pressesekretär und Verwaltungsassistent gewesen, dachte Hank. Hank hatte schon vorher Menschen getötet, aber sie waren kleiner gewesen und hatten eine andere Farbe besessen, und außerdem hatte er es nicht allein getan. Er fühlte sich erschöpft und verwirrt.

Er ging durch den Duschraum in den Umkleideraum. Dort fanden sich weder Mitglieder noch Wärter, die gewöhnlich mit Karren voller Wäsche herumrasten. Das erklärte, warum niemand auf die Schüsse reagiert hatte, aber Hank konnte sich nicht erklären, warum kein Mensch da war. Er rief laut. Keine Antwort. Er ging unter Schmerzen zu dem Haustelefon in dem Aufenthaltsraum der Wärter und wählte die Nummer der Halle. Nachdem es zwanzigmal geklingelt hatte, hängte er auf.

Er wanderte in den Duschraum zurück. Jameson lag noch da, als gehörte er zum Mobiliar. Wahrscheinlich hatte jemand Jameson für den Mordversuch bezahlt, und das Geld steckte in seiner Brieftasche, aber Hank brachte es nicht fertig, ihn herumzuwälzen. In der Innentasche von Jamesons Jackett fand er keine Flugkarte, sondern nur eine Brille und einen Stift. Er erinnerte sich nicht daran, Jameson je mit einer Brille gesehen zu haben, und als er durch sie sah, da sah er durch Fensterglas. Auch eine Lochkarte für einen Computer war da. Sie hätte ebensogut eine Telefonrechnung wie eine Stromrechnung sein können, denn sie zeigte keinerlei Aufdruck. Er legte die Gegenstände auf Jamesons Kopf, weil das die einzige trockene Stelle war, und ging dann zu seinem Schließfach hinaus, um sich anzuziehen. Bekleidet ging er langsam zum hinteren Ende des Umkleideraums, wo eine Anschlagtafel und ein Münztelefon an der Wand hingen. Schilder ermahnten die Mitglieder, leere Sodaflaschen zurückzugeben, und luden sie ein, sich einer Basketballliga des Kongresses anzuschließen. Hank rief noch einmal den Empfang an. Er ließ es zehnmal klingeln und gab auf, benutzte die gleiche Münze, um die Polizei des Distrikts Columbia anzurufen. Er hatte seinen Atem wieder unter Kontrolle, und er sprach ruhig.

»Ich möchte einen Todesfall im Capitol Club melden. Eine Schießerei.«

»Sprechen Sie.«

»Der Tote ist Arthur Jameson. Ich kann niemand anders erreichen, und ich möchte den Schauplatz nicht verlassen.«

»Wer spricht dort?«

»Hier spricht der Kongreßangehörige Newman. Ich glaube, Sie sollten wohl besser sofort jemand herschicken.«

»Könnten Sie wohl bitte eine Sekunde lang am Apparat bleiben.« Darauf folgte eine kurze Pause. »Ein Wagen ist unterwegs. Sie sagten, der Kongreßangehörige Newman ist tot?«

»Nein, Sie mißverstehen mich. Ich bin der Kongreßangehörige Newman. Ein Mann namens Jameson ist tot.«

»Wie ist der Kongreßangehörige Newman umgekommen?«

Hank sah den Telefonhörer an. Konnte die Verbindung so schlecht sein? »Ich bin nicht tot«, wiederholte er. »Arthur Jameson ist tot. Er hat sich selbst erschossen.«

»Er hat Selbstmord begangen?«

»Nein. Es ist bei einem Kampf passiert. Ich meine, er hat versucht, mich umzubringen. Hören Sie, ich bin hier in dem Duschraum bei der Leiche. Was glauben Sie, wie lange Ihre Leute brauchen, bis sie hier sind?«

»Sofort. Nicht jeden Tag wird ein Kongreßangehöriger erschossen.«

»Warten Sie«, sagte Hank, aber die Leitung war tot. Er hing auf und ging in den Duschraum zurück. Jameson war nicht gegangen. Das Zeug auf seinem Gesicht sah respektlos aus, und er nahm es weg. Er konnte es nicht wieder in Jamesons Tasche stecken, weil seine Kleider triefnaß waren. Selbst nach dem Tod glitzerte das Blut vor Leben. Hank stopfte sich die Gegenstände für die Polizei in seine eigene Tasche. Während er wartete, lehnte er sich an die Wand und rauchte.

Zwei Streifenbeamte, einer weiß und einer schwarz, und ein Kriminalbeamter in Zivil erschienen. Der Kriminalbeamte zeigte eine geleckte Ordentlichkeit, die Hank an FBI-Agenten erinnerte. Hank ging ihnen zu der Nachrichtentafel entgegen und führte sie in den Duschraum. Der weiße Streifenbeamte nahm Jamesons Brieftasche an sich; davon abgesehen, ließen sie ihn in Ruhe. Der Beamte in Zivil befragte Hank, ohne sich Notizen zu machen.

»Er hat mich beim Duschen angegriffen«, sagte Hank. Er hatte sich alles vorher überlegt. »Er hatte einen Armee-45er. Er kam zu mir her, schoß auf mich, verfehlte mich aber. Danach kämpften wir am Boden um die Pistole, und zum Schluß lag ich auf ihm und er auf der Pistole. Er versuchte hochzukommen, und wahrscheinlich hat er sich dabei versehentlich erschossen. Die wesentlichen Fakten sind, daß er mich angegriffen und sich dabei selbst erschossen hat. Ich denke, da gibt es noch einige Leute, die benachrichtigt werden sollten.«

»Darauf können Sie wetten«, sagte der Beamte in Zivil. Er war so glattrasiert, daß es aussah, als bräuchte er sich nie wieder zu rasieren. »Sie haben gerade einen Kongreßangehörigen getötet.«

Hank blinzelte. Eine Konfusion schien sich einzunisten.

»Nein, nein, das dort drüben ist der Kongreßangehörige Newman. Und daß es kein Selbstmord war, das brauchen Sie mir nicht zu sagen«, sagte der Beamte. während er sich nach dem gezackten Loch umsah. »Ein richtiges Duell.«

»Ich hatte keine Pistole. Wie auch immer«, sagte Hank hastig, bevor das übergangen wurde, was er sagen wollte, »ich bin der Kongreßangehörige Newman. Das da ist mein Pressesekretär Arthur Jameson.«

Der Mund des Beamten wurde breiter, ohne jedoch wirklich in ein Grinsen auszubrechen. »Sie haben dem Sergeanten am Telefon gesagt, Sie hätten Newman getötet.«

»Nein. Da hat es ein Durcheinander gegeben. Hey!« Otto, der Umkleideraumwächter, war endlich erschienen. Er war ein dünner Mann, der sich in seinem Sweatshirt verlor. Er wurde von dem weißen Streifenbeamten begleitet. Die beiden blieben vor dem auf dem Boden liegenden Jameson stehen. Otto war sehr gerührt und stand kurz vor den Tränen.

»Drecksack«, sagte er zu den Streifenbeamten und sah sie nacheinander an. »Ich wünsche, ich wäre hier gewesen. Ich wünsche, ich könnte den Typ in die Finger bekommen, der das gemacht hat.«

»Otto!«

Otto ignorierte Hank und fluchte weiter. »Er war ein feiner Mann, Mr. Newman. Nie habe ich ihn betrunken gesehen, nie hat er sich beschwert.«

»Otto, hier bin ich doch.« Hank versuchte, den Wächter zu erreichen, aber der Streifenbeamte hielt ihn am Arm fest. »Verdammt noch mal, er weiß doch, wer ich bin.«

»Können Sie ihn eindeutig identifizieren?« fragte der schwarze Streifenbeamte. Er holte einen Notizblock heraus.

»Na klar, das habe ich doch gesagt. Das ist Mr. Newman. Ganz sicher. Ich wünsche nur, ich könnte den Bastard in die Finger bekommen«, sagte Otto und schüttelte den Kopf.

»Er ist verrückt«, sagte Hank. »Oder er lügt. Lassen Sie mich telefonieren.«

»Wollen Sie einen Anwalt?«

»Nein. Ich brauche nur beim Empfang anzurufen, und eines von den Mitgliedern kann herunterkommen und mich identifizieren.«

»Der Club ist seit Mittag geschlossen. Wegen Malerarbeiten. Es sind keine Mitglieder hier. Wissen Sie das nicht?« Der Beamte in Zivil war tolerant und freundlich. Sein Benehmen irritierte Hank nur um so mehr.

»Was sollte der Kongreßangehörige Newman denn hier unten wollen?« fragte er. »Sich mit Ihnen treffen? Von Ihnen verfolgt werden? Oder Ihnen folgen? Und aus welchem Grund?«

Die Toleranz des Beamten zerbrach endlich zu einem hämischen Lächeln. »Ich nehme an, Sie beide hatten etwas abzumachen. Sie behaupten, er hat sie angegriffen, während Sie geduscht haben. Ich darf wohl davon ausgehen, daß Sie nicht in Ihren Kleidern duschen.«

Einen Augenblick lang überlegte sich Hank, ob er ihn schlagen sollte. Als er es unterließ, schien der Beamte enttäuscht.

»Sie sind sehr selbstgefällig und arrogant, und Sie wissen verdammt genau, daß ich der Kongreßabgeordnete Newman bin. Wenn ich jemand hergeholt habe, der die Sache aufklärt, werde ich mich noch einmal mit Ihnen beschäftigen«, sagte Hank. Er war sich jetzt sicher, daß der Mann vom FBI kam. Die Agenten hatten im Distrikt freie Hand. Das hier war ein typischer Fall von bürokratischem Hochmut.

Er war erleichtert, als er General Weggoner in den Duschraum gestürmt kommen sah. Weggoner war rot im Gesicht und machte einen aufgeregten Eindruck. Wie sich das gehört, dachte Hank. Das Pentagon hatte im Kongreß keinen besseren Freund als ihn. Weggoner würde das Durcheinander nur zu gern bereinigen.

»Erst heute morgen haben wir Squash zusammen gespielt«, sagte Weggoner. »Das ist eine schreckliche Sache «

»Ned, Gott sei Dank sind Sie hier«, sagte Hank.

Weggoner schob sich an Hank vorbei und ging zur Leiche. Er war deutlich verstört. Ein roter Strich bildete sich an der Stelle, wo sein gestärkter Kragen in seinen Hals einschnitt.

»Haben Sie den Mann erwischt, der dafür verantwortlich ist?« fragte er. Seine Stimme klang erregt.

»Ned, sagen Sie Ihnen, wer ich bin.«

»Wir suchen ihn noch«, sagte der Zivilbeamte. »Wie Sie wissen, war der Club leer.«

»Ned, hier bin ich doch.«

»Wahrscheinlich mehr als ein Täter«, sagte Weggoner.

»Sie können ihn aber doch positiv identifizieren, oder?«

»Natürlich. Ich habe gerade vor zwei Stunden mit ihm Squash gespielt. Das ist ein ganz entsetzlicher Schlag. Er war so jung.«

Hank sah Weggoner an. Er versuchte, etwas an ihm zu finden, was anders aussah, denn er hatte den Verdacht, daß das nicht der Mann war, den er früher am Tag gesehen hatte. Eines nämlich war klar: Einer von ihnen beiden mußte falsch sein. Die Schwierigkeit war nur, daß er, je schärfer er hinsah, immer überzeugter wurde, daß Weggoner echt war. Selbst die kleine Verletzung an der Hand war da, die er sich zugezogen hatte, als er während des Spiels Hank in den Schläger gelaufen war. Inzwischen kamen noch mehr Leute in die Dusche. Hank kannte die meisten von ihnen. Niemand nahm seine Anwesenheit zur Kenntnis.

Der Zivilbeamte schob Hank in das hintere Ende des Duschraums, neben eine Tür, die zur Heizung führte. Duggs Pressesekretär identifizierte die Leiche als Hank, und ein Sicherheitsoffizier für das Amtsgebäude, den Hank noch nie gesehen hatte, tat das gleiche.

»Sie lügen alle«, sagte Hank. »Was, zum Teufel, ist hier eigentlich los?«

»Sie identifizieren die Leiche.«

»Sind Sie sicher, daß es kein Selbstmord war? Er hat die Pistole noch in der Hand«, sagte Duggs Pressesekretär.

»Wir sind ziemlich sicher, daß sie ihm jemand in die Hand gedrückt hat«, sagte ein neuer Beamter in Zivil. »Es gibt deutliche Spuren eines Kampfes. Wir werden den Körper auf Verletzungen untersuchen und auf fremde Fingerabdrücke.« Der Blitz eines Fotografen beleuchtete den Duschraum.

»Kommen Sie mit«, sagte der Beamte bei Hank. Er schob ihn durch die Tür in einen Bereich, der von grauen, gepolsterten, riesigen Boilern umrahmt war. Trockene Hitze stieg von den Boilern auf und kitzelte Hank in der Nase. Sie erinnerte ihn daran, daß er nicht unsichtbar war, daß er trotz der Behauptungen der Männer im Duschraum noch lebte. Eine weitere Erinnerung daran war die Pistole in seinem Rücken.

»Stellen Sie sich an die Wand. Hände hoch, Beine spreizen!«

Hank lehnte sich mit gespreizten Gliedmaßen an die Wand. Der Agent muß verrrückt sein, dachte er zuerst, aber dann fiel es ihm ein, daß nach der Meinung aller anderen er der Verrückte war. Auf eine geisteskranke Art und Weise beruhigte ihn die zweite Pistole. Physische Gefahr war ihm bekannt, war etwas, wogegen er kämpfen konnte. Die Hände des Agenten glitten über seine Brust und an seinen Beinen herunter. Er spürte, wie ihm seine Brieftasche abgenommen wurde, und hörte, wie sie durchsucht wurde. Die Brieftasche wurde zurückgesteckt.

»Sie reiten sich nur tiefer hinein«, sagte Hank zu der Wand.

»Sicher. Drehen Sie sich um!«

Hank verlagerte sein Gewicht wieder auf seine Füße und begann, sich umzudrehen. Wenn der Mann nicht weiter als drei Fuß, der Reichweite seiner Arme, entfernt von ihm stand, konnte Hank ihn entwaffnen, dessen war er sich sicher. Es hatte keinen Zweck. Der Beamte stand sechs Fuß von Hank entfernt und wartete darauf, daß Hank es mit ihm versuchen würde.

»Hauen Sie ab«, sagte der Beamte.

»Nein, danke. Sie werden mich nicht bei einem Fluchtversuch in den Rücken schießen. Ich brauche nur hinaus auf die Straße zu gehen. Im Repräsentantenhaus gibt es noch 434 weitere Mitglieder, und ich kenne eine Menge von ihnen, und außerdem noch eine Menge Senatoren und Assistenten. Dann werden Sie eine Menge Antworten finden müssen.«

Nach dem Gesichtsausdruck des Agenten zu urteilen, hatte er diese Situation nicht erwartet. Die Pistole zielte weiter auf Hanks Gürtel. Sie hörten, wie die Männer in dem Duschraum gingen. Offensichtlich wurde Jamesons Leiche wegtransportiert.

»Eigentlich ist es verblüffend, daß General Weggoner ein Roter ist«, sagte Hank beiläufig.

Das belustigte den Agenten. Die Geräusche aus dem Duschraum waren verstummt. Man ließ sie allein. Wofür? Die Stichelei über Weggoner hatte nicht gewirkt. Wenn nicht ein Roter, ein Rechtsradikaler? Mafia? Nur eines schien sicher: Es drehte sich darum, daß er tot war, und das war der Grund, warum er mit dem Agenten alleingelassen wurde. Er konnte die sechs Fuß schaffen, bevor der Agent seine Beine bewegte, aber nicht, bevor er mit dem Finger gezuckt hatte. Es war eine einfache Formel: Zeit × Geschwindigkeit = Entfernung: .38. Der Agent trat einen weiteren Schritt zurück und verlängerte die Entfernung, die für einen armen Rechtsanwalt zu weit war. In seiner Kehle fand sich absolut keine Spur von Wasser, ein leerer Hahn. Er sah, wie der Hammer der Pistole gegen die Feder drückte.

Seine Arme wurden gepackt. Die Streifenbeamten waren von beiden Seiten gekommen, während er sich auf den Agenten konzentriert hatte. Sie zogen ihm die Arme hinter den Rücken und drückten seine Hände gegen seine Schulterblätter. Der Agent ließ den Hammer vorsichtig los.

»Ich dachte schon, ich müßte ihn erschießen. Ihr Jungs habt euch Zeit gelassen«, sagte er. Es war das erste Anzeichen von Unruhe, das Hank bei dem Agenten bemerkt hatte.

»Um die Ambulanz hat sich eine Menge gesammelt, und Reporter sind da«, sagte der schwarze Streifenbeamte. Als Hank sich bewegte, riß der Streifenbeamte Hanks Handgelenk noch höher, bis Hank dachte, bald wäre sein Arm ausgekugelt.

»Der Kongreßangehörige Newman ist tot. Er ist von einem Mann erschossen worden, der fliehen konnte. Hinter diesem Mann sind wir her«, sagte der Agent, und Hank brauchte eine Zeitlang, bis er merkte, daß der Agent mit ihm sprach. »Newman war ein Veteran, ein Held. Wir werden es nicht zulassen, daß er von einer üblen Geschichte nach seinem Tod ruiniert wird. Wir werden

Sie jagen, aber wenn Sie schlau sind, werden Sie davonkommen. Wenn Sie in Washington bleiben, sind Sie tot. Wenn Sie mit jemand reden, sind Sie ebenfalls tot. Sie haben einen Tag Zeit, um herauszukommen. Danach werden Sie sich von Gott wünschen, Sie hätten den Kongreßangehörigen Newman nie getroffen.«

»Ich *bin* Newman«, sagte Hank.

Er hätte noch mehr gesagt, aber der Agent hatte seine Pistole umgedreht, so daß der Griff nach vorne zeigte, und sie mit aller Kraft in Hanks Gesicht geschlagen. Die Spitze des Griffs traf auf Hanks Nasenbein und brach das dünne Knochenstück. Eine Welle von Blut brach aus Hanks Nase und in seinen Mund. Die Pistole traf den gleichen Punkt noch einmal im gleichen Winkel und trieb die gebrochene Nase in Hanks Wange, so, wie jemand mit einem Meißel eine Tür aufsprengt. Als sie fertig waren, gab einer der Streifenbeamten Hank ein Handtuch aus dem Umkleideraum. Sie führten ihn aus dem Ausgang im Heizungskeller in eine enge Straße und setzten ihn auf den Rücksitz eines Wagens. Sie fuhren, bis es dunkel wurde, und ließen ihn hinter der Grenze von Maryland, eine Meile von Suitland entfernt, heraus. Bis man ihnen befohlen hatte, zurückzukehren und ihn festzunehmen, war er stolpernd in der Dunkelheit verschwunden.

BOTSCHAFT: Y77C4–75–3–12–1802

EMPF: 202USAMILINTANNEX/301CHESMARINE-
ARSENAL/302REHOCG/609DELVERTEIDI-
GUNGSGRP/215SOPHILAMARINEBASIS/
717HARRISNATGD/304HUNTUSAMILINT/
703CAPVERTEIDIGUNGSEINHEIT

SONSTIGE: SECRETSERVICEHONEYWELL2300–9919/
JUSTIZMINIBM36/–75–4007/FEDBUREAU-
INVESTRCA8–200–3659/USZOLL-
BEHRCA8–200–4203
ZUSATZ: KEINER
SPRACHE: PLI/FORTRAN/COBOL
CODE: NEWMAN HOWARD
ANSCHR: 156302107202
NEUCODE: JAMESON ARTHUR
NEUANSCHR: 194595411301
KRED: AMEREXPRESS5489008/DINERS73552A/
HERTZ449702/UNITEDAIR64900/
MASTERCHA1904493/MOBIL738475022
KORREKTUR: MOBIL73847502
BESTÄTIGUNG
ACHTUNG: REALZEITVERLUST 5539 MILLISEK FÜR
BESTÄTIGG
BEST/DIES IST KEINE ÜBUNG
BESTÄTIGUNG EMPFANGEN
INDEX: 8888888888888888888888888888888888888888

5. Kapitel

Er kam aus dem Wald auf eine zweispurige Bundesstraße. Die dünnen Hickorybäume an ihrem Rand ließen nur einen fahlen Streifen Himmel frei. Die spätwinterliche Luft war kalt. Er wählte die Straße, die nach Norden führte. Sie machte einen dunkleren Eindruck.

Zwei Meilen weiter fand er eine Tankstelle. In ihr brannte Licht, und einige Männer in Jagdkleidung saßen an einer Theke. Die Wände waren mit Reklame für alkoholfreie Getränke und Postern bedeckt. Ein Glasbehälter enthielt eine Auswahl von Nüssen. Die Männer sahen nicht so aus, als hätten sie es besonders eilig damit weiterzufahren.

»Großer Gott, schaut euch das an«, sagte der erste Mann, noch bevor Hank die Tür geöffnet hatte.

Er kam herein und lehnte sich an die Theke. Drei Jäger und ein Mann in einem Mechaniker-Overall, alle in den Fünfzigern, bildeten die Kundschaft. Zwei trugen Buttons mit der amerikanischen Flagge an ihren Jackenaufschlägen. Der Mechaniker stellte seine Colaflasche hart auf die Theke und glotzte. Der gesamte mittlere Teil von Hanks Gesicht war ein einziger blauer Fleck, die Nase kaum zu erkennen. Beide Wangen waren dick und blau. Er sah aus Schlitzen heraus, und seine Oberlippe war angeschwollen; ein Gesicht wie eine vielbenutzte Zielscheibe. Sein Hemd war braun, und die Zwischenräume seiner Zähne waren voller Blut.

Einer der Jäger stand auf, und dann erhoben sich auch die anderen Männer und machten Hank Platz, damit er sich hinsetzen konnte.

»Mensch, Leute, paßt doch auf«, sagte der Tankstellenbesitzer. »Der Mann ist verletzt, seht ihr das denn nicht?« Das konnten zwar alle sehen, aber der Besitzer war der Gastgeber. Der Abend hatte einen anderen Charakter angenommen. Ihre Gewehre standen in einer Ecke unter einem Plakat über Wasserverschmutzung. Die Tankstelle erschien kleiner und die Nacht größer.

»Können Sie sprechen? Was ist passiert?« sagte der Besitzer.

»Hippie«, sagte Hank. Er hatte sich eine Geschichte zurechtgelegt, aber es überraschte ihn, seine Stimme zu hören. Sie klang gedämpft, als hätte er den Mund voll. »Ein Tramper, ich habe ihn mitgenommen. Hat mir eins mit einem Schraubenschlüssel übergezogen und mein Auto gestohlen. Das ist alles, was ich weiß.«

»Harry, ruf du die Staatspolizei an. Machen Sie sich keine Gedanken, Mister. In zwei Minuten ist die Polizei hier. Den Dreckskerl kriegen wir.«

An der Wand hing ein Telefon. Hank sah, daß der Mann, der Harry genannt worden war, hinging.

»Warten Sie. Sie können nicht anrufen.«

Harry hängte den Hörer wieder ein. Die vier Männer beobachteten Hank kritisch.

»Warum nicht?« fragte Harry.

»Könnten Sie mir bitte etwas kaltes Wasser geben? Ich möchte mir diesen Geschmack aus dem Mund spülen«, sagte Hank. Die Bitte um Gastfreundschaft lenkte sie einen Augenblick lang ab. Der Besitzer reichte Hank ein Glas eiskaltes Wasser. Hank spülte sich vorsichtig damit den Mund aus und schluckte es hinunter.

»Ich kann es mir nicht leisten, daß so etwas in die Zeitung kommt«, sagte Hank. »Meine Frau glaubt, ich bin an der Westküste. Sie verstehen.«

Die Männer sahen sich unsicher an. Hank war scheußlich verprügelt worden und versuchte, das zu übergehen. Auf der anderen Seite sah er seiner Kleidung nach wie einer von der Regierung aus, für die Provinz ein seltsames Wesen.

»Und was ist mit Ihrem Auto?« fragte der Tankstellenbesitzer.

»Leihwagen. Darüber braucht man sich keine Gedanken zu machen«, sagte Hank so zuversichtlich, wie er konnte. Das Blut in seinem Magen ließ eine Übelkeit in ihm aufsteigen.

»Sie müssen zum Arzt«, sagte Harry. »Der hält den Mund, er ist ein Freund von mir.«

Die Männer sahen sich an. Sie hatten ihre Entscheidung getroffen. Der Besitzer wurde plötzlich aktiv, griff in ein Kühlfach und holte einen Eisblock heraus. Er zerschlug ihn mit einem Hammer und wickelte die Stücke in einen sauberen Lappen ein, damit Hank ihn sich an sein Gesicht halten konnte. Hank war wirklich dankbar. Seine Augen waren fast zugeschwollen. Die Kälte beruhigte die dunkel verfärbte Spannung auf seiner Wange.

»Sie können auf uns zählen«, sagte Harry. »Wir sind alle verheiratet. Deshalb sind wir hier«, fügte er mit einem Lachen hinzu.

Eine Atmosphäre der Verschwörung war entstanden. An dem Tag war nichts geschossen worden. Hank schüttelte ihnen allen die Hände und versuchte ein Grinsen.

»Wo sind Sie her?« fragte ein stämmiger Jäger mit Patronengurten namens Tiny.

»Washington.«

»Washington?« Tiny war aufgeregt. »Wissen Sie was, ich wette, das war dieser Mörder, den Sie da getroffen haben, der den Senator erschossen hat.«

»Kongreßangehöriger«, verbesserte Harry. »Es war ein Kongreßangehöriger namens Newman, Howard Newman. Haben Sie davon nichts gehört?« fragte er Hank. »Sehen Sie hier!«

Er zog eine Zeitung aus seiner Jacke und faltete sie auf der Theke auseinander. Es war eine Zeitung aus Baltimore, und ihre Schlagzeile verkündete: KONGRESSANGEHÖRIGER IN DER HAUPTSTADT ERMORDET. Ein Bild zeigte, wie eine Leiche auf einer Tragbahre in eine Ambulanz gehoben wurde, und außerdem gab es ein Foto von ihm selbst. Hank wurde es bewußt, wie sehr sein Gesicht ramponiert war, als ihm klarwurde, daß keiner von den Männern eine Ähnlichkeit entdecken konnte. Harrys dicker Finger tippte auf den ersten Absatz. Darin hieß es, daß die Polizei nach einem »wie ein Hippie aussehenden Mann, der gesehen worden ist, als er aus dem Club herauskam«, suchte.

»Sehen Sie. Noch ein Hippie. Mit LSD vollgepumpt, da könnte ich wetten«, sagte er.

»Elendes Gesindel«, sagte Tiny und fand damit allgemeine Zustimmung.

Hank wäre beinahe ohnmächtig geworden. Er stützte sich mit seinen Armen auf und atmete durch den Mund. In der Zeitung hieß es, daß der Kongreßabgeordnete Newman, ein im Vietnamkrieg dekorierter Held, sich vor seinem Tod für eine nationale Datenbank für politische Unruhestifter eingesetzt habe. Der Boden des Raums war mit alten Zeitungen und Magazinen bedeckt, und Hank hatte das Gefühl, er würde von ihnen begraben.

»Hey, Sie sollten sich Ihre Nase besser sofort behandeln lassen«, sagte der Tankstellenbesitzer. »Wieviel Blut haben Sie verloren?«

»Schau dir nur sein Hemd an, Earl. Kannst du ihm nicht ein anderes geben?«

»Sauber ist es nicht, aber zumindest ist es nicht blutig«, sagte der Besitzer zu Hank.

»Klar.«

Der Besitzer ging in den Verschlag, der als Männertoilette diente, und kam mit einem verblaßten blauen Arbeitshemd zurück. Die Zeitung hatte Hanks Nerven gelähmt. Er hatte mit einem Tag Vorsprung gerechnet, den er für seine Flucht durch die Wälder hatte benutzen wollen. Langsam verflog der körperliche Schock, und seine Schmerzen wurden stärker; das Blut in Mund, Kehle und Magen drang mit unnatürlicher Deutlichkeit in sein Bewußtsein ein. Earl schob ihm das Hemd ein zweites Mal zu.

»Nehmen Sie es nur. Sie können sich im Klo umziehen.«

Hank zog die Brieftasche aus seiner Gesäßtasche und empfand das Manöver als langwierig und kompliziert. Er schob sie auf die Theke und ging auf den Verschlag zu. »Nehmen Sie sich heraus, was ich Ihnen schuldig bin. Nein, ich glaube nicht, daß das der gleiche Hippie war. Mein Typ war so kahl wie Tiny.«

Der Verschlag besaß eine Tür, wofür er dankbar war. Er war zwar dem durchdringenden Ammoniakgestank ausgeliefert, dafür aber vor ihren Blicken beschützt, während er sich umzog. Er hätte unmöglich die unregelmäßige Verbrennung über seinem Magen erklären können. Außerdem wollte er es sie nicht sehen lassen, wie schwach er war. Sie würden trotz seiner Proteste einen Arzt oder die Polizei rufen. Sein Magen drehte sich bei der Anstrengung um, die es bedeutete, ein Hemd aus- und ein anderes anzuziehen. Er zwang sich dazu, die ersten krampfhaften Anzeichen von Erbrechen wieder hinunterzuschlucken. Er wollte die abgestandene Sauerkeit in seinem Magen ausspucken, wußte aber, daß er dann nicht würde atmen können. Seine Nase war absolut nutzlos.

Er knöpfte Earls Hemd zu. Es saß ihm zwar knapp, war aber besser als der rote Fetzen, den er vorher getragen hatte. Er würde dem Tankstellenbesitzer gern zahlen, was er verlangte. Aus der Brieftasche, fiel es Hank ein, der Brieftasche, die er auf der Theke liegengelassen hatte. Mit seinem Ausweis in dem kleinen Plastikfenster. Kongreßangehöriger Howard Newman, der verstorbene Howard Newman. Mit allen seinen Kreditkarten, die die Identifikation unterstützten. Wahrscheinlich hatten sie schon vor fünf Minuten die Polizei gerufen. Der Verschlag hatte keine Fenster. Er war so sicher gefangen wie der Gestank. Er setzte sich eine Minute lang auf den hözernen Toilettendeckel und vergrub sein Gesicht in seinen Händen. Er wollte weinen, war aber zu müde dazu. Schließlich entschloß er sich aufzugeben und verließ den Verschlag.

Tiny stand in der hinteren Ecke mit einem Schrotgewehr, das in seinen Händen wie ein Spielzeug aussah. Die anderen Männer saßen auf ihren Hockern und beobachteten Hank. Earl, der Tankstellenbesitzer, schlug sich mit Hanks Brieftasche in die Hand.

»Ich fürchte, Ihr Geheimnis ist jetzt gelüftet«, sagte er. Er lehnte sich über die Theke und reichte Hank die Brieftasche. »Aber über uns brauchen Sie sich keine Gedanken zu machen, Mr. Jameson.«

Hank nahm die Brieftasche wie betäubt an und klappte sie auf. ARTHUR JAMESON, BALMORAL DRIVE 246, SILVER SPRINGS, Dr. med., hieß es darin. Außerdem enthielt die Brieftasche Jamesons Kreditkarten sowie 45 Dollar in bar. Der Agent in dem Heizungsraum hatte die Brieftaschen vertauscht, als er Hank durchsucht hatte.

»Nein, ich habe keinen Cent herausgenommen«, sagte Earl weiter. »Dieser Hippie hat Ihnen nicht viel gelassen. Ich und die Jungs wünschen uns nur, daß wir mehr tun könnten.«

Hank raffte sich zu einem dürftigen Lächeln zusammen.

»Wie wäre es mit etwas zu essen?« fragte er.

Hank zwang sich dazu, eine Mahlzeit zu sich zu nehmen, die aus Keksen für zehn Cents und Cola bestand. Earl und die Jäger boten ihm an, ihn bis Upper Marlboro mitzunehmen. Er nahm das Angebot an. Als er fertig gegessen hatte, gaben sie ihm die Möglichkeit, einmal anzurufen. Voller Verständnis ließen sie ihn allein und gingen hinaus.

Hank hatte genug Kleingeld für einen Anruf nach Washington. Er rief das Watergate an und wurde mit der Telefonzentrale verbunden. Der zuständige Angestellte stellte zu seinem Apartment durch und unterbrach die Verbindung ebenso schnell wieder.

»Hallo, was ist denn los?«

»Tut mir leid, Sir. Ich habe hier eine Anweisung, keine Anrufe zu Mrs. Newman durchzustellen. Sie reist heute abend von Washington ab.«

»Ich weiß«, sagte Hank. »Ich rufe an, weil die Pläne geändert worden sind.«

»Dann brauchen Sie den Leiter des Sicherheitsdienstes. Das ist eine andere Nummer«, sagte der Angestellte.

»Hier spricht der Leiter des Sicherheitsdienstes, verdammt noch mal.«

Er konnte förmlich hören, wie der Mann zögerte. Abrupt wurde er auf WARTEN umgestellt und wußte, daß der Mann aus der Telefonzentrale mit jemandem sprach.

»Einen Augenblick, bitte«, sagte er.

In seinem Apartment klingelte das Telefon. Er konnte sich das Durcheinander, die herausgezogenen Koffer und die Kleider auf dem Bett dort vorstellen. Ein Zimmermädchen nahm den Hörer ab und sagte, sie würde Mrs. Newman holen. Hank wartete, denn er glaubte, daß an der Verschwörung nur wenige Leute beteiligt seien und sie einige Zeit brauchen würden, bis sie den Anruf zu seiner Quelle zurückverfolgt hatten. Er konnte nicht wissen, daß der Anruf automatisch in die Maschinerie seines Feindes eingespeist würde. Schon während er sprach, wurde eine neue Lochkarte über ihn gestanzt.

»Hallo, wer spricht da?« Es war Ellie.

»Ich bin es, Hank.«

Keine Antwort.

»Ich bin nicht tot«, sagte er. »Glaub mir, irgend jemand versucht, mich aufs Kreuz zu legen, aber sobald ich wieder nach Hause komme, werde ich das bereinigen.«

»Wer spricht da?« fragte Ellie noch einmal.

»Ich bin es, Hank.«

»Sie hören sich aber nicht wie mein Mann an.«

»Weil meine Nase gebrochen ist. Ich habe jetzt keine Zeit für Erklärungen, Ellie.« Jetzt, da er darauf achtete, hörte sich seine Stimme völlig verändert an. »Bring bitte nur Mitchell Duggs dazu, daß er sich die Leiche ansieht, von der sie behaupten, ich wäre es. Er soll dich dann anrufen, bevor du abreist.«

»Das hat er schon getan«, sagte Ellie. In ihrer Stimme klang eine leichte Betrunkenheit mit. »Er hat die Leiche gesehen und mich angerufen, um mir sein Beileid auszusprechen.«

»Das hat Duggs getan? Ich glaube es nicht.«

Ellie lachte. »Na gut, und ich glaube nicht, daß Sie mein Mann sind. Ich glaube, Sie sind irgendein Idiot von der Zeitung, und ich hänge jetzt auf.«

»Nein, Ellie nicht! Du mußt mir helfen, gegen sie anzukämpfen. Damit können sie doch nicht durchkommen.«

»Womit durchkommen? Ich weiß zwar nicht, wer, zum Teufel, Sie sind, aber das eine will ich Ihnen sagen: Wer es auch war, der Hank Newman umgebracht hat, er hat mir den größten Gefallen in meinem ganzen Leben getan. Er ist tot, und mir ist das recht. Wenn Sie das drucken wollen, nur zu, mein Bester.«

»So sehr hast du mich gehaßt?« fragte Hank. Die Leitung war tot, Ellie hatte aufgehängt. Er hielt den Hörer in der Hand und sah aus dem Fenster. Die Männer standen um einen Lieferwagen herum und sahen dann und wann in die Tankstelle zu ihm. Er tat so, als würde er noch sprechen und schauspielerte wie ein Kind mit einem Spielzeugtelefon, weil sein Verstand an Tatsachen erstickte, die einfach nicht wahr sein konnten, und seine Funktion eingestellt hatte. Es hätte ihm möglich sein müssen, seine Frau anzurufen, und sie hätte dann den Abgeordneten Duggs, seinen Freund, gewarnt, und am nächsten Tag wäre das Geheimnis gelöst gewesen. Statt dessen war sein Freund ein Komplize, und seine Frau war froh, daß er tot war. Dazu kamen die anderen unverdaulichen Tatsachen: Weggoner und die Polizisten in dem Heizungskeller. Eigentlich war es sehr gut möglich, dachte er, daß er wirklich Arthur Jameson war.

Er hängte das Telefon ein, das daraufhin sofort zu klingeln begann. Earl stand hinter dem Lieferwagen, und es war unwahrscheinlich, daß er das Telefon rechtzeitig erreichte. Hank nahm den Hörer ab. Es war für ihn.

»Hallo, Mr. Newman, hier spricht ein Freund. Bitte unterbrechen Sie mich nicht, weil ich Ihnen keine Fragen beantworten werde. Ich möchte Ihnen nur einige gute Ratschläge wiederholen, die Sie beim ersten Mal nicht beherzigt haben. Sie haben großes Glück gehabt, aber ich glaube nicht, daß Ihnen das klar ist. Sie sind wegen, na, sagen wir einmal menschlichem Versagen noch am Leben. Sie sollten das nutzen und versuchen, weiter am Leben zu bleiben, statt sich umbringen zu lassen. Das ist doch nur logisch.« Die Stimme wurde weniger förmlich und nahm einen vertraulicheren Tonfall an. »Versuchen Sie, Ihr Allerbestes zu tun, um unhörbar und unsichtbar zu werden. Strengen Sie sich an! Soweit ich das beurteilen kann, will niemand Sie töten. An der ganzen Sache ist nichts Persönliches. Sie üben am besten völlige Diskretion. Wenn Sie weiter versuchen, mit Bekannten in Washington in Verbindung zu treten, oder wenn Sie nur versuchen, nach Iowa zurückzukehren, werden wir in Aktion treten. Vergessen Sie Howard Newman. Er hat sowieso ein unglückliches Leben geführt. Sie bekommen hier die Chance, ganz neu anzufangen. Die meisten Menschen würden für eine solche Gelegenheit alles geben. Denken Sie an all die Dinge, die Sie tun wollten, an all die Orte, die Sie besuchen wollten. ›*Kennst du das Land, wo . . .*‹ Entschuldigen Sie bitte!« Mit einem leichten Bedauern fuhr die Stimme statt deutsch nun englisch fort: »›Kennst du das Land, wo die Zitronen blühn, im dunklen Laub die Goldorangen glühn, ein sanfter Wind vom blauen Himmel weht, die Myrte still und hoch der Lorbeer steht, kennst du es wohl? Dahin! Dahin möcht ich mit dir, o mein Geliebter, ziehn.‹ Ein angenehmer Gedanke, nicht wahr?« fragte die Stimme nun wieder mit amerikanischem Akzent. »Ich hoffe, Sie behalten das ständig im Auge. Howard Newman ist jetzt nicht mehr als ein Schatten, von dem Sie sich befreit haben. Adieu und viel Glück.«

In der Zwischenzeit waren zwei Polizeiwagen der Staatspolizei Maryland vor der Tankstelle vorgefahren. Ihre roten Lichter bewegten sich durch die Dunkelheit. Der erste Beamte, der die Tankstelle betrat, fand den Telefonhörer an der Wand baumeln. Niemand war zu sehen. Die Polizeibeamten teilten sich auf und drangen mit Taschenlampen in den Wald ein.

FLUCHT

6. Kapitel

Die Aluminium-Blockhütte mit dem Namen Old Hickory stand neben einem ovalen Fahrtweg um ein leeres Schwimmbecken. Jede Hütte war zu Ehren eines anderen Präsidenten dekoriert. Ein Plastikrelief, das Andy Jackson zeigte, hing über dem Bett, auf dem der Mann ausgestreckt lag. *Old Hickory war nicht nur ein großer General und Präsident, sondern auch ein erfolgreicher Spieler auf den Rennplätzen*, stand unter dem Relief.

Als Hank aufwachte, war es Mittag. Die Schmerzmittel von dem Arzt hatten ihn länger schlafen lassen, als er das beabsichtigt hatte. Er berührte versuchsweise sein Gesicht. Es war gefühllos. Ein Verband über seiner Nase schützte sie vor seinem Wunsch nachzusehen, wie gerade sie war. *Die einfachen Leute betrachteten ihn als Beschützer vor den Banken, obwohl er heute auf den 20-Dollar-Noten zu finden ist*, las Hank. Im Bad gab es Doppelbecken und Gratisstücke Seife in der Gestalt kleiner, weißer Kanonenkugeln. Hank rasierte sich um den Verband herum.

Der Anruf bei der Tankstelle war ein Fehler gewesen. Er hatte ihm Gewißheit gebracht, als er seine Zweifel gehabt hatte, und er war zu schnell dahintergekommen, daß er nur aufgehalten werden sollte. Jamesons Kreditkarten waren ein weiterer Fehler gewesen. Hank war es gelungen, sich mit ihrer Hilfe Kleider und ein Auto zu beschaffen. Er besaß 300 Dollar in bar von American Express. Das Gesicht im Spiegel sah nicht allzu schlimm aus; der größte Teil des Schadens wurde durch Heftpflaster verdeckt. Das hatte er Master Charge zu verdanken. Er ging ins Schlafzimmer zurück und machte das Bett selbst.

Dann bedeckte er es mit Zeitungen, die er sich am Morgen schon früh geholt hatte, dem *Star*, der *Post* und der *Daily News*.

... *Newman, der überraschend in den Ausschuß für innere Sicherheit gewählt worden war, hatte in den vergangenen Wochen den Kampf um die Legalisierung des nationalen Datenzentrums in Monrovia, Va., angeführt. Da ein Grund für die Einrichtung des Zentrums die verbesserte Überwachung potentieller politischer Mörder gewesen war, wird sich sein Tod sicherlich auf das Ergebnis der Auseinandersetzung in der Legislative auswirken. Nach Berichten sollen viele von Newmans Kollegen in einer Reaktion von Schock und Empörung bereit sein, in der kommenden Abstimmung die Seite zu wechseln ...*

... *machte während seiner so plötzlich unterbrochenen Karriere in Washington einen sichtbaren Eindruck auf andere Abgeordnete. Er war ein entschlossener Vertreter der harten Schule und wendete sich gegen Linksliberale, Hippies und Anarchisten. In nur einem Tag ist er zum Märtyrer ...*

Der Präsident hat eine eingehende Untersuchung des Falls durch das FBI verlangt ...

Für das Gesetz ist eine Zweidrittelmehrheit notwendig ... eine Koalition von bekannten Liberalen und Konservativen hat die Billigung des Newman-Gesetzes, wie es inzwischen genannt wird, verlangt ... das Gerücht, daß der Attentäter in der ägyptischen Botschaft um politisches Asyl gebeten hat, entbehrt einer sicheren Grundlage ...

Berichte, nach denen ein Mann, auf den die Beschreibung zutrifft, im internationalen Flughafen von San Francisco gesehen worden ist, wurden weder bestätigt noch dementiert ...

Howard Newman war anders, als er schien.

Hank las den letzten Artikel noch einmal. Er war von Celia Manx verfaßt. *Jeder Bericht, den die Verfasserin dieses*

Artikels vor Augen bekam, beschrieb ihn als harten Mann, der ohne zu überlegen handelt, einen arroganten Hexenjäger nach dem Muster von Joe McCarthy. Ich konnte mich mit ihm nur einmal kurz unterhalten, und zwar zufällig an seinem Todestag. Nicht, daß er auf mich wie ein versteckter Pazifist gewirkt hätte, davon war er weit entfernt. Er kam mir aber wie ein ehrlicher Mann vor, der einfach die politische Realität nicht kennt, ein sehr durchschnittlicher Mann, der in Vietnam Mut als Soldat und später ein beachtliches Talent als Stimmenfänger gezeigt hat. In Washington hat man ihn als einfachen Mann aus der Stahlhelm-Brigade betrachtet. Ich hatte das Gefühl, daß sich unter diesem Stahlhelm Verstand verbarg.

Dürftiges Lob für einen Nachruf, dachte Hank. Er überflog die Polizeiberichte. Sie kamen von überallher im Land, wo ein Hippie mit einem Anorak gesehen worden war. Das FBI verkündete, er sei auf die Liste der zehn meistgesuchten Persönlichkeiten gesetzt worden, und bemerkte, es sei gut möglich, daß er sich sein langes Haar abgeschnitten habe. Die Personenbeschreibung war recht vage, paßte aber mit dem kurzen Haar recht gut auf Hank. *Der Attentäter überwältigte den Abgeordneten Newman nach hartem Kampf, in dessen Verlauf Mr. Newman Verletzungen im Gesicht, schwere Schläge auf den Kopf, Prellungen an der Halswirbelsäule und die tödliche Schußverletzung durch das Herz erhielt. Das FBI hält es für möglich, daß auch der Attentäter einige Verletzungen erlitten hat, denn Blutspuren, die nicht zur Blutgruppe von Mr. Newman gehören, führten aus dem Duschraum. Nach Angaben des FBI ist der Attentäter wahrscheinlich bewaffnet und äußerst gefährlich.*

Hank nahm sich ein Blatt Papier vom Nachttisch und legte darauf eine Liste der Leute an, auf die er zählte. An der Spitze der Liste standen Abgeordnete: Ames und Pew, dann Fien aus New York und Kinney aus Kalifornien, alles liberale Gegner von Duggs. Der Rest der Liste bestand aus anderen Mitgliedern des Ausschusses für Innere Sicherheit, seinem eigenen Stab und Reportern. Ganz unten fügte er noch Celia Manx hinzu. Im *Star* fand er einen Artikel über menschliche Aspekte des Falls. Cecil Ames, Harmon Pew und ein paar grauer Gesichter waren zu sehen, als sie gerade aus einer Konferenz mit FBI-Vertretern herauskamen. *Hank Newmans leuchtende Zukunft ist von einem feigen Attentäter zerschmettert worden; das ist alles, was ich dazu zu sagen habe*, wurde Pew zitiert. Sie wurden zusammen mit Mitchell Duggs und Ned Weggoner gezeigt. In dem Artikel hieß es weiter, Duggs habe sich entschlossen, das Kriegsbeil mit Fien und Kinney zu begraben, bis der Mörder gefaßt und das Newman-Gesetz genehmigt sei. Das FBI hatte Mrs. Newman persönlichen Schutz zugesagt. Hank war völlig verblüfft, als er das las, und zwar nicht, weil er sich auf Ellie noch verließ, sondern weil er das nicht mehr tat. Diese Tatsache machte er sich klar, und sie verblüffte ihn. Außerdem wurde dadurch das bestätigt, was die Stimme am Telefon ihm geraten hatte, er solle nicht versuchen, nach Hause zu gehen.

Als er alle Artikel durchgelesen hatte, waren auf der Liste keine Namen mehr übrig als die der Reporter und der von Celia Manx. Er fügte noch zwei Namen hinzu, um die Liste länger zu machen: Howard Newman und Arthur Jameson.

Auf der anderen Seite der Straße stand ein Metallwohnwagen. Eine Touristenfamilie ging im Gänsemarsch um das Schwimmbecken herum. Sie bestand aus einem Vater, einer Mutter und zwei kleinen Kindern. Die Kinder waren zu dick in ihre Skianzüge verpackt, um ihr Geschlecht ausmachen zu können. Ein Windstoß ließ das Fenster der Hütte zittern. Der Vater sah zu dem farblosen

Himmel hoch und blies sich in die Hände, und darauf ging die gesamte Familie zu ihrem Wohnwagen zurück. Es war nicht die richtige Jahreszeit für Touristen. Die Luft besaß die abgestandene Kälte eines Kühlschrankinneren.

Der Abgeordnete Newman wird mit vollen militärischen Ehren auf dem nationalen Friedhof von Arlington beigesetzt werden. Er war kein Held. Er funktionierte einfach. Er hatte die Reaktionen eines Soldaten, Überleben war alles. Er überschätzte sich nicht. Das, erinnerte er sich an die Worte seines Vaters, als sie vor langer Zeit in einer flachen Armeekaserne in Kansas gelebt hatten, war der erste Teil der Schlacht: Man mußte seine Mittel kennen. Sein Vater sah Andy Jackson ähnlich, und Hank sah ihn vor sich – er sah die Ebene von Kansas, die so flach war, daß sie noch aus einer Entfernung von einer halben Meile die Bewegung eines Kaninchens sehen konnten; sie pflegten so still wie zwei Indianer dazusitzen und zu warten, bis das Kaninchen in Reichweite ihrer Kleinkalibergewehre kam. Hank wünschte, sein Vater wäre jetzt bei ihm.

Duggs und jeder, der mit ihm in Verbindung stand, schied aus. Das gleiche galt für seinen Stab, den Duggs für ihn ausgesucht hatte. Jameson kam von Duggs. Die freundlichen Verbindungsoffiziere vom Pentagon schieden aus. Das war Weggoners Partei. Er zweifelte daran, ob irgendein anderes Mitglied des Hauses seine Identität beschwören würde, so wie er aussah. Wenn außerdem Fien und Kinney beteiligt waren, war es unmöglich zu raten, für wen das nicht zutreffen könnte. Die Verflechtung war zu komplex. Rechter Flügel, linker Flügel, gemäßigter Kurs, harter Kurs. Die Etiketten waren bedeutungslos.

Es wurde bereits dunkel. Es gab keinen Sonnenuntergang, das Tageslicht verfärbte sich über dem Gebüsch, das das Motel umgab, zu einem säuerlichen Gelb. Er zog die Rolleaus herab und schaltete den Fernseher ein. Er wartete auf die Nachrichten und ließ währenddessen einen Zeichentrickfilm für Kinder an sich vorüberziehen, den sie sich wahrscheinlich in dem Wohnwagen auch ansahen. Die NBC enttäuschte ihn nicht; tot oder lebendig war er für sie das Hauptthema. Es gab einen kurzen Filmbericht über Ellie, wie sie mit einem Schleier vor dem Gesicht zu Hause eintraf. Was den Flüchtigen betraf, sagte der Sprecher, hätte die Polizei jetzt eine detailliertere Beschreibung. Der Schirm zeigte ein Phantombild. Das lange Haar war verschwunden, und die Zeichnung sah Hank sehr ähnlich, ohne dabei ein Porträt von Howard Newman zu sein. Man glaube nun, meinte der Sprecher weiter, daß der Mann vielleicht eine gebrochene Nase habe, denn er hätte seine Hand darübergehalten, als er aus dem Club gekommen sei, und außerdem hätte er geblutet. Auch Arthur Jameson, der Pressesekretär des Abgeordneten Newman, würde von der Polizei gesucht. Jameson wäre zum letzten Mal gesehen worden, als er einen geliehenen blauen Ford fuhr.

Der Bericht, daß der Attentäter sich noch im Bereich von Washington, D. C., aufhielt, wurde weder bestätigt noch dementiert.

In gewisser Beziehung sah die Sache gut für ihn aus. Sie hätten die Zeichnung nicht gesendet, wenn sie ihn nicht aus den Augen verloren hätten. Er hatte jedoch dringlichere Probleme. In dem Motel brannten nur drei Lichter: in seiner Hütte, in der des Managers und in dem Wohnwagen. Er konnte sich nicht daran erinnern, ob der Vater ihn am Fenster gesehen hatte. Ganz gleich, der blaue Ford war schon schlimm genug, und der Manager hatte den Wagen und ihn selbst gesehen. Um jeden Zweifel auszuräumen, bewegten sich die Vorhänge in dem Wohnwagen kurz. Hank nahm seine Jacke auf. Sein Koffer war gepackt.

»Dein Vorteil gegenüber einem Kaninchen sollte es eigentlich sein, daß du weißt, wann du aufhören mußt herumzuhüpfen und wann du geradeaus rennen mußt.« Das hatte nicht Andy Jackson gesagt, sondern sein Vater.

7. Kapitel

Celia Manx lebte in dem nationalen Denkmal namens Georgetown. Hank war vorher nur ein einziges Mal dort gewesen, und zwar am Tag. Damals hatten ihn die schmalen Kolonialhäuser an aufrecht gestellte Sandwiches erinnert. Nachts sah Washingtons Schlafzimmer anders aus. Der Potomac floß wie ein bedeutungsvoller Schatten an Rasenflächen vorbei, die von Scheinwerfern gleißend hell beleuchtet waren, um Eindringlinge deutlich sichtbar zu machen. Die klare Silhouette von Hanks Wagen, inzwischen ein Mustang, hielt auf der dem Fluß zugewandten Seite der Straße an. Er wartete einen Augenblick lang mit laufendem Motor, schaltete ihn dann ab und stieg aus.

Er sah aus, als würde er hierherpassen, nur eine Aktentasche fehlte ihm. Die meisten Regierungsbeamten trugen Hüte und Handschuhe, aber er ging so weit von den Straßenlaternen entfernt, wie er konnte. Die Einbruchsrate von Georgetown gehörte zu den höchsten im Land, und alle fünf Minuten fuhren Streifenwagen durch die Straßen.

Celia Manx wohnte auf der anderen Seite des Blocks. Er unterdrückte den Impuls loszurennen, aber er war froh, als er die Straße verlassen und in das Foyer ihres Stadthauses eintreten konnte.

Er fand nur zwei Namen und zwei Briefkästen. Er drückte auf den Knopf unter MANX. Er hatte sich eine Geschichte zurechtgelegt, daß er von Duggs käme, aber plötzlich ertönte die Stimme von Celia Manx aus dem Gitter des Sprechgeräts und forderte ihn auf, direkt hochzukommen. Er sah sich in dem Foyer um. Eine Kamera war nicht zu sehen. Sie erwartete jemand.

Er ging in das zweite Stockwerk hinauf – die Tapete hatte sich von Holzimitation zu rotem Samt verändert. Sie bevorzugte einen auffälligen Stil, wie er sich erinnerte. Die Tür war massiv und besaß einen Spion. Celia benutzte ihn nicht, und als sie versuchte, die Tür zuzuschlagen, war Hank schon halb durch. Er drückte sie ganz auf und verschloß sie hinter sich.

Celia Manx trug einen Hausanzug. Übergroße Perlohrringe hüpften auf ihren Schultern, als sie Hank musterte.

»Ist das ein Überflall oder eine Vergewaltigung oder beides? Sie werden sich schon beeilen müssen, denn ich erwarte Besuch.«

»Keines von beiden.« Seine Stimme hörte sich noch immer wie ein Krächzen an.

»Also gut, Batman, überlegen Sie es sich, denn sonst schreie ich.«

Hank zog sich den Schal vom Gesicht weg. Celia sah sich einem großgewachsenen Mann gegenüber, bei dem der Mittelteil des Gesichts mit weißem Stoff verdeckt war. Seine Augen sahen sie durch purpurrote Lider an, und seine Lippen waren geschwollen und wund. Celia spürte, wie ein Schrei, ein echter Schrei, in ihrer Kehle erstarb.

»Ich bin Howard Newman«, sagte Hank.

Celia starrte ihn an – den Flickenteppich seines Gesichts.

»Sie haben vor zwei Tagen mit mir gesprochen«, sagte Hank. »Ich bin noch am Leben.«

»Was wollen Sie?« Hanks Worte ergaben für sie keinen Sinn.

»Ich sage Ihnen, daß ich nicht tot bin. Das ist irgendeine Verschwörung.«

Celia schüttelte den Kopf. »Ich weiß nicht, wer Sie sind.

Howard Newman ist doch tot. Diese Woche wird er begraben.«

»Sehen Sie mich an!«

Celia drehte den Kopf weg. Als sie wieder genug Mut zusammengerafft hatte, sah sie wieder in dieses unkenntliche Gesicht.

»Ich habe mit General Weggoner Squash gespielt, und dann hatten wir ein Gespräch.«

»Ihre Stimme klingt anders.«

»Ihre Stimme würde auch anders klingen, wenn Ihnen jemand das Nasenbein gebrochen hätte.«

Celia blinzelte. »Sie sind der Mann, nach dem sie suchen.«

»Ganz richtig. Um sicherzustellen, daß ich wirklich tot bin. Wir haben auf der Tribüne gesessen, in der hinteren Reihe.«

»Worüber haben wir gesprochen?«

»Sie wollten etwas über das schönste Paar des Kongresses.«

Celia dachte an die Beschreibung der Verletzungen des Toten. Sie trat einen Schritt zurück. Hank lächelte unter Schmerzen.

»Ich habe keine Pistole. Jameson schon. Er war es, den sie in dem Duschraum gefunden haben. Ich habe ihn in Notwehr getötet.«

Celias Beine stießen gegen ein niedriges Sofa, und sie setzte sich hin. Hank sah sich um. Die Einrichtung des Apartments war ein Mittelding zwischen dänisch und japanisch. An der Wand hingen Seidenschirme und Plaketten und Dutzende von Fotografien.

»Wollen Sie noch einen Preis gewinnen, Miß Manx? Helfen Sie mir, sie aufzuhalten.«

»Sie? Wer ist ›sie‹?«

»Ich weiß es nicht. Aber Duggs gehört zu ihnen, und

außerdem Weggoner, Ames und Pew. Vielleicht Fien und Kinney. Und jemand im FBI.«

»Warum nicht auch der Präsident?« fragte Celia mit einem schrillen Lachen. »Alle anderen haben Sie ja genannt.«

»Sie erkennen mich.«

»Nein. Nein, verdammt noch mal, das tue ich nicht. Ich habe Sie – den Abgeordneten Newman erst einmal getroffen. Wie soll ich erkennen, wer Sie sind, solange Sie das Ding da tragen?«

»Soll ich es abnehmen?«

»Nein«, sagte Celia, als ihr Herz wieder zu schlagen begann. »Lassen Sie es an.« Ihre Hände fummelten an einem lackierten Kasten herum und nahmen eine Zigarette heraus. Sie bot ihm eine an, und er schüttelte den Kopf.

»Tut mir leid«, sagte sie. »Das war dumm.« Sie steckte sich selbst eine an und nahm einen tiefen Zug. »Setzen Sie sich bitte.«

»Sie hatten eine junge Frau dabei. Senator Hansens Tochter.«

Hank setzte sich auf der anderen Seite eines Kaffeetisches hin. Eine Ähnlichkeit war da, entschied sie sich. Irgendwo hatte sie diesen Mann schon einmal getroffen. Auf jeden Fall hatte er recht. Das war eine Story.

»Ganz richtig. Sie haben sich recht gut verstanden, sie beide.«

»Blödsinn. Sie ist beleidigt worden und ging.«

»Vielleicht sind Sie Howard Newman. Was soll ich jetzt tun? Wie kann ich Ihnen helfen?«

»Sie können Leute anrufen. Sie können herausbekommen, ob sie mit Duggs etwas zu tun haben. Fragen Sie sie, ob sie die Leiche gesehen haben oder nicht. Bringen Sie heraus, wer der FBI-Mann in dem Club war. Für wen

Jameson vor mir und Duggs gearbeitet hat. Wenn Sie jemand finden, der hellhörig wird, fragen Sie ihn, ob er sich an mich noch gut genug erinnert, um mich erkennen zu können.«

»Wissen Sie denn nicht, wen Sie anrufen sollen?«

»Alle, die ich angerufen hätte, sind an der Sache beteiligt. Außerdem sind Sie Reporterin. Sie können all diese Fragen stellen. Außerdem kennen Sie Leute im Weißen Haus. Glauben Sie mir, wir können die ganze Sache leicht aufbrechen, wenn wir erst einmal angefangen haben. Wir müssen nur irgend etwas erreichen, bevor die Polizei mich schnappt.«

»Die Polizei würde nie . . .«

»Die Distriktpolizei würde alles tun, was man ihr befiehlt. Das wissen Sie. Sie steht unter Druck. Ich muß eingefangen werden, bevor ich wieder wie ich selbst aussehe.«

»Wann wollen Sie anfangen?« Celias Haltung war jetzt resolut geworden. Der Mann war wahrscheinlich total verrückt, dachte sie, aber irgendwie war er an dem Attentat beteiligt. Es sah zumindest so aus, als sollte man ihm den Gefallen tun und seinen Wunsch erfüllen, um ihn zu beruhigen. Sie war mehr als eine gewöhnliche Klatschkolumnistin und wollte die Story haben, wie sie auch aussah.

»Also. Ich habe drunten auf der Straße ein Auto. Ich habe es vor einer Stunde gestohlen, und inzwischen wird es von der Polizei gesucht.«

»Okay.« Sie stand auf und ging zu ihrem Schreibtisch. Sie behielt ihren Gast im Auge und griff nach dem Telefon und einem abgegriffenen Adreßbuch in einem Ledereinband. Celia blätterte darin herum. »Der hier ist gut. Unterstaatssekretär in der Justizabteilung, Strafsachen. Er hatte schon immer eine ehrliche Ader.«

Hank spürte, wie seine Muskeln sich entspannten. Celia Manx sah in ihrem knalligen Hausanzug so zäh wie eine Bulldogge aus. Er hatte das Gefühl, als hätte er sich eine gute Verbündete ausgesucht. Als sie sagte, daß es eine Weile dauern würde, bis sie ihren Mann an das Telefon bekommen würde, und vorschlug, er solle sich in der Küche etwas zum Essen holen, nahm er sie beim Wort. Sie wartete noch immer mit einem Stift in der Hand, als er mit einem Bier und einem kalten Hähnchenschenkel zurückkam.

»Hallo, Al? Hier ist Celia Manx . . . Ich habe Besseres zu tun, als darauf zu achten, daß Sie früh ins Bett kommen. Dafür haben Sie eine Frau . . . Nein, nicht nur, um Sie zu beleidigen. Haben Sie zwei Minuten Zeit, um sich mit mir zu unterhalten? . . . Über Newman. Wer ist dafür überhaupt zuständig, ihr oder das FBI? Die Berichte darüber sind ziemlich vage . . . Ein Ausschuß? Was ist denn das für eine Polizeiarbeit? . . . Sie gehören dazu? Sie haben also Newmans Leiche gesehen, oder? . . . Warum nicht? . . . Nur Neugier. Noch eines. Hat irgend jemand die Leiche gesehen und gesagt, das sei nicht Newman? . . . Nur ein paar Fragen, aber vielleicht haben Sie recht. Nur noch eine . . . Nur eine. Sind Sie vollständig zufrieden mit der Art, in der die Untersuchung durchgeführt wird? . . . Hört sich aber nicht sehr überzeugt an . . . Ich deute gar nichts an, aber vielleicht werde ich es bald tun. Sie hören sich interessiert an . . . Auf jeden Fall, das verspreche ich. Gute Nacht.«

Sie legte auf und sah Hank mit gerunzelter Stirn an. »Sie haben einen Ausschuß gebildet, der die Untersuchung überwachen soll. Duggs ist sein Vorsitzender. Al hat gar nicht zufrieden geklungen.«

Hank erwischte sich bei einem Lächeln. Die Opposition war auf einen Gegenangriff nicht vorbereitet gewesen. Celia schlug ihr Buch auf einer anderen Seite auf. »Das hier ist ungefähr der einzige Bastard im ganzen FBI, dem ich meine Handtasche anvertrauen würde, und zufällig gehört er dem Ausschuß auch an. Ich will nur herausbekommen, ob sich Al wie üblich über das FBI beschwert.«

Dieses Mal wurde ihr Anruf sofort beantwortet. Übergangslos nahm sie den gleichen leichten Konversationston wie bei dem ersten Anruf an. Hank hörte nur mit halbem Ohr zu, während er das Hähnchenbein in Stücke zerpflückte, die klein genug waren, um in seinen Mund zu passen. Das Bier schmeckte nach nichts, war aber prickelnd und kalt. Dann hörte er, wie Celia zur Sache kam.

»Warum überlassen sie es dann nicht Ihnen? Ihr Verein soll ja angeblich für Untersuchungen zuständig sein. . . . Quatsch. Soweit ich gehört habe, war einer von Ihren Leuten in dem Duschraum, und zwar zehn Minuten, nachdem Newman erschossen worden ist . . . Aus sehr guter Quelle. Worüber beschweren Sie sich denn? Das zeigt doch nur, wie sehr ihr am Ball seid . . . Würden Sie das beschwören? Kein Grund zum Lügen, sie können es doch einfach später abstreiten . . . Schon gut, schon gut, Sie haben nichts gesagt. Haben Sie übrigens die Leiche gesehen? Wahrscheinlich schon, weil die Autopsie vom FBI durchgeführt worden ist . . . Was ist denn daran geheim? Habt ihr jetzt die Autopsie durchgeführt oder nicht? . . . Nein, ich bin als Reporterin nicht für Strafsachen zuständig, aber ich brauche ja bloß einen dafür zuständigen Reporter anrufen und Sie von ihm fragen lassen. Ich dachte, Sie würden sich vielleicht lieber mit einer Freundin unterhalten . . . Dann müssen Sie es auch abstreiten . . . Wer ist denn dann zuständig? . . .«

Celia zuckte zusammen und legte den Hörer sanft auf.

»Er hat aufgelegt.«

»Was hat er gesagt?«

Sie stellte den Stift aufrecht auf den Schreibtisch und ließ ihre klobigen Finger daran herabgleiten. Sie sah Hank genauer an.

»Irgend etwas stinkt da tatsächlich. George wollte mir meine Frage über die Autopsie nicht direkt beantworten. Ich konnte förmlich hören, wie er sich gewunden hat. Das FBI hat das beste forensische Labor im Land, und wissen Sie, eigentlich wollte er sagen, daß die Leiche dahin gekommen ist, wo sie hingehört. Außerdem streitet er kategorisch ab, daß da drunten in dem Duschraum ein Agent war, bis der Präsident eine Stunde später das FBI zugezogen hat.«

»Hat er die Leiche gesehen?«

»Ja, das hat er. Soweit er weiß, ist es Howard Newman.«

»Hat er gesagt, wer die Untersuchung leitet?«

»An der Stelle hat er aufgehängt, der Hurensohn.«

Sie wechselte auf seine Seite über. Hank wußte das. Er trank den Rest des Biers aus und ließ sich mit dem Rücken in die Biegung des Sofas zurücksinken.

»Wissen Sie was, langsam . . .«

Sie hörte mitten im Satz auf zu sprechen. Das Telefon klingelte und verlangte, abgenommen zu werden. Celia hob ihre grauen Augenbrauen.

»Vielleicht ist das noch einmal Al.«

Es war nicht Al. Hank wußte es von dem Augenblick an, in dem sie zuzuhören begann. Ihr Gesicht verlor jeden Ausdruck und wurde zum Gesicht einer Fremden. »Aber –«, sagte sie ein einziges Mal. Es gab kein leichtes Geplänkel. Ihr Gesicht begann sich zu verändern und wurde rot und formbar wie eine Gummimaske, der die Luft ausgeht. Sie mußte um die sechzig sein, dachte Hank. Celia hörte weiter wortlos zu, die Augen klein und hoffnungslos, und gab ihrem Anrufer keine Antwort. Hank sah sich die Rotkehlchen auf den Seidenschirmen an. Es war ihm peinlich, daß er hier als Eindringling auftrat. Vielleicht war jemand gestorben. Ihre Augen blieben auf ihm haften. Sie unterbrach nicht.

Hank warf den Tisch mit dem leeren Bierglas um, als er von dem Sofa aufsprang. Er riß ihr das Telefon aus der Hand und hörte zu, zwar nicht lange genug, um einen ganzen Satz zu hören, aber lange genug, um die Stimme von der Tankstelle wiederzuerkennen. Er legte seine Hand über die Sprechmuschel.

»Gibt es hier eine Hintertür nach draußen?«

Ihre alten Augen waren feucht und baten um Entschuldigung. Sie wagte es noch immer nicht, ein Wort zu sagen, nickte nur zur Küche hinüber. Die Fenster waren vor einer kleinen Klimaanlage verschlossen. Chilischoten hingen an beiden Seiten. Er packte das Fenster und zog. Es war mit dem Fensterrahmen verschraubt. Hank packte das Fenster an seiner Oberkante und schob, um die Muskeln seiner Beine benutzen zu können. Er konnte Männer an der Eingangstür hören, und er hörte Celia aufstehen, um ihnen aufzumachen. Widerwillig gaben die Schrauben nach. Der Fensterrahmen war aus morschem Holz und zersplitterte. Das Fenster schoß aus Hanks Griff, die Klimaanlage glitt heraus, löste sich von ihren Drähten und drehte sich einmal vollständig um sich selbst, bevor sie auf der Feuerleiter landete.

Hank jagte in Sprüngen die Feuerleiter hinunter und riet dabei in der Dunkelheit, wo die Stufen waren. Er landete in einem der zwanzig winzigen Hinterhöfe, die von einer Wand von Häusern umgeben waren. Es war erst nach der Abendessenszeit und noch zu früh, um zu Bett zu gehen, und deshalb brannten in den hinteren Zimmern kaum Lichter. Er sah in Celias Küche ein

Gesicht, das ihn direkt anstarrte. Dann wurde das Fenster verdeckt, und er hörte Schritte auf der Feuerleiter.

Die Dunkelheit war fast greifbar. Er spürte, wie die kondensierte Luft seines Atems sein Gesicht berührte. Die Klauen von Rosenbüschen krallten sich an seinen Armen fest. Er rannte gebückt von dem Haus und dem Geräusch von weiteren Männern weg, die die Feuerleiter herabkamen. Der Rasen endete abrupt mit angespitzten Pfählen. Sein Fuß fand einen Holzkasten, den er als Stufe benutzte. Er landete härter auf der anderen Seite, als er das erwartet hatte. Er stand auf Beton. Seine Augen hatten sich an die Dunkelheit angepaßt, und er sah sich um. Wie er erwartet hatte, fand er die Stange mit dem daran befestigten Brett, die wie ein Pfeil in den Boden gerammt war. Hinter sich hörte er die Pfiffe der Männer, die sich stritten, ob sie ihre Scheinwerfer einsetzen sollten.

Hank überquerte den Zaun und erreichte den Hinterhof eines Hauses, das auf der entgegengesetzten Seite aus dem Block herausragte, und rannte weiter zu dem nächsten Hinterhof. Weit hinter ihm war ein lautes Getümmel zu hören. Ein Mann, der in der entgegengesetzten Richtung gesucht hatte, war in einen Polizeihund hineingerannt. Bellen vermischte sich mit dem Krach herabfallender Mülltonnendeckel. Danach folgte ein leiseres Geräusch. Hank hätte es nicht gehört, wenn der Mann, der mit Leichtigkeit über den Zaun glitt, nicht so nahe gewesen wäre. Er war nur zehn Fuß entfernt, aber die Dunkelheit machte ihn undeutlich und verwischte seine Konturen, so daß die Pistole in seiner Hand kaum zu sehen war. Er bemerkte Hank nicht, der neben der Schubkarre eines Gärtners kauerte. Eine Sekunde später war der Mann über den Zaun geklettert und in den nächsten Hof weitergegangen.

Celia Manx wußte jetzt, daß er es war. Nicht er hatte sie

überzeugt, sondern die Stimme am Telefon. Aber das spielte jetzt keine Rolle mehr, wenn er an das dachte, woran er sich beim Anblick des Gesichts im Fenster erinnerte.

Sie würden jetzt bald ihre Scheinwerfer benutzen. Das würde zwar Aufsehen erregen, aber Aufsehen erregten sie auch jetzt schon in der Dunkelheit. Er konnte nicht heraus. Zu den Innenhöfen führten keine Wege oder Straßen, und in Washington verriegelten die Menschen ihre Türen und Fenster. In einem weit entfernten Hof sah er den ersten Scheinwerfer angehen, und dann noch zwei weitere näher bei ihm. Er nickte; er selbst hätte es genauso gemacht. Hinter seinem Rücken hörte er ein Seufzen.

Zunächst glaubte er, es sei der Mann mit dem Revolver, der ihm so nahe gekommen war, aber als er aus zusammengekniffenen Augen genauer hinsah, machte er eine Gestalt an der Hintertür aus, die dem Treiben zusah. Sie schien ganz still dazustehen, eine kleine Gestalt, wahrscheinlich ein Junge. Endlich machte sie die Tür auf und stand jetzt mit verschränkten Armen hinter einem Insektengitter. Eine leuchtende Wolke von dampfendem Atem verbarg das Gesicht. Hank sank zurück an die Wand. Er hörte ein metallisches Klicken, und die Gazetür ging auf. Die Gestalt lehnte sich heraus.

Die Tür war eng für die beiden, und dann war Hank mit der Hand über einem Mund drinnen. Er schloß und verriegelte beide Türen mit der anderen Hand. Die Gestalt war so leicht, daß Hank sie gegen die Brust gepreßt trug. Sie waren in einer Küche. Er wollte das Licht nicht anschalten und tastete daher in einer Schublade nach einem Messer. Er fand eines und steckte es in seine hintere Tasche. Er hatte seinen Mantel und seinen Schal in dem anderen Haus zurückgelassen, und er mußte

Ersatz dafür finden. Er schleifte die Gestalt mit sich durch ein Eßzimmer und in ein Wohnzimmer. Vom zweiten Stock kam ein Licht die Treppe herunter, aber es war kein Laut zu hören. Er schob seinen Gefangenen um den tintenschwarzen Reflex eines Glastisches herum zum vorderen Teil des Hauses. Er war sicher, daß er neben der Eingangstür eine Garderobe finden würde; dort konnte er sich einen Mantel holen und verschwinden.

»Bleiben Sie genau da stehen und lassen Sie sie los!« Die Stimme kam ihm irgendwie bekannt vor, genau wie der harte Druck einer Pistole gegen seine Rippen.

8. Kapitel

»Dieses Mal haben wir die Schweine erwischt. Das ist ihr erster Fehler.«

Al Perafini lehnte sich über den gläsernen Kaffeetisch zu Hank hinüber. »Was mich von Anfang an gestört hat, war die Befragung von Halsam. Erinnern Sie sich noch an Otto Halsam?«

»Sicher«, sagte Hank. »Otto ist der Hausmeister im Club.«

»Richtig. Also, in dieser unverbesserten Niederschrift sagt er, daß die Beamten den .45er aus Jamesons Hand herauszwängen mußten.«

»Was heißt das?« fragte Hansen.

»Das heißt, daß er die Waffe in der Hand gehalten hat, als sie losging. Das ist eine hysterische Muskelreaktion im Augenblick des Todes, wie man sie gewöhnlich bei Selbstmorden vorfindet. Die Hände verkrampfen sich und lockern sich auch dann nicht, wenn der Rest des Körpers schlaff wird.«

»Wie Leichenstarre?« fragte Daisy Hansen.

»Eine sehr lokale Leichenstarre«, sagte Perafini. »Manchmal versuchen Mörder einen Selbstmord vorzutäuschen, indem sie ihrem Opfer eine Pistole in die Hand drücken, aber die Pistole fällt heraus, wenn der Körper bewegt wird. Jameson hat die Pistole festgehalten, als wäre sie angeleimt, und der Mann ist sofort gestorben. Nein, er hat sich im Verlauf des Kampfes erschossen, wie Newman das behauptet.«

»Später haben sie die Niederschrift verbessert«, sagte Reinhardt, »als der Duggs-Ausschuß sie in die Finger bekommen hat. Genauso, wie sie Sie verbessern wollten, Mr. Newman.«

Hank sah Senator Hansen an. »Wußten Sie das alles, als Sie mich mit der Pistole bedroht haben?«

»Ich wußte nur, daß Sie ein Eindringling waren und daß Sie meine Tochter in Ihrer Gewalt hatten.«

»Und weshalb haben Sie mich nicht der Polizei übergeben?«

»Sagen wir mal, ich war eher als die meisten geneigt, Ihre Geschichte zu glauben.«

»Seien Sie nicht so bescheiden, Senator«, sagte Reinhardt. »Sie waren der erste, der uns auf die Suche nach Newman geschickt hat, als alle anderen noch sagten, er sei tot und begraben. Als sie Celia Manx haben verschwinden lassen, nachdem Sie von ihr weggegangen sind, wußten wir, daß etwas faul ist im Distrikt Columbia.«

»Und was ist mit Ihnen, Reinhardt? Sie gehören zum FBI, wie sind Sie denn in die Sache verwickelt worden?« fragte Hank. Reinhardt grinste verlegen.

»Sogar im FBI gibt es einen Generationskonflikt«, sagte Hansen.

»J. Edgar kann nicht ewig leben«, sagte Reinhardt. »Und ich habe vor, gut auszusehen, wenn er stirbt.«

»Das ist also der Grund für diese Versammlung«, sagte Hank. Er sah sich im Wohnzimmer der Hansens um. Mit dem darin versammelten halben Dutzend Agenten und Abgeordneten, das Strategie plante, machte es den Eindruck einer Einsatzzentrale. An den Wänden hingen nicht weniger als zwanzig Fotografien von Hansen mit Präsidenten und internationalen führenden Politikern. Hank fühlte, wie eine Idee in ihm aufkeimte.

»Ich weiß, was Sie denken«, sagte Daisy. Sie nickte zu einem Bild von sich selbst zusammen mit ihrem

Vater und Celia Manx hinüber. »Sie haben recht. Ich war die Person, die sie erwartete, als Sie statt dessen aufgetaucht sind.«

»Nein, das habe ich nicht gedacht«, sagte Hank. »Ich habe mir gerade überlegt, was sich Ihr Vater wohl von dem Ganzen hier verspricht.«

Daisys Mund verzog sich grimmig, aber ihr Vater seufzte.

»Du darfst ihn nicht unterschätzen, Daisy«, sagte er. »Das hat der Gegner getan. Ja, es ist möglich, daß es sich für den Präsidenten peinlich auswirken wird, wenn wir diese Verschwörung, oder was es auch sein mag, aufdekken. Das wird es sogar fast sicher. Es könnte die Chancen seiner Partei bei den Wahlen im nächsten Jahr vernichten.«

Hansen fuhr sich mit der Hand über sein Gesicht und dann durch sein weißes Haar. Die Geste ließ ihn müder und älter erscheinen, als er das in Hanks Vorstellung war. »Es könnte außerdem bedeuten, daß meine Partei mich nominieren wird, eine Vorstellung, die früher einmal berauschend für mich war. Nun macht sie mir zum erstenmal angst. Ich kenne den Präsidenten gut – wir sitzen uns weiß Gott schon lange genug an der Kehle. Wenn er, ein kluger Mann, so sehr den Überblick über das verloren hat, was seine Leute tun, wie komme ich dann auf die Idee, ich könnte es besser machen?«

»Sie glauben doch nicht, daß er dahinter steckt?« fragte Reinhardt. »Ich hatte angenommen . . .«

»Das haben der Senator und ich schon durchgesprochen«, sagte Perafini. »Für den Präsidenten lief alles ausgezeichnet. Schauen Sie sich die letzten Meinungsumfragen an. Wer für die Sache hier verantwortlich ist, geht so vor, als würde die Zeit knapp.«

»Aber es läuft doch immer wieder auf die Wahlen von

1976 hinaus, nicht wahr?« sagte Hank. »Das ist es, worüber ihr euch Gedanken macht.«

Hansen rief einen der Männer herüber, die eine auf dem Eßtisch ausgebreitete Liste der Abgeordneten studiert hatten. Es war ein aufgeweckter Typ mit einer Fliege und Haar von fast hippieartiger Länge. Hansen stellte ihn mit dem unpassenden Namen Hamilton Dill vor.

»Dill arbeitet beim Franklin-Institut in Philadelphia. Das Institut hat im 2. Weltkrieg den ersten Computer für das Verteidigungsministerium entwickelt, und seitdem ist es an der Regierungsforschung auf diesem Gebiet eng beteiligt. Um die Weihnachtszeit ist er mit einer interessanten Geschichte zu mir gekommen. Sie glauben vielleicht, ich bin nur an Wahlen interessiert, aber es ist möglich, daß das hier Ihre Meinung ändern wird.«

Dill setzte sich hin. Er besaß das Selbstvertrauen eines Jungen, der als anerkannter Professor aufs College gegangen ist.

»Ich war damit beschäftigt, einen alten Artikel von mir über den Einfluß von Computern auf den Wahlvorgang zu überarbeiten«, sagte er. »Ich wollte meine These beweisen, daß Systemanalyse Wahlkampagnen aus dem Mittelalter rekonstruieren könnte. Zufällig wurde mein Interesse an der Verwendung von Computern für Stimmenauszählung und Vorausberechnung von Wahlgewinnern geweckt, und zufällig habe ich mir Ihren Wahlkampf, die Newman-Porter-Kampagne, ausgesucht.«

»Ich erinnere mich daran«, sagte Hank.

»Dann erinnern Sie sich sicher auch daran, daß alle Experten einen Sieg Porters vorausgesagt hatten. In den Computern von Des Moines, und zwar einem IBM 606 – aber das wird Ihnen nichts sagen – traten nach Berichten ›Schwierigkeiten‹ auf, und als dann die Ergebnisse hereinkamen, hatten Sie überraschend gewonnen. Die

Experten haben angefangen, Schaubilder über das Wahlverhalten der Farmer, Arbeiter und so fort zu erstellen. Ich meinerseits habe die Ergebnisse Wahlkreis für Wahlkreis, Maschine für Maschine zu analysieren. Ein Kind hätte das geschafft. Es war so offensichtlich.«

»Was meinen Sie damit?«

»Jede zehnte Stimme. Nach den Angaben von Des Moines haben Sie in jeder Maschine die zehnte Stimme bekommen. Die Chancen dagegen stehen bei einer Milliarde zu eins. So sind Sie der Abgeordnete Newman geworden. Jemand hat Sie hineingefüttert, so wie man eine Bestellung für eine heiße Suppe hineinfüttert. Ein Märtyrer wird sofort serviert.«

»Das wußten Sie im Dezember?« wollte Hank von Hansen wissen. »Warum haben Sie denn damals nichts gesagt, bevor ich vereidigt worden bin? Porter war Ihr Freund.«

»Es ist bei Wahlen schon schlimmer geschwindelt worden«, sagte Hansen. »Mehr als ein Präsident der Vereinigten Staaten hat gegen den Willen der Wähler gewonnen. Rutherford Hayes ist vielleicht das ungeheuerlichste Beispiel dafür. Wie auch immer, ich hatte das Gefühl, daß Sie über den Betrug nicht Bescheid wußten. Und in Zeiten wie heute hilft es uns nicht weiter, wenn auch das bißchen Vertrauen, das die Öffentlichkeit zum demokratischen Prozeß hat, noch zerstört wird. Ich habe Ephram hinterher eine gute Stellung verschafft, und wir haben uns einfach entschlossen, Sie im Auge zu behalten. Ich will allerdings zugeben, daß das Attentat eine Überraschung war.«

»Und Sie wußten das auch?« fragte Hank Daisy Hansen.

Sie nickte. Hank sank in seinem Stuhl zusammen. Jeglicher Wind war ihm aus den Segeln genommen worden. Er hatte sich nie für einen Helden gehalten, aber für eine reine Schachfigur auch nicht. Er war nur von Duggs an Hansen weitergereicht worden, das war alles. Der Raum – bis auf das Flüstern der Männer, die auf Kongreßpapier Zahlen zusammenrechneten, still – war eine neue Falle. Vierundzwanzig Stunden waren vergangen, seit er auf seiner Flucht zum erstenmal das Haus der Hansens betreten hatte, vierundzwanzig Stunden, in denen Hansen seinen Kreis versammeln konnte. Er wußte, daß es für ihn nicht weiterging. Georgetown war voller ziviler Polizeiwagen, und alle fünf Minuten kreuzte ein Polizeiboot auf dem Potomac. Man hatte ihm befohlen, von der Fenstern wegzubleiben. Der Mustang stand noch da, wo er ihn abgestellt hatte, nichts weiter als eine weitere Falle. Die Polizei hatte ihn auf jeden Fall identifiziert und ihre Abhörgeräte in ihm eingebaut.

»Senator«, sagte Dill, »wir gehen die Liste noch einmal durch, aber wir sehen keine Möglichkeit, die Lücke von zwölf Stimmen zu überbrücken, die der Computer uns gestern geliefert hat.«

»Das scheint Sie nicht sonderlich zu interessieren«, sagte Daisy zu Hank.

»Warum sollte es das?«

»Es ist das Newman-Gesetz, von dem sie sprechen.«

Hank zuckte die Achseln. Das Newman-Gesetz? Irgend etwas, das man nach einem falschen Kongreßangehörigen genannt hatte, der zu einem ebenso falschen Märtyrer geworden war. Ihm war nur noch eines wichtig: Duggs festzunageln.

»Wir werden eben nur im Senat dagegen kämpfen müssen, das ist alles«, sagte Hansen. »Dort sind wir noch in der Mehrheit.«

»Nur fünf oder sechs Stimmen, und der Präsident hat sich bisher noch nicht wirklich darum gekümmert.«

»Das ist der Unterschied zwischen Ihnen und meinem Vater«, sagte Daisy. »Er ist in der Lage, weiter als auf seine eigene Person zu sehen.«

»Ich kann nicht sehen, was das Newman-Gesetz und ich miteinander zu tun haben«, sagte Hank. »Was mich betrifft, ist das alles unwirklich.«

Perafini telefonierte am anderen Ende des Raums. Als er aufhängte, stand ihm der Schwiß wie ein Schnurrbart auf der Oberlippe. »Celia ist tot. Sie ist in einem Hotel in Baltimore mit einer Überdosis Schlaftabletten und Scotch gefunden worden.«

»Damit sind es zwei Tote. Wie wirklich möchten Sie es denn gern?« fragte Daisy Hank. Er beobachtete Perafini, der seine Hände in die Taschen steckte, um sie am Zittern zu hindern. »Al war der erste, den Celia gestern abend angerufen hat, um Ihre Geschichte zu überprüfen. Er macht sich heftige Vorwürfe, weil er ihr nicht alles gesagt hat.«

»Was ist mit dem zweiten, George . . . irgendwas vom FBI?«

»Wenn Sie George Penty meinen, der ist gerade wieder nach Miami abkommandiert worden.«

»Wie ist es herausgekommen, daß ich da war?«

»Ihr Telefon muß abgehört worden sein«, sagte Reinhardt vom Eßtisch. »Das überrascht mich nicht.«

»Woher wissen Sie, daß die Telefone hier nicht abgehört werden?«

»Wir überprüfen sie jede Stunde einmal. Mehr können wir nicht tun.«

Hansen bekam einen Aktenordner von einem seiner Helfer. Er blätterte ihn schnell durch. »Wir sind widerwillige Verbündete, Abgeordneter Newman, das ist mir klar. Es fällt Ihnen schwer zu glauben, daß hier mehr als Ihre eigene persönliche Sicherheit auf dem Spiel steht, oder vielleicht ist es Ihnen auch gleich. Sie meinen, das ist nur Politik. Wir haben zwar nur sehr wenig Zeit, aber ich fürchte, wir müssen uns trotzdem ein wenig davon nehmen und für ein schnelles Umerziehungsprogramm verwenden, um Ihnen zu zeigen, was nach unserer Meinung hinter dem Newman-Gesetz, hinter Mitchell Duggs und auf jeden Fall hinter Ihrer Angelegenheit steckt.«

Er reichte Hank einige Seiten, die aus dem Kongreßprotokoll vom Montag, dem 3. Februar, herausgerissen worden waren. Hank erkannte sie.

»Das war eine Rede, die ich für das Gesetz zur Nationalen Datenbank gehalten habe.«

»Wenn ich zitieren darf«, sagte Hansen. »›Sollen wir es vielleicht abwarten, bis ein weiterer Attentäter zugeschlagen hat, bis wir endlich einen wirksamen Schutz gegen den Terrorismus schaffen?‹ Wer hat diese Passage geschrieben?«

»Arthur Jameson.« Er brauchte nicht scharf nachzudenken. Jameson hatte alles für ihn erledigt.

»Und wer ist ermordet worden, und nach wem wird das Gesetz nun genannt?«

»Ich. Zugegeben. Das habe ich mir auch schon überlegt. Das Problem ist, daß ich ein Befürworter des Gesetzes war. Ich bin es sogar jetzt noch. Sie haben das Protokoll direkt vor sich liegen. Ich war einer der Hauptbefürworter des Zentrums. Ich bin auf diese Rolle festgelegt worden, als ich in den Ausschuß für Innere Sicherheit hineingekommen bin. Warum sollte ich denn dann umgebracht werden und nicht einer der Gegner? Es ging doch nicht um Leben oder Tod.«

»Für irgendeine verzweifelte Person doch. Für Sie und Jameson und Celia auch.«

»Das Gesetz hat eine gute Chance durchzukommen.«

»Jetzt wird es fast mit Sicherheit durchkommen.«

»Wissen Sie, wie wichtig mir das ist?« fragte Hank langsam.

Daisy Hansen stand auf. »Gib es auf, Vater. Du diskutierst hier mit diesem bandagierten Gorilla. während draußen wer weiß was passiert. Er ist noch nicht einmal im Kongreß, und du, du hättest schon vor zehn Jahren Präsident sein sollen. Du brauchst ihn nicht.«

»Was schlagen Sie also vor, Miß Hansen? Mich den Wölfen zum Fraß vorwerfen? Ehrlich gesagt wäre mir genauso wohl, wenn ich allein wäre, aber Ihre ethischen Vorstellungen würden mich interessieren. Sie lieben die Menschheit und die Güte, aber Sie stoßen jeden ab, der Sie nicht für die heilige Johanna von Orleans hält.«

»Ich verstehe jetzt, warum Ihre Frau so froh darüber war, daß sie Sie nie wiedersehen würde«, antwortete Daisy.

»Das bringt uns doch nicht weiter, ihr zwei«, sagte Hansen. Seine Tochter senkte ihren Blick auf den Tisch. Hank spürte, wie unter seinem Verband das Blut in seinen Adern klopfte. »Tatsache ist doch, daß wir alle im gleichen Boot sitzen, und wenn Sie mir erlauben, Ihnen das zu erklären, Abgeordneter Newman, werde ich Ihnen sagen, warum. Hamilton, Al, kommen Sie bitte mit uns in mein Arbeitszimmer? Ich möchte die Arbeit hier nicht durch weitere Streitereien unterbrechen lassen.«

9. Kapitel

»Der Secret Service hat eine Datenbank mit 64 000 Namen. Nicht nur Attentäter, sondern auch politische Aktivisten, ›Unzufriedene‹, praktisch alle, die dem Präsidenten oder irgendeinem Regierungsbeamten ›unangenehm‹ werden könnten. Ich meine sogar solche Leute, die in einem Brief oder einer Zeitung etwas Unangenehmes geschrieben haben. Das ist die offizielle Politik seit 1968. Ihr Honeywell zieht Verdächtige nach Namen, Decknamen, Wohnort, Vorgehensweise, politischer Orientierung und Aussehen heraus, und wenn Sie glauben, Sie machen einen unschuldigen Eindruck, dann warten Sie, bis Sie die Angaben über sich selbst gelesen haben. Die Datenbank bekommt ihre Informationen vom Weißen Haus, dem FBI, dem Nachrichtendienst der Armee, dem CIA, der Polizei und ihren eigenen individuellen Informanten. Der Honeywell steht in Verbindung mit anderen Secret-Service-Zentren im ganzen Land, und der Secret Service ist autorisiert, jeden ohne formelle Anklage festzuhalten«, sagte Perafini.

»Ich vermag nicht einzusehen, was daran auszusetzen wäre.«

»Die Abteilung für Innere Unruhen im Justizministerium besitzt einen Computer, der wöchentlich einen Bericht über nationale Spannungsbereiche und ›interessante Persönlichkeiten‹ liefert. Mit ›interessanten Persönlichkeiten‹ sind alle gemeint, die an einer radikalen Auseinandersetzung oder an einem Verbrechen beteiligt sind, obwohl die Auseinandersetzungen doppelt so stark wie die Verbrechen vertreten sind. Es sei denn, man ist

Italiener«, fügte Perafini mit einem süffisanten Lächeln hinzu.

»Das Ministerium für Wohnungsbau und Stadtentwicklung besitzt Bänder, auf denen jeder Amerikaner festgehalten wird, der sich um ein staatliches Darlehen bewirbt. Bewerber werden mit den Akten des Justizministeriums und des FBI überprüft. Darüber hinaus werden eigene Angestellte eingesetzt, die Nachforschungen anstellen. Sie holen sich ihre Informationen von den Nachbarn des Bewerbers«, sagte Dill. »Sämtliche Informationen, gute wie nachteilige, werden eingespeist und dazu benutzt, die Entscheidung zu treffen, ob ein Darlehen gewährt wird oder nicht. Dem Bewerber wird die Einsicht in den Bericht nicht gestattet.«

»Das ist doch nur schlampige Überprüfung. Ich gebe zu, daß die Kontrollen schärfer sein sollten.«

»Wie bei der Steuerfahndung und der zahlenmäßigen Erfassung der Bevölkerung?«

»Wei bei der Steuerfahndung und der zahlenmäßigen Erfassung der Bevölkerung.«

»Mein lieber Junge«, sagte Hansen, »die Geheimhaltung der Bänder der Steuerfahndung ist ein Witz. Das ist seit den sechziger Jahren so, als der Service angefangen hat, seine Bänder an die Regierungen für 75.00 $ pro Spule zu verkaufen. Vorgesehene Geschworene bekommen ihre Steuererklärungen von Staatsanwälten überprüft. Die Steuerfahndung verlangt natürlich von den Regierungen, daß sie ihre Angestellten vor unautorisierter Weitergabe warnen. Für die Daten zur Bevölkerungserfassung eilten die gleichen strikten Bestimmungen wie zur Überwachung.«

»Was Überwachung durch den FBI bedeutet. FBI und Zollbehörde teilen sich Zwillingscomputer, Computer, die in der Lage sind, in vierundzwanzig Stunden 100 000

Fernschreiben zu beantworten. Der FBI ist auf dem Gebiet der elektronischen Überwachung in allen Bereichen führend, unter anderem mit seinem nationalen Zentrum für Verbrechensbekämpfung, das 1966 eingerichtet worden ist. Sein Computer steht mit 24 regionalen Polizeicomputern und mit 21 Städten und Hauptstädten von Staaten in Verbindung. Er druckt die Informationen nach der neuen Methode aus: Name und Deckname, Sozialversicherungsnummer und Telefonvorwahl, um die Gegend zu lokalisieren, in der eine Person gefunden und in der man sich mit ihr gegebenenfalls in Verbindung setzen kann.«

»Zur Verteidigung des FBI muß ich hinzufügen«, sagte Perafini, als Dill zu Ende gesprochen hatte, »daß er nicht der einzige Zweig der Regierung ist, der elektronische Überwachung einsetzt. Die Fargo Company, die zu den bedeutenderen Herstellern gehört, hat einem Senatsausschuß mitgeteilt, sie habe Geräte an die Nahrungsmittelüberprüfung, den Zoll, die Drogenfahndung, das Schatzamt, die Atomenergiekommission, die Verwaltung der General Services und den Informationsdienst der Vereinigten Staaten geliefert. Die meisten, die sie benutzen, sind in der Schule für technische Hilfsmittel des Schatzamts hier in der Hauptstadt ausgebildet worden. Der Gesamtumsatz an Bändern und Abhörgeräten liegt ungefähr bei 25 Millionen Dollar. Die Ergebnisse werden unter der Sozialversicherungsnummer jeder Person in die Datenbanken eingespeist.«

»Sie werden sich wahrscheinlich nicht daran erinnern, aber als diese Nummern eingeführt worden sind, waren sie für Sozialversicherungskonten und sonst nichts vorgesehen«, sagte Hansen. »Damals wußte noch niemand, daß Computer Zahlen lieber haben als Namen.«

»Halten Sie Computer für bösartig?« fragte Hank Dill.

»Nein, sie sind nur realistisch, was die Menschen betrifft. Das Verteidigungsministerium hat während des Kriegs Computer bauen lassen, um ihn zu gewinnen. Ein Grund dafür, daß unsere militärische Verteidigung der russischen noch immer überlegen ist, sind die Computer. Aus dem gleichen Grund ist die amerikanische Industrie der russischen überlegen. Es gibt auf der Welt ungefähr 170 000 Computer, und davon stehen 100 000 in Amerika und 15 000 in Rußland. Und die in Rußland sind in der Regel schlechter.« Er schien kurz verachtungsvoll zu schnauben. »Die Italiener kommen uns wahrscheinlich am nächsten. Wie auch immer, wir sprachen davon, wie die Menschen Computer einsetzen.«

»Das Verteidigungsministerium benutzt sie noch immer, aber in neuen Bereichen«, sagte Hansen. »Bis in die sechziger Jahre waren die Computerbanken gegen Feinde von außen gerichtet. Jetzt enthalten sie eine Liste von 100 000 Zielen im Innern. Am Anfang war alles ganz harmlos, erst 1962 hat sich das geändert, als ein dort Beschäftigter sich als Sowjetagent erwies. Dann aber wurde 1965 in Fort Holabird, Maryland, eine neue Nachrichtenzentrale eingerichtet, die allein für Berichte über Anstrengungen gegen den Krieg vorgesehen war. Sie bezog ihre Informationen von acht Unterzentralen im ganzen Land, von denen jede mit 400 Agenten ausgestattet war. 1967 wurde Holabird zu Continental United States Intelligence (Kontinentaler Nachrichtendienst der Vereinigten Staaten) oder Conus Intel und besaß ein Schleppnetz aus Fernschreibern, das sich über das ganze Land erstreckte. In Fort Worth, Texas, und in Fort Monroe, Virginia, wurden neue Datenbanken eingerichtet. Die in Monroe nannte man RITA als Abkürzung für Resistance in the Army (Widerstand in der Armee). Um diese Zeit befahlen Offiziere in Fort Dix, New Jersey,

Mannschaftsdienstgraden, sich einer Befragung unter Sodium-Amytal zu unterziehen. Ihre Antworten sind in die Akten aufgenommen worden. Conus Intel hat nur den Fehler gemacht und sich an größere Projekte gewagt. So wurden zum Beispiel Senatoren und Gouverneure in den Akten als subversive Elemente geführt. Die Generale kamen zu dem Entschluß, es wäre wohl besser, wenn sie die Datenbanken in Holabird, Monroe und Hood zerstörten.«

»Worum geht es Ihnen also?«

»Der Befehl lautete, bis auf eine Kopie alles zu zerstören.«

»Bei einem Computer ist das das gleiche, wie wenn man alle Fotografien bis auf das Negativ zerstören würde«, sagte Dill. »Die Angaben fanden natürlich schließlich ihren Weg nach Monrovia.«

»Sie erzählen mir hier, daß die Armee verrückt ist. Das ist keine Neuigkeit«, sagte Hank.

»Das ist noch nicht alles, noch lange nicht. Das ist erst der Anfang.«

»Die Armee, die Regierung«, sagte Hansen. »Ich wollte nur, das wäre alles. Sie haben in Ihrer Rede gesagt, daß Computer Bürokratien modernisieren würden. Das Gegenteil ist der Fall. Bürokratien leben von Daten. Je mehr sie davon in die Finger bekommen können, desto mehr wollen sie. Plötzlich will jedermann seine eigene geheime Computerbank. Der Staat Oklahoma hat 1968 seine Dossier-Operation in Gang gesetzt, und danach kam Puerto Rico.«

»Was hatte das Justizministerium zu all dem zu sagen?« fragte Hank.

»Ich sage das äußerst ungern.« Perafini zuckte zusammen. »Das Justizministerium hat Oklahoma einen Zuschuß von 30 000 $ und Puerto Rico von 40 000 $

bewilligt. Das ist aber gleich, weil sie nämlich auch ohne Zuschuß weitermachen. Kalifornien ist angeblich der Staat von morgen. Also hat Santa Clara jeden einzelnen Einwohner mit dem Computer erfaßt. Ein städtischer Beamter kann ein Band mit Name, Alter, Wählerstatus, Besitz, Straffälligkeit und Krankengeschichte jedes Bürgers abrufen. Kalifornien war der erste Staat, der in seinen High-Schools Zweiwegspiegel in den Waschräumen eingebaut hat.«

»Inzwischen werden von der Staatsregierung routinemäßig Listen an Schulberatungsstellen verschickt, die vertrauliche Konversationen preisgeben sollen«, sagte Hansen.

»All das wird routinemäßig durchgeführt«, sagte Dill. »Sind Sie krank? Sie sind in den Akten der medizinischen Beihilfestellen festgehalten. Arm? Sie werden von einem Anti-Armuts-Programm erfaßt. Je schmutziger Ihr Geheimnis ist, desto bestimmter verlangt das Gesetz von Ihnen, es zu enthüllen. Waren Sie in der Armee, haben Sie schon einmal einen Strafzettel bekommen, ein Darlehen beantragt, an irgendeiner Demonstration teilgenommen? Sie sind vom Band erfaßt.«

»Vom Band erfaßt, und in praktisch jeder Instanz sind Sicherungen eingebaut, die es verhindern, daß jemand die Information verwendet«, sagte Hank. »Solange es im Kongreß Männer wie den Senator gibt, braucht sich meiner Ansicht nach niemand Gedanken um seine Intimsphäre zu machen.«

»Wissen Sie, das habe ich früher auch gedacht«, sagte Hansen. »Das war, bevor wir den Leiter der Post zu einer Anhörung vor den Ausschuß zum Briefgeheimnis zitiert haben.«

»Worum geht es da?«

»Es geht um das Formblatt 2008 der Post«, sagte Perafini. »In ihm wird jeder Postüberprüfer – und es gibt davon mehr als tausend – ermächtigt, Ihre Post ohne Ihr Wissen zu öffen und zu lesen. In einem Abschnitt des Formblatts heißt es, daß das Formblatt für die Öffentlichkeit nicht existiert.«

»Nicht nur für die Öffentlichkeit«, sagte Hansen bedauernd. »Der Leiter der Postbehörde lehnte es selbst dann ab, darüber zu sprechen, als wir ihn mit der Tatsache konfrontierten, daß nach unseren Informationen 1970 mehr als eine Million Exemplare des Formblatts 2008 zur Verwendung gedruckt worden sind. Seine Verteidigung dafür, daß er keine Antwort gab, war der Paragraph 39 der postalischen Ordnung der Vereinigten Staaten. In ihm wird er autorisiert, ›Bestimmungen zu erlassen, um Kongreßbeschlüsse zur Durchführung zu bringen‹. Ich habe mich also darüber informiert, und es hat nie einen Kongreßbeschluß gegeben, der ihn zur Öffnung von Briefen autorisiert hätte.«

»Wissen Sie, das ist ein sorgsam gehütetes Geheimnis«, sagte Perafini mit nasaler Stimme, in der Ironie mitschwang, »aber es ist auch illegal, Telefone abzuzapfen.«

»Ich bezweifle es, daß sich der normale Bürger darüber Gedanken machen muß, ob sein Telefon angezapft oder seine Post geöffnet wird«, sagte Hank. »Soll ich vielleicht mit jedem Gauner oder Radikalen Mitleid haben?«

»Ausgezeichnet«, sagte Hansen. »Sagen wir einmal, Sie sind ein Durchschnittsbürger. Sie waren nie in Schwierigkeiten, Sie haben sogar noch nie einen Strafzettel für falsches Parken bekommen. Sie waren nie in der Armee, und krank waren Sie auch noch nie. Dann fangen Sie an, sich darüber zu wundern, daß in Ihrer gesamten Nachbarschaft jemand herumläuft und fragt, ob Sie trinken oder ein Homosexueller sind. Was ist da los?«

»Ihre Kreditwürdigkeit wird eingestuft.« Perafini klopfte Hank auf die Schulter. »So machen sie das.«

»Wer macht das?«

»Die Kreditcomputer«, sagte Perafini. »In den Vereinigten Staaten gibt es vier riesige computerisierte Kreditinstitute, die neunzig Prozent der Bevölkerung abdecken. Gehen Sie nur in Ihrer Heimatstadt in einen Laden. Man braucht dort nur einen Telefonhörer abzunehmen, und schon steht man mit dem Computer im regionalen Büro des Instituts in Verbindung. In einer Sekunde kommt ihr ganzes Leben wie eine Rolle Klopapier aus ihm heraus. Gehalt, Automarke, Familienprofil, Vorstrafenregister, Zeitungsausschnitte und Gerüchte. Gerüchte kommen zwar zuletzt, sind aber keineswegs das Unwichtigste. Wegen Gerüchten bekommen mehr Leute eine Ablehnung als wegen der Größe ihres Gehalts. Deshalb gibt es zwei spezielle Gesellschaften, die ihre Computer mit nichts anderem als mit Gerüchten füttern, die sie an die anderen Kreditinstitute verkaufen können.«

Hansen führte das Thema weiter aus. »Bei ihnen hatten wir im Kongreß zum erstenmal wirklich Glück. Sie hatten bereits viele Amerikaner angeschwärzt, Leute, die es nie herausbekommen würden, warum die Bank ihnen einen Kredit verweigert hat. Leute, die nie die Möglichkeit bekommen werden, ihre Akte einzusehen oder sie zu korrigieren, ganz gleich, welche wilden Gerüchte über sie drinstehen.«

»Sie haben sich vielleicht gefragt, warum ein Polizist gegen die Datenbank sein könnte«, sagte Perafini. »Das ist ein Teil des Grundes dafür. Für diese privaten Datenbanken ist es weit profitabler, einfach alles zu benutzen. Je mehr Dreck sie angesammelt haben, desto tüchtiger sehen sie aus. In diesem Bereich habe ich noch so was wie Berufsehre.«

»Und was ist, wenn ich keine Kreditkarte will?«

»Das ist gleich«, sagte Perafini, »solange eine Kreditkartengesellschaft oder ein Laden oder eine Arbeitsvermittlung daran interessiert ist, Ihnen eine Kreditkarte oder einen Job anzubieten. Sie müssen daran denken, daß die Agenturen nicht für Sie arbeiten. Außerdem ist das eine verdammt leichte Arbeit. Das ist wahrscheinlich der Grund dafür, daß so viele Leute dazu bereit sind, als Schnüffler zu arbeiten. Man muß bloß einen Nachbarn finden, dem Ihre Nase nicht paßt, oder die Tatsache, daß Sie verhaftet worden sind. Es ist völlig gleich, ob zu Recht oder zu Unrecht – letzteres trifft für ein Drittel aller Verhaftungen zu. Die Datenbank verzeichnet nur die Verhaftung. Man muß herausbekommen, ob Sie sich einen Fernseher gekauft haben und mit den Raten in Verzug sind. Es ist völlig gleich, ob sie die Rate nicht bezahlt haben, weil der Fernseher ohne Bildröhre geliefert worden ist. In dem Band heißt es nur: KEINE RATENZAHLUNG. Und wenn Sie wirklich ein Pechvogel sind, dann macht der Computer einen Fehler und sagt, Sie sind ein Sexualverbrecher. Das ist deshalb schlecht, weil der Computer nicht daran glaubt, daß er Fehler macht.«

»Wenn ich vielleicht dazu etwas sagen dürfte«, sagte Dill. »Für Computer ist das tatsächlich unmöglich. Es ist nur so, daß bei der Programmierung der Bänder menschliche Faktoren beteiligt sind und daß Materialermüdungen auftreten. Es liegt nicht an den Computern, daß drei Prozent ihrer Operationen fehlerhaft sind.«

»Wenn ich die Diskussion vielleicht unterbrechen dürfte, möchte ich gern wissen, was all das mit der nationalen Datenbank zu tun hat«, sagte Hank.

»Nur das«, sagte Hansen. »Nach den Läden sind die besten Kunden dieser Spezialbanken die Polizisten. Da die Agenturen ein etwas schmutziges Geschäft betreiben, geben sie jedem Beamten freien Zugang zu ihren Bändern. Das endet alles in Monrovia, jedes Band.«

»Da ist gar kein Platz für jedes Band«, sagte Hank. »Das haben Sie selbst mit dem Hansen-Beschluß sichergestellt. Vor zwei Jahren hat der Kongreß die Informationsmenge über Bürger auf höchstens 30 000 Bänder beschränkt, damit sich auf ihnen nicht ein Haufen sinnloser Mist ansammelt.«

Hansen wendete sich Dill zu.

»Das war vor der Entwicklung der Laser-Bänder«, sagte der Computerexperte. »Heute kann man ein Dossier von 4000 Worten über jeden Amerikaner auf nur hundert 1-Inch-Bändern unterbringen.«

Hank hatte endlich nichts mehr zu sagen.

»Das ist die Schwierigkeit mit Politikern«, sprach Dill weiter. »Sie wissen nicht, wovon sie reden. Wie viele können den Unterschied zwischen einem Analog- und einem Digitalcomputer erklären? Wie viele wissen, daß der Unterschied zwischen einem Computer der ersten Generation und einem der fünften dem Unterschied zwischen einem Australopithecus und einem Homo sapiens entspricht? Vielleicht gibt es in Teilen Borneos noch Stämme, die an Kopfjägerei und Tauschhandel glauben. Unsere Welt ist auf Computern aufgebaut. Investitionen der Kirche, politische Spenden, Datenagenturen, alles.«

»Ich darf Sie vielleicht an etwas erinnern, was ein Politiker gesagt hat«, unterbrach ihn Hansen. »›Wenn ein solches Spionagesystem eingerichtet ist, wird das Land von Informanten, Spionen und all jenen widerlichen Reptilien schwärmen, die in der Sonne despotischer Macht gedeihen. Die Stunden des arglosesten Vertrauens, die Enge der Freundschaft werden keinen Schutz bieten. Der Gefährte, dem man am meisten vertraut, der Freund, dem man seine tiefsten Geheimnisse anvertraut, werden versucht sein, diese Arglosigkeit zu verraten, die Worte zu verdrehen; sie von übler Nachrede verzerrt an die geheimen Tribunale weiterzugeben, vor denen Verdacht der einzige Beweis ist, der angehört werden wird.‹ Der Abgeordnete Edward Livingston hat das 1798 vor dem fünften Kongreß der Vereinigten Staaten gesagt.« Er holte tief Luft. »Wie üblich, Abgeordneter Newman, scheinen Sie nicht besonders beeindruckt.«

Hank lächelte breiter, als das irgend jemand von ihnen erwartet hätte. »Es macht Ihnen doch nichts aus, wenn ich herausbekommen möchte, ob meine widerwilligen Verbündeten einige feindselige Fragen aushalten können, oder? Ich hätte offensichtlich wissen müssen, wovon ich rede, als ich das Kongreßprotokoll aufgeblasen habe, aber Sie hätten vielleicht versuchen sollen, mit mir zu sprechen, bevor ich mit Arthur Jameson geduscht habe.«

Nun war es an Hansen, keine Worte zu finden. »Damals wußte ich noch nicht, daß es möglich wäre, Sie zu überzeugen.«

»Aus Ihrer Vergangenheit war das nicht zu ersehen«, warf Dill ein.

»Das ist eben der Unterschied zwischen Menschen und Maschinen. Menschen verändern sich. Ich springe sogar.« Er berührte vorsichtig seinen Verband.

»Seien Sie lieber nett zu den Maschinen«, sagte Perafini. »Sie werden Sie wieder zum Leben erwecken. Wenn alles nach Plan verläuft, Abgeordneter Newman, stehen Sie im Begriff, der erste moderne Fall von Auferstehung zu werden.«

10. Kapitel

Eine halbe Stunde nach Sonnenuntergang wurde mit dem Aufbau des Zeltes begonnen. Es war ein altes Stabszelt der Armee und bedeckte mit seiner Grundfläche von vierzig mal zwanzig Fuß insgesamt ungefähr ein Dutzend Gräber. Agenten begannen unter den Augen des Friedhofsverwalters den Boden aufzugraben. Der Oberst, der als Kommandeur von Arlington Dienst tat, stand nutzlos daneben, während Rasenvierecke sorgfältig zu einer Mauer aufgeschichtet wurden. Der Friedhofsverwalter beschwerte sich, die Agenten machten die Sache trotz aller Sorgfalt nicht richtig. Der dunkle Boden wehrte sich mit Frost gegen ihre Schaufeln.

»Hier hätten den ganzen Tag Heizstrahler stehen müssen«, sagte er.

Die Agenten in ihren kniehohen Stiefeln murmelten in sich hinein. Der Oberst biß sich auf die Lippen. Als er den Zeltausgang zur Seite schlug, um hinauszusehen, wies ihn einer der Agenten mit scharfem Ton an, ihn zu verschließen.

Perafini kam um sieben Uhr mit zwei Bundesmarschalls und Hank an. Hank trug einen Anzug. Der Verband war verschwunden, und die Schwellung hatte etwas nachgelassen, aber sein Gesicht zeigte noch immer Spuren davon, und seine Augen machten einen leicht mongolenhaften Eindruck. Als der Abgeordnete Mitchell Duggs mit einem Assistenten und vier Beamten der Distriktpolizei ankam, ignorierte er Hank und ging zum hinteren Ende des Zeltes, wo ein Klapptisch aufgestellt war. Die Agenten waren vier Fuß tief in die gefrorene

Erde eingedrungen. Batteriegespeiste Lampen erleuchteten das Innere des Zeltes wie die Umgebung eines Sterns. Als Hank auf der schmalen Straße zu dem Zelt gefahren worden war, waren ihm das Gelände mit den Wegweisern wie ein ordentlich angelegtes Universum vorgekommen.

Duggs wartete darauf, daß ein Feldtelefon auf einem kleineren Tisch aufgestellt wurde. Hank suchte in seinem Gesicht nach Anzeichen von Besorgnis. Duggs gab sich nur verärgert, sonst nichts. Hank konnte sich nicht dagegen wehren, daß sich die Aufregung des Sieges bereits in seinem Magen zu rühren begann. Seine Hände waren feucht. Körperwärme und Anstrengungen der Grabenden heizten das Zelt auf.

»Kommt der Direktor?« fragte einer der Grabenden.

Der Mann, der mit dem Telefon beschäftigt war, zuckte die Achseln. Er ließ Duggs damit sprechen und fragte ihn, ob er in seinem Wagen warten wolle. Duggs ignorierte die Frage. Er sah den wachsenden Haufen Erde mit physischem Ekel an.

Everett Hansen kam mit Reinhardt, Dill und zwei weiteren Marschalls herein. Er musterte die Arbeit mit Zufriedenheit und ging zu Duggs hinüber.

»Hallo, Mitchell.«

»Hallo, Everett. Na, da haben Sie ja ein ganz schönes Durcheinander angerichtet.«

Hansen ließ seinen Blick noch einmal über die hellerleuchtete Szene schweifen. Seine Augen ruhten weniger als einen Augenblick lang auf Hank, aber das reichte für Hank aus, um das Gefühl des Triumphs in ihnen erkennen zu können.

»Ich weiß nicht, wie Sie den Präsidenten dazu überredet haben«, sagte Duggs. »Ich weiß nur, daß Sie sich hinterher am besten gleich nach Iowa absetzen.«

»Ich dachte, der Präsident wäre vielleicht neugierig«, sagte Hansen.

»Wir hätten doch nur Mrs. Newman . . .«

»Computer lügen nicht. Oder sagen Sie das nur?« Er tätschelte Duggs den Arm. »Möge der beste Abgeordnete Newman gewinnen.«

Hansen ging zurück, um mit Dill zu sprechen. Duggs starrte ihm wütend in den Nacken. Perafini löste die beiden Marschalls bei Hank ab.

»Wenn hier etwas schiefgeht, ist Hansen in dieser Stadt erledigt. Er hat sein gesamtes politisches Kapital dafür verbraucht, den Präsidenten hierzu zu zwingen. Von jetzt an geht es um seinen Hals«, sagte er zu Hank mit leiser Stimme. »Um Ihren natürlich auch.«

»Und wie steht es mit Ihnen?«

»Wahrscheinlich würden sie mich Pipelines in Alaska bewachen lassen«, gab Perafini zu.

»Warum ist Dill mitgekommen?«

»Sie bringen eine bewegliche Verbindung mit Monrovia mit, um Klarheit zu schaffen. Ein Programmierer wird dabeisein, um die beiden Sätze von Daten einzuspeisen und herauszubekommen, wer von euch beiden echt ist. Der Senator wollte Dill dabeihaben, um sicherzustellen, daß alles korrekt nach den Spielregeln abläuft. Wenn die Einspeisung erst einmal angefangen hat, ist die ganze Affäre praktisch ausgestanden.«

»Wie stehen Ihrer Ansicht nach die Chancen?«

Perafini hob eine Augenbraue. »Sie haben sich ja einen schönen Zeitpunkt ausgesucht, um mit Zweifeln anzufanaen. Hundert zu null, soweit ich sehen kann. Wenn es schlechter stünde, hätte sich meiner Ansicht nach Duggs noch einige Freunde mitgebracht, um seinen Triumph mit ihm zu teilen. Er ist allein. Das ist das beste Zeichen, das ich bisher gesehen habe. Bleiben Sie nur ruhig.«

Der Berg von frischer Erde war fast hüfthoch. Ein großer, hagerer Mann mit einem weißen Bürstenhaarschnitt kam in das Zelt. Hank erkannte Dr. John Akers, den ranghöchsten Chirurgen am Ort. Sowohl Mitchell Dugs als auch Everett Hansen bereiteten dem Doktor eine warme Begrüßung, aber das gesamte Projekt beunruhigte ihn deutlich, und er schien den beiden gleichermaßen Schuld daran zu geben. ›Hirnverbrannt‹, war das freundlichste Adjektiv, das Hank aufschnappen konnte. Statt einer schwarzen Tasche trug er einen schmalen Metallkoffer. Er legte ihn auf den langen Tisch und klappte ihn auf. Hank konnte erkennen, daß der Koffer neben den üblichen Geräten eine ganze Anzahl von Messern enthielt.

Kurz darauf traf ein weiterer Mann ein. Er sprach mit Hansen und Duggs, und dann ging er wieder. Einige Minuten später hörte Hank einen Motor. Der Zelteingang wurde zurückgeschlagen und enthüllte die Rückseite eines kleinen Lieferwagens mit einer hydraulischen Hebevorrichtung. Der Mann erschien wieder mit einem Begleiter, öffnete die Tür des Lieferwagens und schob ein gedrungenes Gerät vor. Sie hoben es mit der Hebevorrichtung herunter und schoben es mit Hilfe von zwei Agenten über den Rasen. Die Anstrengung, die dafür nötig war, und die tiefen Rillen, die es zurückließ, machten Hank das Gewicht der Maschine deutlich. Er wußte, worum es sich handelte, denn im Repräsentantenhaus waren fünf davon gestanden.

Ein dickes Kabel war an der Rückseite des Geräts befestigt, das zu dem noch auf dem Lieferwagen stehenden Generator führte. Dill und sein von Duggs mitgebrachter Kollege sahen zu, wie der Programmierer die Schaltkreise überprüfte.

»Wie lange dauert es noch?« fragte Hank, als Dill vorbeischlenderte.

»Fünfzehn, zwanzig Minuten. Der Computer ist bereit, sobald der Strom eingeschaltet wird. Nur die Röhren müssen noch warm werden.«

Hank wußte, daß sich die Fragen und Antworten auch über ein FBI-Telefon hätten abwickeln lassen können. Ein Beweis, daß Hansen keinerlei Risiken einging.

Ein Agent kam mit einer Kamera zu Hank und maß sein Gesicht mit einem Belichtungsmesser.

»Das könnten wir eigentlich gleich hinter uns bringen, Sir«, sagte er. »Sieht so aus, als brauchten Sie einen neuen Baseballhandschuh.«

»Vielleicht lasse ich mich einfach höher versichern.«

Der Agent lachte und trat zurück. Er fotografierte Hanks Gesicht von vorne und von beiden Seiten. Es dauerte eine Sekunde, bis es Hank klar wurde, daß es sich dabei um die für Fahndungsfotos nötigen Blickwinkel handelte.

Ein alter Mann mit tiefen Falten im Gesicht schob sich durch die Eingangstür. Sein Hut mit der herabgezogenen Krempe war seit vierzig Jahren unmodern, aber er ging mit festen Schritten zu dem Arzt hin. Der Direktor des FBI kam nicht, aber sein Stellvertreter war eingetroffen. Er sagte nichts, sondern sah sich mit unter der Krempe versteckten Augen und ineinandergelegten Händen in dem Zelt um. Die Ausgrabenden verdoppelten ihre Anstrengungen. Jeder benahm sich so, als sei Hank nicht vorhanden, bis ein junger, vorzeitig kahl gewordener Mann auftauchte. Er starrte Hank eine ganze Minute lang durch eine dicke Brille an, bevor er sich den anderen Männern an dem Tisch anschloß. Aus ihrer Unterhaltung schloß Hank, daß er der Verbindungsmann zum Weißen Haus war. Er benutzte das Telefon, und alle wurden still, während er sprach.

Ein Agent führte Hank zu einem Stuhl in einer Ecke des

Zeltes und wies ihn an, sich den Oberkörper freizumachen. Ein kalter Luftzug wehte durch die Leinwand, und als Hank Jackett und Hemd auszog, spürte er eine Gänsehaut. Dr. Akers zog sich einen Stuhl neben Hank.

»Okay, Mr. X, strecken Sie Ihren Arm aus.«

Hank erwartete eine Nadel. Der Doktor produzierte sich aber nur mit einem Blutdruckmeßgerät und einem Stethoskop. Ersteres wickelte er um Hanks Arm, und letzteres drückte er gegen Hanks Brust.

»Warum nicht ein Lügendetektor statt Blutdruck«, fragte Hank.

»Polygraph? Zu einfach zu hintergehen. Sie brauchen bloß die Füße anzuspannen, und er macht alles, was Sie ihm sagen. Drogen? Damit wird Hypnose fertig, und wenn Sie eine Art Superspion sind, haben Sie die. Ich arbeite mit den bewährten Mitteln, vielen Dank. Bitte nicht blinzeln.« Er leuchtete in Hanks Pupillen. Er brummelte weiter vor sich hin, während er Hank genau untersuchte.

»Sie waren einmal praktischer Arzt«, riet Hank.

»Ganz recht. Wahrscheinlich haben sie mich deshalb zu meiner Position befördert, weil sie sich mit einer Antiquität brüsten wollten. Wenn ich einmal sterbe, hängen sie mich wahrscheinlich im Smithsonian-Institut von der Decke herunter wie einen von diesen Doppeldeckern. In zehn Jahren gibt es keine Ärzte mehr, nur noch Hebammen und Computer. Hosen runter, bitte!«

Hank hatte sich gerade wieder fertig angezogen, als eine Schaufel auf den Sarg traf. Der Friedhofsverwalter stand mit Stricken daneben. Hanks Gesicht verdunkelte sich durch das hineinströmende Blut. Allein Dill blieb von dem Geräusch der Schaufeln an der Sargkante unberührt. Er saß vor dem Gerät und fütterte Fragen hinein. Sowohl Fragen als auch Antworten erschienen in der gestelzten Sprache des Algebra-Englisch auf dem Bildschirm. Die einzige Ausnahme war die letzte Sequenz. Dill befahl: VERVOLLSTÄNDIGUNG: ICH LEHRE EUCH DEN ÜBERMENSCHEN. Die Antwort erschien, als die Frage von dem Schirm verschwand. DER MENSCH MUSS ÜBERBOTEN WERDEN.

»Ich glaube, wir haben ihn«, sagte einer der Agenten im Grab. Von den Ausgrabenden waren nur Köpfe und Schultern zu sehen. Der Friedhofsverwalter reichte erst den einen Strick und dann den anderen hinunter. Als die Stricke richtig saßen, halfen die Marschalls und hoben den Sarg aus der Grube. Als er mit dem Boden in einer Höhe war, gingen sie damit vorwärts und stellten ihn ab. Der stellvertretende Direktor des FBI gab ein kaum hörbares Geräusch von sich, und ein Agent sprang aus dem Loch, um den Sargdeckel zu öffnen. Er wollte sich nicht rühren. Der Agent suchte erfolglos nach einem Schloß und versuchte es noch einmal. Er ging noch immer nicht auf.

»Er ist versiegelt«, sagte der Agent.

»Nein«, sagte der Friedhofsverwalter. »Sie haben nur einfach keine Ahnung. Sie meinen wohl, Sie könnten hierherkommen und die ganze Sache ohne einen Schimmer von Nekrohygiene erledigen. Stimmt's, Herr Oberst?«

Der Chef des Friedhofs, der bis dahin im Abseits gestanden war, nickte heftig. Es fiel Hank schwer, nicht über diese Kompetenzstreitigkeiten in einer kalten Nacht in Arlington zu lächeln. Die daran beteiligten Personen fanden nichts komisch dabei.

»Das ist einer von den neuesten Särgen«, sagte der Friedhofsverwalter. »Ohne Schrauben oder Schlösser. Da drinnen ist ein Vakuum. Schloß und Konservierung in einem. Sehen Sie her.« Er ging zu einem Ende des langen, silbrigen Sargs und spürte ein kleines Ventil auf, das in Ornamenten versteckt war. Er drehte daran, und die Luft wurde mit einem scharfen Zischen eingesaugt. Der Sargdeckel rührte sich mit einem leisen Geräusch. »Er gehört Ihnen.«

Hank hielt den Atem an und bemerkte, daß Duggs und Hansen das gleiche taten. Zwei Agenten hoben den Sargdeckel langsam an und schwangen ihn zur Seite. Hank konnte ein Paar Schuhe erkennen. Ein Agent griff in den Sarg und packte die Leiche unter den Knien, und der andere ergriff die Schultern. Arthur Jameson kam heraus und sackte in der Mitte durch. Sein Gesicht war heiter, während die Arme herunterbaumelten.

»Lassen Sie die Arme nicht schleifen!« schnappte der Oberst.

Sie hoben ihn höher. Das war schwierig, weil das tote Gewicht sich jedesmal in eine neue Richtung verschob, wenn sie nach einem besseren Griff suchten. Schließlich half der Friedhofsverwalter dabei, ihre Last auf dem Tisch abzulegen.

Dr. Akers knöpfte Jackett und Hemd der Leiche auf. Hank bemerkte, daß der Anzug, den Jameson trug, ihm gehörte. Das gleiche galt für alle Kleider bis auf die Schuhe. Jameson war nur ein wenig kleiner und breiter gebaut. Darüber hatte Hank in der Dusche nicht nachgedacht.

Dr. Akers hatte schon öfter Autopsien vorgenommen. Nachdem er die Leiche mit einem grünen Bandmaß vermessen hatte, öffnete er sofort den Brustkorb. Lange Nadeln hielten die Falten von Haut und subkutanem Fettgewebe zurück, während er mit verschiedenen Instrumenten in der Brusthöhle herumstocherte. Er hatte sein Jackett ausgezogen, sich aber nicht die Mühe gemacht, seine Hemdsärmel hochzukrempeln.

»Wozu tun Sie das?« fragte Duggs gereizt.

»Ich will nur sichergehen, daß dieser Mann so gestorben ist, wie das behauptet wird. Wenn das nicht der Fall wäre, würde das doch einige Fragen nach sich ziehen, oder?« Jameson schien nicht verwest zu sein, aber als die Skalpelle in ihn hineinschnitten, schien sein Körper eine unverbindliche Leblosigkeit zu besitzen, als sei er nicht eigentlich tot, sondern einfach nicht da. Es floß kein Blut, denn das war abgelassen worden, und die Gemüsefarbe des Formaldehyds, das es ersetzt hatte, war verblichen.

Jamesons Gesicht zeigte keine der Veränderungen, die Hank erwartet hatte, keinerlei kosmetische Operationen, die Akers hätte entdecken können. Die Antwort war einfach. Die einzigen Menschen in dem Zelt, die Jameson gekannt hatten, waren Duggs und er selbst. Berichte über den Pressesekretär waren von Duggs' Ausschuß beiseite gebracht worden. Hank verbesserte sich: In dem Zelt war noch jemand, der Bescheid wußte und alle Aufzeichnungen besaß. Monrovia. Akers schloß den Brustkorb und begann, den Rest des Körpers zu untersuchen.

»Elf Uhr, Sir«, sagte einer der Agenten. Akers ließ sich nicht hetzen. Er zog Jameson die Schuhe aus und inspizierte die Zehen. Hank erkannte, warum sie Jameson nicht seine Schuhe angezogen hatten. Sie wären zu eng gewesen, und das hätte Spuren hinterlassen. Er schluckte und meinte, jeder müßte hören, wie trocken seine Kehle war. Die Absätze der Schuhe trugen ein Muster aus Nägeln, das Hank nie vorher bemerkt hatte. Es wäre jedoch sinnlos gewesen, das zu erwähnen. Die Frage würde sich nicht dadurch klären lassen, ob die Schuhe des Toten ihm gehört hatten oder nicht.

Akers ließ von einem Agenten Socken, Schuhe und Hosen wieder anziehen. Er machte sich an die Untersuchung von Jamesons Zähnen und notierte sich auf einem

Block, welche plombiert waren und welches Material dafür verwendet worden war. Er drehte den Kopf erst auf die eine Seite und dann auf die andere, um in die Ohren zu sehen. Schließlich schob er die Augenlider mit einem Daumen hoch und sah sich die Augen an.

Hank schreckte auf. Die Augen des Toten waren stumpf, als blickten sie nach innen – und sie waren grün. Jameson hatte braune Augen gehabt.

»Das ist die falsche Leiche«, sagte Hank. Jeder wendete sich ihm zu. »Mein Pressesekretär hatte braune Augen.«

Akers entspannte sich.

»Ohne Zweifel. Eine Zeitlang nach dem Tod verfärben sich bei allen Kaukasiern die Augen grünlich.«

Der Doktor verschloß die Augen sorgfältig mit seinen Daumen. Dann wischte er sich die Hände an einem großen, altmodischen Taschentuch ab.

»Sind Sie fertig?« fragte Duggs.

Akers zog sein Jackett an, bevor er antwortete. »Ja. Ich habe mir die signifikanten Unterschiede zwischen den beiden Männern notiert. Ich nehme an, es hat wohl wenig Sinn, wenn ich die gemeinsamen körperlichen Merkmale aufzähle. Beide Männer sind, oder waren, wenn Sie es wollen, physisch in sehr gutem Zustand.« Er zog einen langen, dünnen Zigarillo aus seinem Jackett. »Das muß ein ganz ordentlicher Kampf gewesen sein.« Er gab seine Notizen an einen Agenten weiter, der sie dem bereits vor dem Bildschirm sitzenden Programmierer brachte.

Dill und der Mann von Duggs standen hinter der Schulter des Programmierers, während er den ersten Datenvergleich einspeiste. »X=73IN+BP130/95STOP =72IN+BPNA.«

»Z=73IN«, antwortete der Schirm.

Duggs berührte nervös seine Lippen. Perafini zwinkerte Hank zu. Weitere Symbole erschienen auf dem

Schirm. Hank atmete langsam wieder ruhiger. X,Y und Z,X stimmten öfter mit Z als mit Y überein, und inzwischen wußte er, daß Jameson Y war. Akers bemerkte, daß der Unterschied kein schlüssiger Beweis sei, weil Menschen sich zwischen zwei Untersuchungen immer veränderten und nichts einen Menschen so sehr wie der Tod verändere. Die Art, wie er das sagte, wirkte auf Duggs nicht beruhigend.

»X = KARIESUR3B + LU1BPLOMY = KARIESUR2B + LU1B.«

»Z = KARIESLU1B.«

Akers hob seine Augenbrauen. Hansen sah Hank an.

»Ich habe vor einem Monat eine Plombe eingesetzt bekommen«, sagte Hank.

»Das gleiche könnte der Tote auch sagen«, sagte Duggs.

Weitere Symbole huschten über den Schirm. Die einzigen Geräusche waren die Finger des Programmierers auf der Tastatur und das Brummen des Generators vor dem Zelt.

»X = BLGRP'O'STOPY = BLGRPA.«

»Z = BLGR'O'.«

»X = FAD-W,L,L,W,A; FAL-W,L,C,L,L STOPY = FAD-W,C,C,W,L; FAL-L,C,A,L,L.«

»Das könnte es sein«, flüsterte Perafini Hank zu. »Fingerabdrücke. Die Buchstaben stehen für Schlingen, Kreise, Bögen und Kombinationen.«

Der Schirm brauchte länger für seine Antwort. Als sie kam, lautete sie: »Z = NV«

»Nicht verfügbar?« sagte Hansen. »Was geht hier vor?«

»ERKLÄRUNG«, tippte der Programmierer.

»NVSTOPMEDAKTCOUNCILBLUFFIOWAVETERANENHOSP FEUER STOP MILAKT V PAZIFISTEN ZERSTOERT KEINE POL ERFASSUNG.«

»Verlangen Sie Jamesons Akte«, sagte Hank.

»Nach unserer Übereinkunft sollten nur Fragen zur Identität des Abgeordneten Newman gestellt werden«, sagte Duggs.

»Machen Sie weiter«, sagte Dill. Er war noch mehr erschüttert als Hank, wenn das möglich war.

Hansen und Duggs drehten sich beide zu dem stellvertretenden FBI-Direktor um. Hank konnte seine Augen nur durch das in ihnen reflektierte Licht ausmachen. Der alte Mann öffnete den Mund. Ein dünner Strich von Zähnen zeigte sich.

»Machen Sie weiter«, sagte er.

»ANFRAGE BETR ARTHUR JAMESON«, tippte der Programmierer.

»ARTHURJAMESON ADRESSE19459541130 INFO-2105HEU INSANFRANVFBI VERHAFTET.«

Lippen schlossen sich über die dünnen Zähne und verzogen sich zu einem leichten Lächeln. »Das ist alles, was wir über Jameson wissen müssen«, sagte der stellvertretende FBI-Direktor. »Machen Sie mit dem Programm weiter.«

Weitere Symbole huschten über den Schirm. Im großen und ganzen stimmten die Angaben über ihn mehr mit Z überein als die über den Toten. In Hanks Gedanken war Z nicht mehr er selbst, und er hatte Angst. Z war jemand, den er nicht kannte, und die Übereinstimmungen waren rein zufällig. Die Angst war irrational, aber er konnte sie nicht abschütteln. Z war ein launischer elektronischer Geist, der darauf wartete, seinen Schabernack zu spielen.

Es kam, bevor Hank sich darauf vorbereitet hatte.

»X = MELPIGSCHAD F/BSTOPY = MELPIGSCHAD F.«

»Z = MELPIGSCHAD F B.«

»Eine solche Pigmentschädigung kann sich auf Dauer von selbst wieder korrigieren«, sagte Akers.

Hansen schien das für wichtig zu halten, und Perafini ebenso. Das sagten sie gerade, als die nächste Reihe von Symbolen erschien.

»Z = KEINPIGSCHADINIRIS.«

Es war eine Antwort, ohne daß eine Frage gestellt worden wäre.

»Iris?« fragte Hansen. »Sie haben doch gerade gesagt, daß die Farbe der Augen sich verändert hätte.«

»Bei dem Toten«, sagte Dill. »Z ist Newman. Newmans Augen hätten ihre Farbe ändern können, haben es aber nicht getan. Aus irgendeinem Grund.«

»Spucken Sie es aus«, sagte Akers zu dem Mann am Schirm.

»UNBEKANNTE GROESSE = A STOPA + Z = IRISPIGSCHADPOS STOPDEF A.«

»OPNARBENNETZHAUT + X = IRISPIGSCHADPOS.«

»Das ist mir entgangen. Muß eine gute Arbeit gewesen sein«, sagte Akers verärgert. Er sah Hank an. »Wenn sie tot sind, ist es schwieriger, aber das ist keine Entschuldigung.«

Er ging zu der Leiche auf dem Tisch zurück. Hank drehte sich zu Perafini um.

»Operation einer Netzhautablösung«, sagte der Mann vom Justizministerium ruhig. »Die Maschine sagt, das sei bei Ihnen gemacht worden.«

»Trübung, Dehydrierung, aber die Narben sind da«, sagte Akers. Er schloß die Lider. Die unerwartet grünen Augen schienen zu zwinkern. Dill ließ die Botschaft wiederholen. »Z = KEINPIGSCHADINIRIS.« Hansen sah hin und her. »Das verstehe ich nicht. Die Leiche hat zum erstenmal Entsprechungen gezeigt«, sagte er. Dill starrte den Schirm ungläubig an.

»Deutliche Entsprechungen«, sagte Akers. »Ich will

Ihnen eines sagen: Ihr Mann hat mich getäuscht. Er hat mich wirklich getäuscht.« Er verschloß seinen Koffer heftig. »Den Abgeordneten Newman können Sie wieder in sein Grab legen.«

»Warten Sie. Ist das alles?«

Noch immer leuchtete ›PIGSCHAD‹ auf dem Schirm.

»Newman hat sich operativ eine abgelöste Netzhaut wieder anheften lassen. Bei einer solchen Operation wird in äußerst seltenen Fällen die Pigmentierung der Iris gestört. Beim Toten war eine solche Operation in seinem linken Auge festzustellen. Bei Ihrem Mann nicht, so einfach ist das. Oder doch?« fragte Akers Hank.

»Nein.«

»Sieht so aus, als sei alles vorbei«, sagte Duggs. Bäche von Schweiß liefen an seinen Nasenflügeln herunter.

»Es hat keinen Sinn, wenn wir hier weitermachen, Senator«, sagte Akers sanft. »Auch Sie sind getäuscht worden. Tatsachen können Sie nicht abstreiten.« Er drehte sich wieder zu Hank um. »Es war kein sehr dummer Fehler. Wahrscheinlich sollten wir dankbar sein.«

Perafini tippte den Programmierer auf die Schulter. Der Schirm wurde leer. Zwei Agenten traten an Hanks Seiten. Sie legten ihm keine Handschellen um, aber er hegte keinerlei Zweifel über seinen Status. Der stellvertretende Direktor des FBI telefonierte. Er reichte den Hörer an den Arzt weiter.

»Scheußliches Durcheinander, Sir, da haben Sie recht«, sagte er. »Ich weiß nicht, wie das passieren konnte.« Das Kabel wurde aus der Hinterseite des Geräts herausgezogen. Duggs war als nächster mit Telefonieren an der Reihe. Hansen stellte sich vor Hank.

»Jetzt verstehe ich«, sagte er. »Sie haben die ganze Zeit mit Duggs unter einer Decke gesteckt. Die Verfolgungsjagd mit der Polizei, der Mord an Celia, das war alles abgekartetes Spiel.« Er hätte Hank schlagen können, aber das hätte ihn noch lächerlicher gemacht.

»Ich hatte nie eine solche Operation«, sagte Hank und schüttelte den Kopf.

»Ich weiß«, sagte Hansen.

»Er hat gelogen. Der Computer hat gelogen.«

Hank dachte, der Senator sei zu wütend, um noch etwas zu sagen. Hank täuschte sich. »Computer können nicht lügen«, flüsterte Hansen. »Aber Sie wünschen sich sicher, sie könnten es.«

Duggs hängte ein. Er veränderte seinen Gesichtsausdruck von Freude zu Bedauern. »Der Präsident hatte keine Zeit, um sich mit Ihnen zu unterhalten, Everett. Ich habe ihm Ihre Entschuldigungen übermittelt.«

»Danke, Mitchell, das war nett von Ihnen«, sagte Hansen. Er war nicht so sehr erregt, wenn er Hank nicht ansehen mußte.

»Ich werde dafür sorgen, daß der Direktor sich morgen mit dem Generalstaatsanwalt unterhält«, sagte der Mann vom FBI zu Perafini.

»Sehr gut«, sagte Perafini. Es war schön, wenn man im voraus wußte, daß eine Karriere zu Ende war.

Der Computer wurde auf die Hebebühne gerollt, und zur gleichen Zeit wurde der Sarg wieder in das Grab abgelassen. »Wird aber auch Zeit«, sagte der Friedhofsverwalter. Das Telefon verließ zusammen mit dem stellvertretenden FBI-Direktor das Zelt. Akers ging. Perafini und Dill gingen zusammen mit Senator Hansen. Niemand von ihnen warf einen Blick zurück auf Hank. Er hörte, wie der Lastwagen die Straßen hinunterrollte, und er hörte das Geräusch der Autos. Schließlich ergriffen die Agenten ihn am Arm und führten ihn aus dem Zelt.

Es war kalt. Das hatte er vergessen. Der Friedhof

reflektierte den sternenerfüllten Himmel. Auf der Straße standen nur noch wenige Autos. Die drei Männer setzten sich in ihrer Richtung in Bewegung.

»Wartet mal einen Augenblick, Jungs.« Mitchell Duggs kam vom Zelt her zu ihnen. »Ich möchte mich eine Sekunde lang allein mit dem Gefangenen unterhalten.«

»Wir sind angewiesen, ihn nicht aus dem Auge zu lassen, Sir.«

Duggs sah sich um. »Es ist eine helle Nacht. Ihr werdet es sehen, wenn er etwas versucht.«

Nach kurzem Zögern gingen die beiden Agenten ungefähr zwanzig Schritt weit weg und blieben auf beiden Seiten mit offenen Jacketts stehen.

Hank rieb seine Arme.

»Zigarette?« sagte Duggs.

»Danke.«

Duggs steckte zwei an und gab Hank eine davon.

»Nicht so wie damals der Abend auf der *Onthaloosa*, was? Mensch, Sie haben uns wirklich genug Schwierigkeiten gemacht, Hank. Sind Sie nicht erleichtert, daß es vorbei ist? Ich bin es, weiß Gott.«

»Was passiert jetzt mit Senator Hansen?«

»Wenn ich Sie wäre, würde ich mir über ihn keine Gedanken machen. Er ist einfach politisch tot. Sie sind innerhalb einer Woche zweimal offiziell gestorben. Das ist irgendwie ein Rekord.«

»Warum? Warum habt ihr die Wahl gefälscht? Jameson? Nur für dieses Gesetz?«

»Das Newman-Gesetz, Hank. Lassen wir doch die Bescheidenheit. Sie müßten das hier einmal im Frühling sehen. Überall Krokusse.«

»Kommen Sie, Mitchell, was macht es jetzt schon noch aus? Sagen Sie mir, warum es bei all dem geht.«

Duggs beobachtete die Rücklichter, die weit entfernt durch das Tor verschwanden. »Es ist sehr wichtig. Das ist alles, was ich Ihnen sagen kann. Ich hätte Sie das alles nicht mitmachen lassen, wenn das nicht der Fall wäre, das können Sie mir glauben.«

»Sie meinen, Sie hätten mich jetzt nicht umbringen lassen, wenn das nicht der Fall wäre.«

Duggs ließ seine Zigarette ins Gras fallen und trat sie aus. »Niemand läßt Sie umbringen, Hank. Dieses Mal sind Sie für immer gestorben. Gehen Sie hin, wohin Sie wollen, sagen Sie, was Sie wollen, uns können Sie nicht berühren. Mit dem heutigen Abend ist das völlig unmöglich geworden. Stellen Sie sich auf die Treppe vor dem Kapitol, wenn Sie wollen. Niemand wird ein weiterer Everett Hansen sein wollen. Dieses Mal sind Sie nicht nur tot, sondern auch begraben.«

»Was macht Sie so sicher?«

»Passen Sie auf, dann werden Sie es merken«, sagte Duggs. Er ging zu dem Zelt zurück, bevor Hank ihm noch weitere Fragen stellen konnte.

Die Agenten setzten Hank in ein Auto und fuhren aus dem Friedhof heraus. Die Straßen waren so gut wie verlassen, und er erwartete eine weitere Fahrt aufs Land. Statt dessen ordneten sie sich auf die Spur ein, die in die Stadt führte. Er sah das erste von Scheinwerfern beleuchtete Regierungsgebäude, als sie den Potomac überquerten und in die Stadt selbst kamen. Weitere Regierungsbüros schwammen wie weiße Wale in einem dunklen Meer vorüber. Die Agenten hatten es nicht eilig. Sie hielten wie alle anderen vor roten Ampeln an. Jugendliche kamen aus einem die ganze Nacht über geöffneten Kino heraus, ihr Gelächter hallte durch die Nacht. Die Agenten unterhielten sich über Baseball und kümmerten sich nicht um Hank. Das Washington-Denkmal stand direkt vor ihnen, wurde größer und verschwand wieder in der Dunkelheit. Eine seltsame Gemütlichkeit breitete sich in dem Auto aus.

Um den DuPont-Kreisel war selbst um die späte Stunde der Verkehr dicht. Der farbig angestrahlte Brunnen in der Mitte wechselte von Orange zu Rot und Blau. Das Auto der Agenten hatte sich gerade wieder in Bewegung gesetzt, als Hank sich aus der Tür fallen ließ. Er war verschwunden, bis der Fahrer angehalten und seine Pistole gezogen hatte.

Hank rannte geduckt durch die sich langsam bewegenden Autos auf die Insel in der Mitte des Kreisels. Er schlich um den kaleidoskopartigen Brunnen und behielt den Wagen der Agenten durch die Fontäne im Auge.

Plötzlich erstarb der Brunnen, und er sah dem Fahrer direkt in das Gesicht. Der Agent lachte. Der Verkehr setzte sich wieder in Bewegung, und der Wagen schloß sich ihm an.

Hank richtete sich auf, als das Wasser in die Luft schoß. Einige Tropfen fielen auf ihn, bevor er zurücktrat. Er verschwand in der Dunkelheit wie eine Fotografie, die zu lange im Entwicklungsbad gelassen worden ist.

11. Kapitel

Auf einer riesigen Baustelle in der 9. Straße stand das Gebäude des Justizministeriums. Der pockennarbige, unbewohnte Tempel aus Beton und Stahl wäre an Nutzfläche, Aktenschränken, Luftschächten, Telefonkabeln, Garagenanlagen und Leitungsrohren das fünftgrößte Regierungsgebäude gewesen, wenn er wie vorgesehen 1972 eröffnet worden wäre. Die Bomben von 1972, 1973 und 1974 hatten den Zeitplan durcheinandergebracht, und die Bauarbeiten gingen in einem Gebäude noch immer weiter, das zu einem Fossil geworden war. Auf der anderen Seite der 9. Straße stand noch immer das Elendsviertel, das die Städteplaner mit dem allmächtigen Stiefel des kolossalen Bauwerks hatten zertreten wollen.

An der heruntergekommenen Seite der Straße war nichts Unbewohntes. Die Durchgangshotels mußten Menschen abweisen, die aus Drahtverschlägen kamen, und die Bars boten Gratiswürstchen mit kalifornischem Portwein an. Auch Industrie gab es hier, Blutspender und Tellerwäscher waren sehr gefragt, und wer ganz ehrgeizig war, konnte sich der Lastwagen bedienen, die Tagelöhner zu Farmen in drei Staaten transportierten. In der ersten Woche, nachdem sie ihn laufengelassen hatten – er machte sich da keine Illusionen –, probierte Hank sie alle aus. In der Woche danach versuchte er, per Anhalter nach Iowa zu kommen. Er rief mit einem R-Gespräch seinen alten Kompagnon in der Anwaltskanzlei an, erreichte aber jemand anders. Es war die Stimme aus der Tankstelle. Von Freund zu Freund gesagt, so teilte sie ihm mit, warte auf ihn ein Haftbefehl, sobald er einen Fuß über die

Grenze nach Iowa setze. Die Stimme nannte ihm sogar den Namen, unter dem er verhaftet werden würde, sowie sein Verbrechen: Diebstahl von Kreditkarten. Sie bot ihm an, ihm den Haftbefehl vorzulesen. Hank fragte die Stimme, ob sie nicht fürchte, ihre drei Minuten wären bald um. Sie gab ihm keine Antwort. Hank bräuchte sich um das Fernamt keine Gedanken zu machen, fuhr die Stimme nach einer Pause fort. Übrigens, meinte sie weiter, wäre seine Witwe bereits verlobt. Mit seinem Kompagnon aus der Kanzlei.

Hank ging zur Union Station und kaufte eine Zeitung aus Des Moines. Er schlug den Lokalteil auf. Die Stimme hatte recht gehabt. Auf der ersten Seite fand er weitere Nachrichten. Senator Hansen war für eine Zeitlang nach Hause zurückgefahren, um sich von einer plötzlichen Krankheit zu erholen. Es wurden keine Einzelheiten berichtet, aber es wurde keine Prognose darüber angestellt, wann er seine Amtsgeschäfte wiederaufnehmen und nach Washington zurückkehren würde. Auf der Abfahrtstafel wurden die Zeiten für Züge nach Los Angeles, Ontario, Albuquerque, New York und Washington genannt. Vier Auswahlmöglichkeiten für die Zukunft und eine für die Vergangenheit. So kam es, daß Hank wieder in der 9. Straße endete. Es fiel ihm ein, daß ein Feigling immer lieber der Zukunft als seiner Vergangenheit ins Auge sieht, auch wenn jeder ihn in seinem Glauben unterstützen wollte, daß es sie nicht gab.

Beim zweitenmal war er schlauer. Er vermied die Arbeitsvermittlungsagenturen, die die Menschen in Tellerwäscher und Hilfsarbeiter aufteilten. Zwischen den Bars und dem Polizeirevier entdeckte er ein offenes Büro voller professioneller Kautionsverleiher. Auf der Tür zu dem Büro stand: ›*Viajes a Puerto Rico y Venezuela* – Steuerberatung – Fahrschule – Kautionsstellung.‹

»Sie sind nicht der erste heruntergekommene Anwalt in der Welt«, sagte E. O. Bernhardt. Er war der typische Winkeladvokat: fett, zerknitterter Anzug, und immer sprach er mit einer Zigarre im Mund. Nur eines paßte nicht: Er war schwarz. »Haben Sie einen Namen?«

»William Poster.«

Bernhardt verfehlte seine Nase nicht ein-, sondern zweimal. Während er mit einem Finger in einem Nasenloch herumstocherte, hörte er sich an wie eine defekte Orgel. »Bis vor einer Woche hatte ich hier einen Weißen. Die Leber hat nicht mehr mitgemacht. Trinken Sie?«

Hank schüttelte den Kopf. Nun, da die Frage gestellt worden war, fragte er sich selbst, warum er damit nicht angefangen hatte.

»Egal«, sagte Bernhardt. Er inspizierte seinen Finger. Hank sah sich in dem Büro um. Es war mit Touristikpostern über San Juan und den Gesetzen und Strafen dekoriert, die auf Verletzung von Kautionsauflagen standen. »Das merken wir ja bald. Sie können den Schreibtisch dort haben.« Er deutete auf einen Schreibtisch, der noch mehr als die anderen unter Papieren erstickte. Er stand in der Nähe der Eingangstür, und neben dem Stuhl lehnte ein Baseballschläger. Hank wurde es klar, daß seine Größe ebensoviel mit seiner Arbeit zu tun hatte wie die juristische Ausbildung, die er genossen hatte.

»Wieviel zahlen Sie?«

Bernhardt war derartig dramatisch schockiert, daß Hank zum Bewußtsein kam, wie gut der Name paßte. »Geld! Warten wir mal eine Woche, und dann wissen Sie, warum wir hier in der 9. Straße sind. Ich meine, wenn Sie Perry Mason wären, wären Sie nicht hier. Können Sie mir folgen?«

Die Arbeit war einfach. Man mußte nur im Auge behalten, wieviel Geld für Bernhardts Angestellte am

Bezirksgericht verfügbar war. Sie kamen in das Büro, und er sagte ihnen, wie hoch sie gehen konnten, und ob die Kaution, die ein Richter verlangte, so hoch war, daß es sich dabei um einen Freikauf handelte. Einmal kam ein unzufriedener Klient mit einer Pistole in der Hand durch die Tür. Hank schlug sie mit dem Baseballschläger zur Seite, und Bernhardt, der sich für einen Mann mit dem Körperbau eines Nilpferds verblüffend schnell bewegte, holte dem Klienten in Sekunden sein gesamtes Geld aus der Tasche. Die Pistole war nicht geladen, aber an diesem Tag fing Bernhardt an, Hank zu bezahlen.

Hank entwickelte eine merkwürdige Zuneigung und Bewunderung für den Kautionsspezialisten. Bernhardt war ein Gauner – die Zinsen, die er für das von ihm gestellte Geld forderte, waren schamlose Bereicherung – aber das System, in dem er arbeitete, war noch krimineller. Bernhardt lehnte sich gern aus dem Fenster und sah die Straße hinunter auf das unfertige Gebäude des Justizministeriums. »Ist das nicht wunderschön? Hier sollten all die kleinen schlauen Anwälte mit ihren süßen kleinen Sekretärinnen ein und aus gehen. Vielleicht ein kleiner Park, wo wir jetzt sitzen. Geschnittene Hecken. Nett und sauber und hell, wenn Sie wissen, was ich meine. Wie ein netter, gesunder, millionenschwerer weißer Junge mit einem Collegeabschluß. Und jetzt schauen Sie sich das an. Das Ding fällt in sein eigenes Loch. Sie brauchen Wachen, um die Penner draußenzuhalten. Gegen die Ratten ist nichts zu machen, wissen Sie. Yes, Sir, genau da hört es auf. Weiter schaffen sie es nicht. Mit dem Geld hätte man Zehntausende von Menschen aus dem Knast holen können, aber das war es, was sie gewollt haben, und jetzt sitzen sie drauf.«

Bernhardt begann, sich für Hank zu interessieren. »Sie sind wie das Gebäude da, wissen Sie das?«

»Ich kann das Telefon und den Baseballschläger bedienen. Ihr Aushängeschild brauche ich jedoch nicht zu sein.«

»Ein heruntergekommener weißer Junge. Sie haben nur etwas von einer unbekannten Größe an sich, irgendein Geheimnis. Was haben Sie angestellt? Sie sind kein Penner. Ein Dieb auch nicht, sonst hätten Sie bis jetzt schon etwas geklaut. Sie sehen auch nicht so verknittert aus wie einer, der vor den Alimenten wegläuft.«

»Und das macht Ihnen Gedanken?«

»Ganz genau, das tut es. Ungefähr das einzige, was noch bleibt, ist Mord. Aber wenn es das wäre, hätten die Bullen Sie schon erwischt. Sehen Sie, ein Mann wie Sie kommt nur dann in diesen Teil der Stadt, wenn er auf der Flucht ist. Sie sind aber nicht auf der Flucht, das merke ich. Wie kommt das, Mr. Poster?«

»Weil sie wissen, wo ich bin.«

»Als wäre damit auch nur das geringste beantwortet.« Bernhardt warf seine Arme hoch.

Einige Tage später kam Bernhardt zu ihm und warf wieder die Hände in die Luft. »Sie und Ihr Aushängeschild. ›Haftbefehl für Bill Poster.‹ Verdammt noch mal!«

Hank nahm sich ein Zimmer in einem der besseren Durchgangshotels. Die meisten von ihnen hatten nur acht mal vier Fuß große Metallkäfige mit einer Liege und einem Schrank. In seinem gab es echte Zimmer mit Betten und Kleiderschränken und einer funktionierenden Toilette am Ende des Ganges. Er benutzte Bernhardt als Bankier. Er kam zu dem Entschluß, daß das sicherer war, und außerdem zahlte er mehr Zinsen. An den Abenden ließ er die Attraktionen von Porno-Kleinbildfilmen, die in den Kellern gezeigt wurden, ebenso links liegen wie die zahlreichen Bars, sondern setzte sich in einen Bus und fuhr zu der nächsten öffentlichen Bibliothek. Er beantragte keinen Benutzerausweis, um ein Buch auszuleihen. Sechs Wochen nach der Nacht auf dem Friedhof fing er an, einiges zu verstehen, und kam zu dem Entschluß, daß es Zeit zum Handeln wäre.

Der Bus nach Georgetown hielt an der Brücke an. Er ging den Rest der Strecke am Fluß entlang zu Fuß. Es war nach Feierabend und dämmerte schon fast, als er die Stelle erreichte, an der er vor langer Zeit den Mustang stehengelassen hatte. Das Haus der Hansens machte einen verlassenen Eindruck. Das überraschte ihn nicht, denn in den Zeitungen hieß es, der Senator erhole sich noch immer in Iowa. Auf dem Rasen vor dem Haus stand ein Schild ›Zu Verkaufen‹. Hansen hatte offensichtlich vor, noch einige Zeit krank zu bleiben.

In der Nähe des Hauses standen keine Autos, und es waren keine Männer da, die Jeane Dixon lasen. Er ging über die Straße und zu der Eingangstür. Er drückte auf die Klingel. Sie war abgestellt. Die Tür aber war nicht verschlossen und gab nach, als er leicht gegen sie drückte. Als er eintrat, schlug ihm der muffige Geruch eines unbewohnten Hauses entgegen. Vielleicht hatte der Makler, der es verkaufen sollte, die Tür für einen Kunden offen gelassen, dachte Hank. Das war Glück für ihn, aber er hatte nicht viel Zeit. Er stieg die Treppe zum zweiten Stock hoch. Er hatte in dem Zimmer rechts geschlafen. Als er durch den Gang ging, bemerkte er die kreisförmigen und viereckigen Flecken an der Wand, wo die Bilder fehlten. Er dachte an Jamesons tote Augen.

»Sie! Was tun Sie hier?«

Daisy Hansen kam im Büstenhalter und Shorts aus einem Schlafzimmer heraus.

»Hallo.«

»Ich sagte, was tun Sie hier?« Sie drückte eine Schere in ihrer Hand so fest, daß ihre Knöchel sich weiß färbten.

Der unwahrscheinliche Gedanke kam Hank, daß sie fähig war, ihn anzugreifen.

»Ich habe etwas vergessen.«

»Sie haben nichts vergessen. Sie haben meinen Vater ruiniert, haben ihn so erniedrigt, daß er nicht einmal in dieser Stadt bleiben kann, haben einem halben Dutzend weiterer Leute die Karriere ruiniert und Ihr Gesetz durchgebracht. Sagen Sie bloß nicht, Sie hätten etwas vergessen«, sagte sie voll Bitterkeit.

»Die Sache mit Ihrem Vater tut mir leid.«

»Sagen Sie nicht so etwas«, sagte Daisy. »Sagen Sie es nicht, oder ich bringe Sie um. Ich würde es tun, und ich wäre stolz darauf.«

»Daran zweifle ich nicht.«

»Verschwinden Sie!«

»Das werde ich tun. Ich will nur etwas holen, das ich hier zurückgelassen habe.«

»Dafür hatten Sie einen Monat lang Zeit. Jetzt brauchen Sie es nicht zu tun. Duggs kann warten.«

»Aber ich nicht. Ich muß etwas nachsehen. Ich entschuldige mich. Ich wußte nicht, daß Sie hier sind, aber jetzt muß ich es mir holen. Ich gehe jetzt in das Schlafzimmer da, und wenn Sie mich umbringen wollen, nur zu.«

Er versuchte, um sie herumzugehen. Sie stach ihm in die Schulter, aber er ging an ihr vorbei in das Zimmer. Die Schere fiel mit rotgefärbter Spitze auf den Boden, und sie hob sie auf. Er öffnete eine Schreibtischschublade. Sie war leer.

»Sie sind verrückt.«

»Vielleicht. Daran habe ich auch schon gedacht.« Er öffnete eine weitere leere Schublade. »Ihr Vater ist ein großer Mann, aber er ist nicht hier, Daisy. Ich bin der einzige, der noch übrig ist, und irgend jemand muß den gerechten Kampf ja weiterführen.«

Sein breiter Rücken war ein gutes Ziel, aber er ignorierte sie und beschäftigte sich weiter mit den Schubladen. Es war wie ein Traum, den sie schon hundertmal geträumt hatte. Die Realität war nur noch beängstigender, noch verwirrender.

»Wie meinen Sie das, den Kampf weiterführen? Behaupten Sie immer noch, Sie seien Howard Newman?«

»Ja, aber Sie können mich Hank nennen.« Er war nun mit dem Schreibtisch fertig und zog einen Koffer unter dem Bett hervor. Sie schlich sich mit der Schere in der Hand an ihn heran. »Seien Sie vorsichtig. Es ist manchmal nicht leicht, zwischen die Rippen zu treffen.«

Sie trat zurück, als er den Koffer in die Mitte des Raums schleifte. Er öffnete ihn und wühlte in dem Inhalt herum, der zum größten Teil aus Toilettenartikeln bestand. Er sah zu ihr hoch und grinste. »Erinnern Sie sich, Sie haben mich einmal gefragt, ob ich mir die Dinge nicht zu leicht mache?«

»Wann war das?«

»Als ich mich mit Ihnen und Celia Manx in dem Club unterhalten habe. Nun, inzwischen ist alles nicht mehr so leicht. Sie haben hier genug Abfall, um einen ganzen Müllplatz zu füllen.«

»Sie halten sich also immer noch für Newman?«

»Sie mich auch.« Er war mit dem Koffer fertig und machte sich an einen Pappkarton in der Ecke.

Daisy war unsicherer, als sie das eingestehen wollte. Das Haus hatte seit mehr als einem Monat leergestanden, und Duggs und seine Gorillas hatten genug Zeit gehabt, um es zu durchwühlen. Duggs hätte es auf jeden Fall gewußt, daß sie hier war, wenn er einen von seinen Leuten hergeschickt hätte. Es sei denn, es gab noch einen Grund, die Scharade weiterzuführen, und den gab es nicht, denn als politische Macht war ihr Vater tot. Es ergab keinen Sinn.

»Warum sagen Sie das?« fragte sie.

Der Karton war voller Handtücher und Bettücher. »Weil ich mir denken kann, wie Sie sich fühlen. Sie haben eine heftige Abneigung mir gegenüber gefaßt, als wir uns in dem Club kennengelernt haben. Den Grund dafür weiß ich nicht, es sei denn, ich bin eine besonders abstoßende Persönlichkeit. Das Gefühl aber ist da, und es ist immer noch vorhanden.«

»Sie waren ein arroganter, unverschämter Bastard, als wir uns zum erstenmal getroffen haben, und das sind Sie jetzt auch noch.«

»Sehen Sie, was ich meine?« Er legte die Bettücher auf das Bett.

»Sie können nicht Newman sein. Sie haben bewiesen, daß Sie es nicht sind«, protestierte Daisy. So hatte sie sich die Konfrontation in ihren Träumen ganz und gar nicht vorgestellt.

»Wer hat das bewiesen?« Hank sah auf.

»Der Computer.«

»Na gut, und wem wollen Sie glauben?«

»Ihnen oder dem Computer?« fragte Daisy.

»Nein. *Ihnen selbst* oder dem Computer.«

Der Karton war leer, und er begann, die Wäsche wieder hineinzupacken. »Wonach, in aller Welt, suchen Sie eigentlich?« fragte Daisy frustriert.

»Nach einer kleinen weißen Karte. Ich hatte sie in der Jacke, als ich hierhergekommen bin. Sie war scheinbar unwichtig, und ich habe sie bei Ihrem Vater nie erwähnt. Nicht, daß das einen Unterschied gemacht hätte.«

»Sie hatten einige Sachen, die ich nicht eingepackt habe. Ich habe sie in den Müll geworfen.«

»Wo?«

Daisy dachte darüber nach und deutete in den Gang. Hank ging in den gegenüberliegenden Raum und fand dort Plastiktüten, die mit allem vollgestopft waren, was Daisy nicht nach Des Moines mitnehmen wollte. Er sah zu ihr zurück, und sie zuckte die Achseln.

»Das wird hier ein ganz schönes Durcheinander geben, wenn Sie sich nicht mehr daran erinnern, in welche Tüte Sie mein Zeug gestopft haben.« Der Wunsch, ihn aus dem Haus herauszubekommen, gewann. Sie trat gegen eine Tüte bei der Tür. »Danke.«

Die Karte steckte in der Mitte der Tüte. Sie sah gefaltet, zerknittert und verstümmelt aus, aber es war die gleiche, leer und anonym. Er steckte sie in die Tasche.

»Gehen Sie jetzt endlich?«

Hank ging die Treppe hinunter, ohne sich zu verabschieden. Sie war nicht in der Stimmung für Worte, und er konnte es ihr nicht verübeln.

»Wissen Sie was? Wenn Sie jemals beweisen sollten, daß Sie Newman sind, wartet eine Überraschung auf Sie«, sagte sie vom Treppenabsatz herunter. Sie hatte die Hände auf die Hüften gestützt, und die Worte schossen wie Kugeln auf ihn herunter. »Es wird allen völlig gleich sein.«

Er folgte dem dunklen Band des Potomac zurück in die Innenstadt.

12. Kapitel

Er wußte, daß die Frau ihn nur verletzen wollte, aber die Worte taten ihre Wirkung. Die Chancen, daß es ihm je gelingen würde, etwas zu beweisen, standen in einer solch astronomischen Höhe gegen ihn, daß das schon fast lächerlich war. Und wenn es ihm gelang, wen kümmerte das schon?

Das Newman-Gesetz war mit einer Mehrheit von 66 zu 26 Stimmen durchgegangen. Wenn der Präsident in einer Woche von seiner Tour durch Europa zurückkam, würde er es durch seine Unterschrift in Kraft treten lassen. Er wollte es so. Der amerikanische Unternehmerverband hatte sich über seine Lobby ebensosehr dafür eingesetzt wie das Verteidigungsministerium. In der *Time* hieß es, daß niemand bezweifeln könne, daß die Computerisierung der amerikanischen Wirtschaft ihre Stärke erhalten habe, und vielleicht könne sie das gleiche auch für die Regierung schaffen. Die sogenannte Kirchenliga, die in ihren Computern schon seit Jahren ›Radikale‹ speicherte, war der Meinung, daß die Moral des Landes von diesem Gesetz abhänge. Auf der anderen Seite billigte die kommunistische Partei der Vereinigten Staaten das Datenzentrum. Liberale im Repräsentantenhaus und im Senat verkündeten bei Festessen der ›Amerikaner für die demokratische Aktion‹, Computer seien, mit den Worten des Abgeordneten Fien, ›Garanten der Bürgerrechte, Wächter der Vernunft‹. Das NAACP sagte, ›Computerisierung ist Integration‹. Die einzigen Gegner waren ein paar politische Einzelgänger, die behaupteten, es habe etwas Verderbliches an sich, wenn man Entscheidungen von Maschinen treffen ließe. Sie verstanden nicht, daß die Bevölkerung 1975, nach den endlosen Jahren von Krieg und Kriminalität, nach Drogen, Armut und Rassismus dazu bereit war. Daß sie bereit war, das alte Gefühl, daß durch Wahlen nur Menschen, aber keine politische Richtung ausgetauscht wurden, zu bestätigen.

Er saß neben der Tür in Bernhardts Büro und sagte sich selbst, daß die Frau nur rachsüchtig war, daß er recht hatte und alle anderen unrecht. Das ist der Weg in den Wahnsinn, dachte er, und er war froh, als einer der Angestellten mit einem geographischen Problem zu ihm kam. Ein gewisser George Jackson war gerade mit einer Kaution von 25 000 $ in einem Bigamiefall belegt worden.

»Ich bin der gleichen Meinung, der Richter ist zuweit gegangen«, sagte Hank. Er nickte Bernhardt zu, als er mit seinem Buchhalter hereinkam. »Das ist Plünderei, klar, besonders wenn man bedenkt, daß Jackson von seiner Kriegsbeschädigtenrente lebt. Es ist wohl ziemlich unwahrscheinlich, daß er die aufgibt. Laßt mich überlegen.« Er hielt eine Hand über den Telefonhörer.

»Was gibt's?« fragte Bernhardt.

»Der Typ ist beinamputiert, aber er hat es trotzdem geschafft, sich eine Frau in Baltimore, eine Frau in Richmond und eine hier in der Hauptstadt zu nehmen. Das muß ihn auf dem Sprung gehalten haben. Wie auch immer, der Richter hat eine irrsinnige Kaution festgesetzt, wenn man die Behinderung des Mannes bedenkt, die sein gesamtes Einkommen ausmacht. Ich sehe keinen Weg, wie wir ihm helfen können.«

Bernhardt stieß seinen Buchhalter an, einen Alkoholiker namens Peecen. »Wenn Sie ein erstklassiges kriminelles Gehirn bei der Arbeit beobachten wollen, passen Sie auf. Er hat seinen Beruf verfehlt, eigentlich hätte er Priester werden sollen.«

»Die Frau aus dem Distrikt war die erste?« fragte Hank den Angestellten. »Das ist schlecht. Hier sind sie hart. Keine Scheidung wegen Grausamkeit, Trunksucht, Impotenz, Untreue, mangelnder Unterstützung. Man muß sich schon dabei erwischen lassen, wenn man um zwölf Uhr mittags die Sekretärin des Präsidenten auf der Senatstreppe vergewaltigt. Der Richter kann mit so einer Erpressung durchkommen. Warum, zum Teufel, ist Jackson damit herausgerückt, daß er irgendwo noch eine dritte Frau versteckt hat? Das scheint bei dem Typ so eine Art Sucht zu sein. Woher kommt er?«

Bernhardt sah ihn an wie ein stolzer Lehrer. Hank sah ihn an und zuckte zusammen.

»Delaware? Okay, fragen Sie ihn, ob er sich an eine Ehefrau dort erinnern kann. Sagen Sie ihm, er soll sich sein Geschwätz sparen, gibt es da eine Frau oder nicht? ... Klar, alles streng vertraulich ... Die Details kann er sich sparen ... Nein, er kriegt nicht mehr, wenn er es uns sagt ... Richtig, ein anderes Gericht. Und Delaware ist perfekt. Es ist einer der wenigen Staaten, in denen Bigamie ein Scheidungsgrund ist. Ziehen Sie seinen Pflichtanwalt zu, schicken Sie ihn mit seiner Militärakte nach Dover, und bis dahin haben wir vielleicht ein paar Leute gefunden, die sich lobend über seinen Charakter äußern. Wenn alles klappt, bringen wir dort oben die Scheidung durch, und wenn wir wieder herkommen, ist ein anderer Richter an der Reihe ... Okay, okay, sagen Sie nur dem Anwalt, was ich gesagt habe.« Er legte auf.

»Sehen Sie, was ich meine«, sagte Bernhardt. »Ich sollte Anwaltsgebühren verlangen.« Er dachte darüber nach. »Vielleicht braucht Jackson ein paar Fahrstunden.«

Gerald Peecen war ein dünner, blaßroter Mann mit einer roten Nase. Seine Manschetten und sein Kragen waren brettartig gestärkt. Tagsüber, wenn er nüchtern war, war er als Buchhalter ein As. Nach Feierabend betrank er sich regelmäßig bis zur Besinnungslosigkeit und versuchte, Hank dazu zu bringen, sich ihm anzuschließen. Er war schockiert, als Hank schließlich zusagte.

»Sind Sie sicher? Stimmt etwas nicht?« fragte Peecen.

»Nein«, lachte Hank. »Ich bin nur in der Stimmung dazu.« Es war zwei Tage her, seit er Daisy Hansen getroffen hatte, und seitdem hatte er sich nicht konzentrieren können.

Sie gingen hinaus auf die 9. Straße und schlängelten sich durch Bürger, die keuchend auf Schaufensterscheiben starrten. Dahinter stand ein Projektionskasten, der eine Vorschau für den Film im Keller zeigte. Schilder im Schaufenster luden ›Nur ernsthafte erwachsene Kunden‹ ein. Die Bücher auf den Regalen reichten von *Die Sünden der Madame O.* bis zu *Die Nackten und die Toten*.

»Wenn man sich die Vorteile verschiedener Laster überlegt, kommt Alkohol immer am besten weg«, sagte Peecen. »Man kann ihn in der elegantesten Umgebung oder in der schäbigsten mit Freunden genießen, in guter Stimmung oder in Depressionen. Er erleichtert den freien Fluß von Ideen, baut das Selbstvertrauen auf, läßt die Mitmenschen in einem angenehmeren Licht erscheinen, und sein Verzehr bringt Steuern in die Staatskasse. Ich weiß nur ein Laster, das ihm Konkurrenz machen könnte, und das ist Religion, aber Religion schmeckt nicht gut.«

»Sie waren auf der Universität, wie ich sehe«, sagte Hank.

Sie kamen zu Peecens Gral, einer weniger schäbigen Kneipe in einer Seitenstraße, und sicherten sich zwei Barhocker. Der Barkeeper fragte Peecen, ob er noch seinen Job hätte, und dann bediente er sie.

»Die achte Todsünde«, sagte Peecen, »ist Kredit.«

«So was habe ich seit Jahren nicht mehr getrunken«,

sagte Hank, als er den Geschmack des Whiskys mit einem Bier hinuntergespült hatte.

»Bitte«, sagte sein Begleiter und verzog das Gesicht, »allein der Gedanke daran jagt mir kalte Schauer den Rücken hinunter.« Er war bereits mit seinem zweiten Drink beschäftigt.

Sie tranken und unterhielten sich eine Stunde lang, und Peecen wurde nach und nach immer gesprächiger. Hank saß gern bei ihm. Der Buchhalter war offensichtlich intelligent, und Hank fragte sich, was er wohl gewesen war, bevor er bei Bernhardt gelandet war. Andere Gäste in der Bar nannten ihn ›Professor‹, und einmal sagte ihm der Baarkeeper, eine Schule habe versucht, ihn ausfindig zu machen, und habe eine Telefonnummer hinterlassen, die er anrufen solle. Peecen zerriß den Zettel.

»Man könnte sagen, daß ich gerade ein Forschungssemester eingelegt habe«, sagte er zu Hank. »Das heißt, aus meiner letzten Stelle bin ich rausgeflogen, und diesen Nachteil nutze ich aus, solange ich kann. Wenn das nicht mehr geht, werde ich wieder eine Stelle annehmen müssen, stöhn, wo ich einen Schlips tragen muß.«

»Was lehren Sie, Englisch, Mathematik?«

»Wenn ich lehre, in gewisser Beziehung beides. Ich bin Lehrer für Datenverarbeitung.«

»Er ist ein Genie«, warf der Barkeeper ein. »In ungefähr einem Monat, wenn sie meinen, er ist endlich soweit, daß er austrocknen kann, stehen die Leute von IBM wieder auf der Matte.«

Hank stellte sein Glas unberührt wieder ab. »Das ist interessant«, sagte er beiläufig.

»Es ist faszinierend«, sagte Peecen. »Es ist ›schöne neue Welt‹ und der große amerikanische Roman in einem Band. Erzählen Sie mir nichts.«

»Sicher.« Hank suchte in seiner Jacke herum. Sie war

noch da, die gelochte Karte, die er sich von Jamesons Leiche und dann noch einmal aus Senator Hansens Haus geholt hatte. »Vielleicht können Sie mir helfen. Neulich habe ich diese Computerkarte hier gefunden. Ich habe mir überlegt, was sie wohl bedeutet.«

»Ganz einfach.« Die überhebliche Bewegung von Peecens roter Nase deutete an, daß er darum gebeten wurde, eins und eins zusammenzuzählen.

»Es steht nichts darüber drauf, was die einzelnen Löcher bedeuten.«

»Für Sie nicht«, sagte Peecen. »Die Sache ist aber ganz einfach. Es gibt 80 vertikale Reihen mit je 9 Zeichen. Die ersten dreißig Reihen sind für Zahlen. Die nächsten sechsundzwanzig sind für die Buchstaben des Alphabets. Der gesamte Rest ist für den Spezialcode, den der Benutzer der Karte haben will. Verstehen Sie? Also sehen wir uns zuerst einmal die Zahlen an. Hier sind zwölf Löcher. Die Zahlen sind 1,5,6,3,0,2,1,0,7,2,0,2. Klar?«

Hank nickte. Die ersten neun Zahlen waren seine Sozialversicherungsnummer. Seine Gedanken wendeten sich den letzten drei Zahlen zu, und ihm fiel die Verfahrensweise des Nationalen Informationszentrums über kriminelle Aktivitäten ein: 202 war die Vorwahl für Washington.

»Die Worte. Das Alphabet wird von dem Computer in drei Gruppen aufgeteilt: 9, 9 und 8. Sehen Sie hier, der erste Buchstabe ist ein N. Das können Sie daran sehen, daß über der Reihe ein Loch für die zweite Buchstabengruppe sitzt. In der Reihe ist ein Loch für Raster nach unten. N ist der fünfte Buchstabe der zweiten Buchstabengruppe. N, wie noch einer«, sagte er zu dem Barkeeper.

»Und der zweite Buchstabe?«

»Sie nehmen die Sache ernst«, sagte Peecen und nahm

einen Schluck von seinem neuen Drink. »Also gut, da ist ein Loch für die erste Buchstabengruppe und noch eines in dem fünften Raster. Der fünfte Buchstabe in der ersten Gruppe ist ein E.« Er sah, daß Hank noch immer nicht zufrieden war und hielt deshalb die Karte gegen das Licht der Lampe mit einer Bierreklame und las zügig: »E-W-M-A-N-H-O-W-A-R-D.«

Das sagte Peecen nichts. Hank hörte auf, den Atem anzuhalten. »Was steht auf dem letzten Teil der Karte?«

»Was der Programmierer will. Das hier muß aber ein recht einfacher Code sein. Eine ganze Reihe nur mit der Zahl 8. Komisch, ich dachte, ich würde sie alle kennen.« Peecen wurde nachdenklich.

»Sie kennen alle Codes, die es gibt?«

»Für Monrovia dachte ich das zumindest bisher. Von dort kommt diese Karte nämlich. Dort hatte ich meine Stelle, bevor sie mich rausgeworfen haben.«

»Sie?«

»Ich habe dort einen Kurs für Programmierer abgehalten. Der Bastard wird immer schlauer, und man muß Schritt mit ihm halten. Ich meine die Maschine, das Gehirn, Sie wissen schon.« Peecen sagte all das, als würde er über einen besonders starken Motor oder einen guten Boxer reden. In seinem Ton klang eher Vertrautheit als Bedrohung mit.

»Die Arbeit, die Sie für Bernhardt machen, muß Ihnen im Vergleich dazu ziemlich banal vorkommen.«

»Warum, zum Teufel, glauben Sie, daß ich sie mache?« Peecen lachte. »Elend langweilig ist sie allerdings auch. Der Computer ist ein interessanter Bastard. Wenn er nur nicht so ein Egomane wäre.« Er bemerkte Hanks überraschten Gesichtsausdruck. »Das meine ich ernst. Er hat Bänder, auf denen nichts ist als die Geschichte der Computerentwicklung. Was aber für einen Philosophen wie mich wichtig ist, das ist die neue Sprache, in der das alles ausgedrückt wird. Für ihn sprechen wir zur Zeit Latein. Dies ist eine tote Sprache. Das ist der Grund dafür, daß in den Schulen diese Lernmaschinen stehen – damit die Kinder sich mit dem Computer unterhalten können, wenn sie erwachsen sind. Dann werden wir alle in der 9. Straße wohnen. Das wird der Witz des Jahrhunderts, meinen Sie nicht auch?«

»Für wie schlau halten Sie einen Computer?«
»Für wie schlau halten Sie eine Bibliothek?«
»Ich würde ihr einen IQ von 0 zubilligen.«
»Nun, genau das ist ein Computer, eine lebende Bibliothek, und so schlau ist er dann wohl auch.« Peecen nahm einen tiefen Schluck.

Peecen wohnte in einem Hotel in der Nähe von Hanks Unterkunft, und sie gewöhnten sich daran, nach Feierabend ein paar Drinks zusammen zu sich zu nehmen. Hank hatte sich in der öffentlichen Bibliothek informiert, so gut er konnte. Er hatte einen Punkt erreicht, an dem mangelnde praktische Kenntnisse eine weitere Ausbildung sinnlos machten. Außerdem hatte er das Gefühl, als würde die Zeit knapp. An dem Tag, an dem er und Peecen zum erstenmal in die Bar gingen, kehrte der Präsident von seinem Urlaub in Europa zurück. An diesem Nachmittag trat das Ermächtigungsgesetz für das Nationale Datenzentrum in Kraft.

Die Situation war paradox, darüber war er sich klar. Er hatte seine Frau, seine Wahl und seinen Namen verloren. Dafür hatte sein Leben mehr Gestalt gewonnen als je zuvor. Die Arbeit in Bernhardts Büro lieferte ihm einen Blick auf die Gesellschaft, von unten her, wenn es dazu überhaupt kam, aber diese Position brachte ihre Vorteile mit sich. In der Bibliothek hatte er sich über die

Geschichte des Computers vom Abacus über die elektrische Hollerith-Zählmaschine um 1890 bis zu den ersten echten Computern des Verteidigungsministeriums im Zweiten Weltkrieg so genau wie möglich informiert. Was Peecen ihm über die konkrete Benutzung beibrachte, konnte ihm noch mehr über seinen Feind beibringen. Sein Leben hatte tatsächlich Gestalt angenommen, sagte er sich selbst, solange er die Tatsache nicht eingestand, daß er die Schlacht gegen diesen Feind bereits verloren hatte, wer er auch sein mochte.

»Es ist ganz einfach«, sagte Peecen am dritten Abend. »Ein Digitalcomputer zählt Ziffern, so ähnlich, wie wenn sich jemand etwas an den Fingern abzählt. Der Digitalcomputer besitzt nur Millionen von Fingern. Ein Analogcomputer funktioniert nach dem Prinzip der Analogie. Sagen wir mal, wie die Instrumente eines Flugzeugs. Sie sind ein Teil eines Computers, der Treibstofffluß, Öldruck, Luftdruck und so weiter registriert und diese Angaben mit den Sollzahlen vergleicht. Dann paßt er sie an die Sollzahlen an, um beide Werte zur Deckung zu bringen.« Hank goß Peecen einen Drink ein. Das war der Preis für den Kurs.

»Ist dafür nicht der Pilot des Flugzeugs verantwortlich?«

»Die meisten Armaturen verraten ihm nur, was der Computer gerade macht. Im Cockpit müßten zwanzig Leute sitzen, um das zu schaffen, was der Computer erledigt.«

Der Analogcomputer erreiche im Vergleich mit dem Genauigkeitsgrad des Digitalcomputers nur eine vage Annäherung, erklärte Peecen, denn er drücke das in Bruchteilen aus, was ein Digitalcomputer bis zur letzten Dezimalstelle definiere. Ein Analogcomputer mochte vielleicht in der Lage sein, sofort auf eine neue Situation zu reagieren, aber die einzige Beschränkung in der Geschwindigkeit eines modernen Digitalcomputers war die Lichtgeschwindigkeit in einem Mikrotransistor.

»An einer Schwierigkeit kommt man natürlich nicht vorbei«, sagte Peecen und griff nach der Flasche. »Wenn du die falsche Sollangabe in einem Analogcomputer einspeist, schickt er dich mit einer Tasse Treibstoff über den Atlantik und hat dabei das reinste Gewissen der Welt. Der Pilot wird abstürzen und sich dabei fragen, was eigentlich los ist, und er ist tot, bevor er hinter den Fehler kommt – falls es ihm jemals gelingen könnte, dahinterzukommen, daß sein Flugzeug in der Hand eines Wahnsinnigen ist.«

»Würde ein Digitalcomputer das auch tun?«

»Klar, darum geht es mir doch. Gib ihm die falsche Information, und er lügt von jetzt bis in alle Ewigkeit. Er ist nur ein komplizierterer Lügner.«

»Und er kann dir sagen, was er dir sagen will.«

»Er kann dir sagen, was der Mann, der die Information eingespeist hat, dir sagen will«, verbesserte Peecen. »Das ist das deutlichste Zeichen der überlegenen Intelligenz, mein Junge, und die allerbesten Lügner sind noch immer wir.«

13. Kapitel

Sie sah ihn an den Ruinen des Justizgebäudes vorbeigehen, ein großer, hagerer, leicht mitgenommener Mann, der mit großen Schritten lief. Er trug ein billiges Sporthemd, mit dem er versuchte, sich der 9. Straße anzupassen.

»Hank.«

Er blieb stehen. Plötzlich hatte er ein taubes Gefühl in den Beinen. Sie kam von der Ecke her auf ihn zugerannt, und ihr leichtes Baumwollkleid drückte sich gegen ihre Vorderseite.

»Ich habe Sie überall gesucht«, sagte Daisy, als sie ihn eingeholt hatte.

»So hat mich schon lange niemand mehr genannt.«

»Ich . . . Ich wußte nicht, wie ich Sie sonst hätte nennen können. Abgeordneter Newman hätte etwas merkwürdig geklungen, und ich weiß nicht, welche anderen Namen Sie noch haben könnten.«

»Ich dachte, Sie wären in Iowa bei Ihrem Vater.«

Daisy zuckte ungeschickt die Achseln. »Ich bin wieder da. Hamilton Dill will sich mit Ihnen unterhalten.«

»Glauben Sie, wer ich bin?«

»Wollen Sie nicht wissen, was er von Ihnen will?«

»Zuerst will ich wissen, was Sie denken. Bin ich Hank Newman oder nicht?«

Sie verschloß ihre Lippen vor einer Antwort. Der Ausdruck ließ sie wie ein kleines Mädchen aussehen.

»Na los! Sie müssen doch eine Entscheidung getroffen haben, bevor Sie mich zu finden versuchten. Oder Sie hätten es gar nicht erst versucht.«

»Okay«, sagte sie. »Ich glaube, Sie sind es.«

Merkwürdigerweise funktionierte das öffentliche Telefon an der Ecke. Er rief Bernhardt an und sagte ihm, daß er heute nicht kommen würde. »Das ist eine Erleichterung«, sagte Bernhardt. »Es macht mich nervös, wenn ich mit einem Heiligen zusammenarbeiten muß. Außerdem habe ich schon immer gewußt, daß ihr Weißen verdammt unzuverlässig seid.«

»Also los«, sagte Hank, nachdem er aufgehängt hatte. »Haben Sie ein Auto?«

Sie nickte.

Sie fuhren, bis sie den MacArthur Drive zwischen Washington und Bethesda erreichten. Daisy parkte am Rand einer Ausfahrt. Sie gingen durch den Wald; Hank hatte seine Hände in die Taschen gesteckt und Daisy ihre Arme verschränkt.

»Wie haben Sie mich gefunden?«

»Ausdauer. Ich suche Sie seit zwei Wochen. Sie hatten gesagt, Sie seien hiergewesen, und da habe ich eben alle möglichen Stellen abgeklappert. Ich war schon ein dutzendmal in der 9. Straße.« Sie sah zu den Autos auf der Straße hinauf. »Wir könnten zu meinem Haus gehen. Es ist immer noch nicht verkauft.«

»Nein, das hier ist besser. Haben Sie Dill angerufen?«

»Er hat mich besucht, als er nach Des Moines gekommen ist.«

»Haben Sie sich mit Dill in Ihrem Haus oder in seinem Hotel oder am Telefon jemals über unsere Begegnung unterhalten?«

»Was hat das denn damit zu tun?«

»Na ja, wenn Sie das getan haben, sind wir jetzt nicht allein.« Daisys Schmollen verschwand, und sie rieb ihre Arme. »Jetzt sagen Sie mir, wo Sie mit ihm gesprochen haben.«

»Nachdem er mit meinem Vater gesprochen hatte, sind wir spazierengegangen. Er war nur einen Nachmittag lang in der Stadt.«

»Haben Sie ihn seitdem angerufen?«

»Ja, nachdem er wieder in Philadelphia angekommen war. Ich habe ihn dort angerufen. Er hat mich gefragt, ob ich noch weitere Besuche gehabt hätte. Ihr Name wurde dabei nicht erwähnt. Glauben Sie . . .«

»Okay. Hat Sie sonst noch jemand besucht?«

»Agenten. Glauben Sie, daß jedes Telefon abgehört wird? Ich habe doch gerade gesehen, wie Sie telefoniert haben.«

»Das war ganz normal, wenn ich nicht zur Arbeit kommen wollte. Ich habe meinem Arbeitgeber gesagt, ich hätte vor, mich zu besaufen. Das erwartet man von den Leuten in meiner Gegend.«

Sie setzten sich auf die Überreste einer alten Mauer. Ein Ring von Hickorys und Eichen schirmte sie nach allen Seiten ab. Hier war sogar ein Richtmikrofon nutzlos.

»Sie sind sonst so argwöhnisch«, sagte sie. »Woher wollen Sie wissen, daß ich kein Mikrofon dabeihabe?«

»Sie kennen mich, und ich denke, ich kenne Sie. Jetzt erzählen Sie mir, was Dill zu Ihnen gesagt hat.«

Ihre Augen musterten den Boden zu ihren Füßen. »Die Szene in dem Zelt hat bei ihm ein ungutes Gefühl hinterlassen. Seiner Meinung nach hat mit dem Computer etwas nicht gestimmt. Er hat nicht gesagt was, aber er war sehr aufgeregt darüber, daß Sie noch immer behaupten, unschuldig zu sein.«

»Warum?«

»Das ist typisch für Dill. Er hat mir erzählt, daß er ein Programm ausgearbeitet hat, in dem alle Möglichkeiten durchgespielt werden, was es bedeuten könnte, daß Sie noch einmal mit der gleichen Geschichte aufkreuzen. Er hat das Programm durch einen Computer laufen lassen, den er selbst gebaut hat.«

»Ich unterbreche ungern eine lange Geschichte, aber welche Antwort hat er bekommen?«

»Offensichtlich blieben zwei Möglichkeiten übrig: daß Sie entweder verrückt sind oder die Wahrheit sagen. Verrücktheit hat die höhere Wahrscheinlichkeitsquote bekommen. Ich habe ihm gesagt, daß das meiner Meinung nach nicht zutrifft.« Sie stockte. »Wie geht es übrigens Ihrem Arm?«

»Eigentlich nur noch eine kleine Verletzung mit einem Pflaster drüber.« Er wollte sie nach ihrem Vater fragen, hatte aber das Gefühl, daß sie darüber nicht sprechen wollte. Sie hatte in gewisser Beziehung ihren Vater dadurch verraten, daß sie nach Washington zurückgekommen war, weil sie damit zugab, daß jemand anders das schaffen könnte, was ihm nicht gelungen war.

Er verabredete ein Zusammentreffen mit Daisy und Hamilton Dill, und dann fuhr sie ihn zu einer Bushaltestelle. Sie winkte ihm zum Abschied zögernd zu, als würde sie ihn vielleicht nicht wiedersehen. Der Bus brachte ihn zur Mall in Washington, und von dort ging er zu Fuß zur 9. Straße und schaute in Peecens Stammkneipe. Hank saß über seinem zweiten Drink, als der Buchhalter auftauchte.

»Du heimtückischer Bastard, du hast meine Rolle geklaut, während ich nicht aufgepaßt habe. Mein lieber Mr. Poster, wir haben einen sehr schlechten Einfluß aufeinander. Ich fange an zu arbeiten, und du fängst an zu saufen. Jetzt muß ich mich doppelt anstrengen, um dich einzuholen. Barkeeper, einen Doppelten, bitte.«

»Einige Anrufe für Sie, Professor«, sagte der Barkeeper, als er das Glas über die Theke schob.

»Gut. Zerreißen Sie sie.« Er wendete sich Hank zu.

»Bernhardt müßtest du sehen. Freut sich wie ein Schneider. Er läuft herum und erzählt jedem, du liegst in der Gosse. Ich bin ehrlich gesagt enttäuscht, dich nicht blauer vorzufinden. Du siehst fast nüchtern aus, muß ich leider sagen.«

Später gingen sie in Hanks Zimmer. Er traute Peecens Zimmer nicht mehr. Bei sich konnte er schnell die kleinen Zeichen überprüfen, die er zurückgelassen hatte, um herauszubekommen, ob während des Tages jemand hereingekommen war – ein auf einer Schublade balancierendes Streichholz, Puder auf der Unterseite eines Türgriffs, ein Stückchen Kitt in einer Spalte im Fußboden direkt bei der Tür. Sie waren alle unberührt.

»Eines verstehe ich nicht«, sagte Hank. »Warum benutzt ein riesiges Unternehmen wie das Datenzentrum noch Lochkarten? Du sagst, das ist die primitivste Methode der Datenspeicherung, die es gibt.«

»Wer hat jetzt das Thema gewechselt und von Computern angefangen? Herrgott noch mal, habe ich einen trockenen Hals.« Hank holte die Flasche unter dem Bett hervor. »Ah ja, du hast mich nach den Karten gefragt. Gut, danke, es stimmt tatsächlich, daß in einer so komplizierten Anlage wie Monrovia 99 Prozent der Speicherung mit diesen neuen Laserbändern vorgenommen wird. Es ist wirklich ein komisches Gefühl, wenn man die kleinen Scheißer sich drehen sieht und weiß, daß für den ganzen Shakespeare eine Millisekunde gebraucht wird. Manchmal werden aber noch Karten für Operationen verwendet, die nicht viel Platz und Geschwindigkeit brauchen. Mit diesem Teil des Komplexes hatte ich nicht viel zu tun. Wir Genies sind in Monrovia die Plebejer.« Darauf folgte ein komplizierter Fluch.

»Wer war dafür zuständig?«

»Es gibt da einige Verwalter. Wenn man allerdings

sagt, sie hätten die Macht über den Computer, so ist das so ähnlich, als wolle jemand behaupten, daß ein Floh auf dem Rücken eines Elefanten ihm befehlen könne, wohin er gehen soll.«

Flöhe. Elefanten. Peecen lächelte in Hanks Erinnerung. Er stand auf dem Pier und sah aufs Meer hinaus. Es war zwei Tage später, Samstag, der Tag, an dem er mit Dill und Daisy Hansen verabredet war. Er hatte nicht viel Gesellschaft auf dem Pier, nur einige Pensionäre, die zu arm waren, um aus Atlantic City herauszufahren. Sie stellten Liegestühle auf die Bretter, starrten auf die dunkle Brandung hinaus, die gegen den schwarzen Strand donnerte, und zogen Pullover fester um sich, weil sie sich vor dem grauen Wind zu schützen versuchten. Es kamen nicht mehr viele Urlauber nach Atlantic City seit dem Tankerunglück im letzten Jahr, als zwei japanische Schiffe vor der Küste von New Jersey zusammengestoßen waren und zwei Millionen Gallonen Rohöl sich in das Meer ergossen hatten. Die Miß-Amerika-Wahl wurde nach Miami verlegt.

Hank kaute an einem Stück Salzwassertoffee. Es schmeckte stärker nach Meer als der Wind, der ebenso wie die Wellen, die vergeblich auf den verklumpten Sand donnerten, einen unangenehmen Gestank mit sich trug.

Er sah zwei Gestalten auf den Brettern, die auf dem Strand abgelegt worden waren. Er ging die Treppe hinunter und kam an einem Schild vorbei, das die Aufschrift ›Laufen, Ballspiele, Haustiere, alkoholische Getränke, Verunreinigung verboten‹ trug. Es war der sauberste Gegenstand am ganzen Strand.

Dill brüllte in den Wind. »Das ist vielleicht ein Treffpunkt! Merken Sie das? Keine Vögel.«

Dill hatte recht. Am Himmel war keine einzige Möwe

zu sehen. Der Wind fegte sie fast von den Brettern herunter. Draußen auf dem Meer hatte es einen Sturm gegeben.

»Können wir nicht irgendwohin gehen, wo man sich unterhalten kann?« sagte Daisy. »Man versteht sich ja kaum.«

»Deshalb ist es eine gute Stelle, um sich zu unterhalten.«

»Daisy hat mir erzählt, daß Sie sich benehmen wie in einem Agentenfilm.«

»Können Sie mir einen Grund nennen, warum ich das nicht tun sollte? Haben Sie die Artikel mitgebracht, um die ich gebeten hatte?«

»Ja«, sagte Dill. Er hatte längere Haare als Daisy, und sie wurden ihm immer wieder vor die Augen geweht. Er sah mit zusammengekniffenen Augen Hank an. »Ja.«

Die Bretter sanken unter ihren Schritten mit gluckernden Geräuschen in den öligen Schlamm unter ihnen. Tiefhängende Wolken jagten zur Stadt hin.

»Das ist bekloppt, aber es ist ja alles bekloppt«, sagte Dill. »Das war einfach unheimlich. Ich habe schon mit Computern zu tun, seit ich ein kleiner Junge war. Diese Nacht auf dem Friedhof, das war so, als würde man hören, daß Hitler dein Vater war. Erst einmal hat der Computer mit seiner Antwort gezögert. So etwas macht eine Maschine nicht. Dann, und das ist wirklich unglaublich, hat er gelogen. Der Programmierer hat direkt nach der Frage über Ihre Fingerabdrücke und die des Toten einen Bericht über Arthur Jameson verlangt. Nach seiner strikten Logik wird von dem Computer eine Information über Arthur Jamesons Fingerabdrücke verlangt. Er liefert statt dessen einen anderen Bericht, einen Bericht, der sich zwar auf das Thema Jameson bezieht, der aber absolut nicht die Antwort liefert, die nach der Logik hätte kommen müssen. Er hätte die Fingerabdrücke liefern müssen und erst dann weitere Angaben über Jameson.«

»Warum war der stellvertretende Direktor dann damit zufrieden?« fragte Daisy.

»Weil die einzig wichtige Frage für ihn ist, ob der Name des FBI irgendwie bedroht ist«, antwortete Hank. »Wenn der FBI passenderweise Jameson Stunden vorher erwischt hat, dann konnte Jameson mit der Sache nichts mehr zu tun haben, Punkt. Nachdem diese Information geliefert worden war, wäre es eine Beleidigung für die Kompetenz des FBI, wenn man dann noch Fingerabdrücke überprüfen würde, stimmt's, Mr. Dill? Es war eine perfekte Antwort, die genau auf die psychologische Struktur des Fragenden eingestellt war, und außerdem konnte man so eine weitere seltsame Welle von Brandstiftungen vermeiden, wie sie wegen meiner Fingerabdrücke notwendig gewesen war.«

»Sie sind nicht verrückt«, sagte Dill.

»Vielen Dank.«

»Das beweist meine Befürchtungen. Erinnern Sie sich noch an die Stimme, von der Sie uns erzählt haben, die Stimme am Telefon nach dem Attentat? Das muß einer der Männer gewesen sein, die an dieser« – er suchte nach Worten – »verblüffenden Verschwörung beteiligt waren. Das war ein Mensch am Telefon, und ich sage Ihnen, daß am anderen Ende dieser Schaltung im Friedhof auch ein Mensch gesessen ist. Verstehen Sie, worauf ich hinaus will? Das war getürkt. Die ganze Anlage in Monrovia stellt einen Griff nach der Macht dar, und dahinter stecken Menschen, die sich als Computer ausgeben.«

Sie hörten auf zu reden und zwangen sich dazu weiterzugehen. Daisy hakte sich bei beiden Männern unter.

»Es ist so einfach. All die Informationen gehen nur deshalb nach Monrovia, weil sie dort in der Hand einer unpersönlichen Maschine sein werden, die zu Ehrgeiz oder Täuschung nicht fähig ist. Wenn es keine Maschine ist, liefert man der Person, die diese geheimen Angaben in die Finger bekommt, eine Pistole, die sie jedermann im Land vom Präsidenten an abwärts an die Schläfe setzen kann.«

»Das ist ein ziemlich gewagter Schluß«, sagte Daisy. Hank blieb still.

»Es ist der einzige, der logisch ist, der einzige, auf den ich kommen kann. Die Übertragung von dem Gerät im Zelt zu dem Computer erfolgte über den für Monrovia genehmigten Kurzwellenbereich. Sie war die ganze Zeit nicht unterbrochen, und das heißt, daß wir mit Monrovia gesprochen haben müssen. Was wir aber nicht wissen können, das ist, ob wir nur mit Menschen dort gesprochen haben.«

»Da steht aber ein Computer, das weiß ich«, sagte Hank.

»Ja, zur Speicherung jeglicher Information, die sie haben wollen. Sie können sich offensichtlich direkt aus dem Komplex heraus einschalten.«

»Sie haben aber doch dem Apparat einige Fragen gestellt, bevor es losging.«

»Sie haben mich hereingelegt wie ein Baby. Einen solchen enzyklopädischen Computer wie den da fragt man oft nach Vervollständigung von beliebigen Zitaten, um seine Geschwindigkeit zu prüfen. Jede Maschine hat ihre Eigenheiten, das trifft auf ein Auto genauso zu wie für einen Computer. Ich hatte gehört, daß der Computer in Monrovia eine Schwäche für die Deutschen hat. Die großen Computer sind voller Boole-Logik und kantischer Philosophie und so weiter. Man braucht nur genug Relais und die Ausbildung, um sie zu benutzen. Regen Sie sich nicht auf, daran ist nichts Besonderes. Es ist eigentlich nur die Frage, welche Relais am besten konstruiert sind. Der Hauptcomputer in Monrovia war für eine neue Übersetzung von *Also sprach Zarathustra* programmiert, und da habe ich mir eine Zeile daraus ausgesucht. Wer auch immer auf der anderen Seite gesessen ist, war für mich genauso bereit wie für den alten Mann vom FBI.«

»Und Celia«, sagte Daisy. »Mein Vater hat mir einen möglichen Grund für ihren Zusammenbruch am Telefon genannt. Er hat sie schon ganz am Anfang gekannt, als sie noch verheiratet war. Sie hat ihren Mann bei einem Unfall getötet, eines Nachts in ihrer Einfahrt überfahren. Die ganze Sache wurde totgeschwiegen. Jeder wußte, daß er zuviel trank und praktisch in das Auto hineingelaufen ist. Nach der Meinung meines Vaters gibt es nur eine Stelle, an der diese Information gefunden werden konnte, und das ist Monrovia.« Sie neigte ihren Kopf in den Wind. »Ich kann mir sonst nichts vorstellen, was Celia soviel Angst einjagen würde wie die Drohung, den Fall wieder aufzurollen. Das müssen hundsgemeine Leute sein.«

Sie erreichten das Ende der Bretter. Danach kam nichts mehr als dunkler, kiesiger Strand. Der Panzer einer Krabbe glänzte dunkel wie ein Stück Kohle. Sie drehten um und machten sich wieder auf den Rückweg.

»Da gibt es also noch einen Punkt«, sagte Dill. »Der Computer kann nicht hundsgemein sein. Er hat eine Ethik.«

Sie sahen ihn an.

»Das ist ein Produkt der Raumforschung. Die NASA hat für den Flug zum Jupiter einen speziellen Computer bauen lassen. Ein Unternehmen, das tausendmal so aufregend ist wie ein Mensch auf dem Mond. Stellen Sie sich vor, ein Gehirn reist zu jedem Planeten im Sonnensystem zwischen der Erde und dem Jupiter und sendet dabei Informationen zurück. Das ist eine äußerst schwierige

Sache, einen Computer für so etwas zu programmieren, denn man weiß nicht, wofür man ihn programmieren soll. Man weiß zunächst schon einmal nicht, was da draußen los ist. Dazu kommen die Massen von neuen Informationen, die ständig dazukommen. Die Leute sind zu dem Schluß gekommen, daß selbst ein Computer von diesem ständigen Zustrom verwirrt werden würde, wenn er sich nicht durch seine Programmierung auf eine allgemeine Regel oder ein übergeordnetes Ziel beziehen könnte. Dem, was der Computer als seine allgemeine Handlungsanweisung verwenden würde, haben sie den Namen Ethik verliehen. Es ist äußerst schwierig, das einem Laien zu erklären, weil ich alles zu sehr vereinfachen muß. Ich spreche hier im Grund über eine Interaktion von transistorisierten Schaltkreisen.«

»Und der Hauptcomputer in Monrovia hat auch eine Ethik?«

»Richtig. Sie werden das in den Artikeln finden.« Dill schlug sich gegen den Anorak. »Die Idee dahinter war es, die allgemeinste, harmloseste Leitlinie zu finden, besonders nachdem sie den Plan ins Auge gefaßt hatten, den Computer für die Neuorganisation von Regierungsbürokratien zu verwenden. Die Konstrukteure waren sogar so vorsichtig, die Ethik in zwei Teile aufzuspalten. Ich habe sie nur deshalb in die Hände bekommen, weil das Institut an der Forschung beteiligt war.«

Dill hörte auf zu sprechen, als ein Hubschrauber über sie wegflog. Er stoppte hundert Yards vor der Küste über dem Wasser seinen Flug. Sie sahen zu, wie ein Passagier in dem Hubschrauber einen Container in das Wasser abließ. Der Wind zerrte an dem Container, als er mit der Probe wieder hochgezogen wurde, und verschüttete den größten Teil von ihr, bevor sie die Männer drinnen erreichte.

»Nur keine Vögel«, sagte Hank.

»Zwei Teile«, redete Dill weiter. »Erstens: ›Keine Einspeisung wird angenommen werden, kein Programm durchgeführt oder keine Antwort gegeben werden, die den Interessen oder dem Wohl der Vereinigten Staaten von Amerika schaden könnte.‹«

»Und der zweite Teil?«

»›Keine Anweisung darf gegen diese Ethik verstoßen.‹ Das versuche ich Ihnen ja die ganze Zeit zu sagen. Der Computer ist ehrlich; er könnte nicht lügen, selbst wenn er das wollte. Als sie ihn dazu benutzten, Sie anzulügen, haben sie damit so gut wie laut gesagt, daß nicht der Computer sprach, sondern sie selbst.«

Sie erreichten die Treppe zum Pier.

»Ich vermag nicht zu erkennen, inwiefern uns das irgendwie weitergebracht hat«, sagte Daisy.

»Der Mensch hat für seine Evolution zwei Millionen Jahre gebraucht, und der Computer dreißig Jahre. Mehr als einen Nachmittag müssen Sie uns schon zubilligen«, sagte Hank.

»Zumindest wissen wir jetzt, wer unser Feind ist«, sagte Dill.

14. Kapitel

»Mr. Poster?«

»Ja.« Hank spürte, wie ein kleiner elektrischer Stromstoß an seinem Rücken herablief. Bernhardt war an seinem Schreibtisch damit beschäftigt, Flugtickets abzustempeln.

»Wir haben uns schon länger nicht unterhalten.«

Er versuchte, den Akzent zu bestimmen. Das war das drittemal, daß er die Stimme hörte, und er konnte sie von Millionen anderen unterscheiden; er würde sie bis zu seinem Todestag erkennen. Mittelwesten. Flach. Sanft. Nicht aus dem Corn Belt.

»Sie können doch frei sprechen, oder, Mr. Poster?«

»Gewöhnlich sprechen nur Sie.«

»Das ist wahr.« Wieder folgte die Pause für ein Lachen, das nicht kam. »Wie sieht es aus? Sind Sie zufrieden?«

»Ich komme schon durch.«

»Gut, wie sich das für einen Amerikaner gehört. Wir sind alle sehr beeindruckt davon, wie Sie das alles geschafft haben. Haben Sie heute zum Lunch schon etwas vor?«

»Auf meinem Terminkalender ist nichts allzu Wichtiges vermerkt.«

»Ausgezeichnet. Ich habe mir überlegt, ob Sie vielleicht rüberkommen möchte, um mich zu besuchen?«

»Sicher.« Er zwang sich dazu, seine Stimme nicht überschlagen zu lassen. »Wo ist Ihr Büro? Ich müßte mit meinem Boß reden, wenn es allzu weit weg ist.«

»Überhaupt nicht weit. Eigentlich nur auf der anderen Straßenseite. Fragen Sie den Polier nach Raum 10-B. Er wird Ihnen den Weg zeigen. Sagen wir mal zwölf Uhr dreißig.«

»Ich komme«, sagte Hank. Die Leitung war tot. Er legte den Hörer auf die Gabel.

Auf der anderen Straßenseite? Hank ging zum Fenster. Auf der anderen Straßenseite waren nichts als abbruchreife Häuser bis zum Justizgebäude. Ein mit Betonstaub beladener Lastwagen rollte aus der Baustelle. Sie hatten die Arbeit wieder angefangen.

Um zwölf Uhr fünfundzwanzig stand Hank an der Tür zum Justizgebäude. Eine Wache meldete ihn telefonisch an. Von innen konnte er sehen, wie groß das Gebäude war. Die Lastwagen fuhren Bauschutt aus Schächten ab, die mindestens fünfzig Fuß unter die Erde reichten. Die Betonsäulen, die die Bomben überstanden hatten, ragten fünfzehn Stockwerke in unterbrochene Lichtstrahlen und Schatten hoch. Einige nackte Glühbirnen warfen ihr spärliches Licht in das Labyrinth. Ein kräftig gebauter Mann mit einem Bauarbeiterhelm stand mit einem Walkie-talkie neben der Lkw-Spur. Er sagte Hank, er solle der Spur bis zum zweiten Schacht folgen und von dort den Fahrstuhl bis zum zehnten Stock nehmen.

Der Fahrstuhl war nichts als ein Drahtkorb. Er stieg zwischen den älteren, nackten Balken und vorgefertigten Betonplatten auf. Hank überlegte sich die Möglichkeit, daß der Lift einfach bis zum Fundament des Gebäudes hinunterstürzen könnte, verbannte sie aber aus seinen Gedanken. Es war Selbstüberschätzung zu glauben, daß er immer noch so gefährlich war. Der Korb hielt an, und er öffnete die Tür aus Draht.

Er befand sich offensichtlich in einer typischen Chefetage. Dicke Teppiche lagen auf dem Boden, die Decke war indirekt beleuchtet. An einer Wand hing ein Druck: Washington im 18. Jahrhundert. Trotzdem machte alles einen verlassenen Eindruck. Der Teppichboden war zu neu. Seine Füße hinterließen die einzigen Spuren darauf. Er fand 10-B am Ende des Ganges. Die Tür stand offen.

Drinnen war niemand. Der Raum war luxuriös mit dem gleichen dicken Teppich, einem großen Schreibtisch aus Rosenholz, Ledersesseln und großen, antiken Spiegeln ausgestattet und bot einen Blick durch die vertikalen Verstrebungen auf das fünf Meilen entfernte Kapitol-Gebäude. Auf dem Tisch stand ein Tablett, darauf ein Teller mit Roastbeef und Kartoffeln, dazu Salat, Brot und Butter, ein großes Glas Eistee und ein kleines mit Whisky. Das Essen war heiß und die Getränke kalt. Ein Telefon auf dem Tisch klingelte.

»Mr. Poster. Tut mir leid, ich habe es nicht geschafft, herunterzukommen. Ich fürchte, wir werden uns wieder mit dem Telefon behelfen müssen. Na ja, um Ihre Mittagspause wollte ich Sie jedenfalls nicht betrügen. Da steht doch ein Essen, oder?«

»Ja.«

»Sehr gut. Legen Sie ruhig den Hörer auf die Gabel. Wir können uns auch so unterhalten.«

Als Hank wie angewiesen den Hörer ablegte, kam die Stimme aus Lautsprechern in jeder Ecke des Raums.

»Ich hoffe, Sie sind nicht zu enttäuscht. Ich habe wenigstens Ihr Lieblingsessen bestellt. Nur zu, mir macht es nichts aus, wenn Sie essen, während wir sprechen.«

Hank zog sich einen Stuhl an den Schreibtisch heran, der bis auf das Telefon, das Sprechgerät und das Tablett leer war.

»Sie müssen gerade eingezogen sein«, sagte Hank.

»Warum sagen Sie das?«

»Sie hatten noch nicht einmal Zeit, ein Bild Ihrer Frau aufzustellen.« Er schnitt in das Fleisch. Es war halb durch, wie er es am liebsten mochte.

»Ich bin wie Sie nicht verheiratet. Da wir aber gerade vom Einziehen reden: Manche von uns hat es überrascht, daß Sie nicht woanders hingezogen sind. Ein neuer Start in neuer Umgebung. Ein Mann mit Ihrer Anpassungsfähigkeit hätte doch keine Schwierigkeiten, in einer kleinen Stadt Karriere zu machen.«

»Na ja, Sie kennen das Sprichwort: Schuster, bleib bei deinen Leisten.«

»Sie haben sich hier eine befriedigende Existenz aufgebaut?«

»Ich beschwere mich nicht. Oh, ich sage nicht, daß nicht etwas Bitterkeit übriggeblieben ist. Bitterkeit ist menschlich. Ich sehe aber keinen Sinn darin, wenn ich versuche, mich zu verstecken, wenn es das ist, worauf Sie anspielen. Ich weiß, daß ich das nicht könnte.«

»Sprechen Sie weiter.«

»Na, wer weiß, vielleicht kann ich Ihnen beim nächstenmal mehr nutzen. Nicht als Strohmann, sondern als regelrechter Angestellter. Meinen Sie nicht, das wären Sie mir schuldig?«

»Was könnten Sie denn schon für uns tun?«

»Weiß ich nicht. Ich dachte, Sie hätten vielleicht eine Idee.« Er ließ die Gabel durch die Kartoffel gleiten.

»Mr. Poster, Mr. Poster, Sie bringen mich erst auf Ideen. Aber ich bin zuversichtlich, daß es dazu nicht kommen wird, wenn Sie verstehen, was ich meine.«

Hank zuckte die Achseln und stand auf. »Es gibt noch einen alten Spruch: Die Hoffnung währet.«

»Ewiglich«, sagte die Stimme, als von Hank nichts mehr kam.

Hank lauschte auf dem Weg nach unten auf das Klappern des Fahrstuhls. In dem Raum war es eine heikle Sache gewesen; er hatte fast zuviel gesagt. Er wußte, wie sie das Telefon dazu benutzt hatten, um ihm auf der Spur zu bleiben und um all die Bemühungen von Senator Hansen und Perafini zu belauschen. Es stand in dem Kongreßprotokoll, das Hansen ihm gezeigt hatte. Die computerisierte Stimmenaufzeichnung, mit der einzelne Stimmen wie Fingerabdrücke gefunden werden konnten, um die Öffentlichkeit vor Lauschangriffen durch die Behörden zu schützen. Wo und wann auch immer er ein Telefon benutzte, verriet seine eigene Stimme ihn und schaltete ein Band ein. Da fielen ihm die Spiegel ein ...

Die Stimme hätte ihn auch über das Telefon in Bernhardts Büro abfertigen können. Er war einzig und allein in das Justizgebäude eingeladen worden, weil jemand sich ihn gut ansehen wollte. Er wußte, daß es sich dabei nicht um die Stimme gehandelt hatte. Die Stimme hätte es bemerkt, daß er keinen Bissen gegessen und keinen Schluck getrunken hatte, obwohl er das Essen auf seinem Teller hin und her geschoben hatte. Sie waren immer noch interessiert an ihm, neugierig, weil es einen oder zwei Tage gab, über deren Ablauf sie nicht Bescheid wußten. Im Augenblick dachte die Stimme – er kam zu der Entscheidung, daß sie eher aus dem Südwesten stammte – wohl über den letzten Teil der Unterhaltung nach und ordnete sie als Scherz ein. Das hoffte er zumindest.

Der Fahrstuhl hielt mit einem Ruck. Er verließ ihn und folgte einem Laster aus dem Gebäude. Der Polier stand noch immer draußen auf seinem Posten.

»Sie wollen das Gebäude also doch benutzen«, sagte Hank.

»Wenn es nicht zusammenbricht, warum nicht? Sie sollten die Risse im Fundament einmal sehen. Mich werden Sie da drinnen nicht finden.«

»Ich wünschte nur, das hätten Sie mir gesagt, bevor ich hineingegangen bin.«

»Sie waren mit Mr. Monroe verabredet, und da dachte ich, Sie wissen schon, was Sie machen.«

Hank blieb stehen, um sich eine Zigarette anzuzünden und dem Polier eine anzubieten. »Das ist vielleicht ein Typ. Ich habe übrigens nie herausbekommen, was die erste Abkürzung vor seinem Namen bedeutet.«

»James«, sagte der Polier, nachdem er nachdenklich die Stirn gerunzelt hatte. »So hat es auf der schriftlichen Anforderung gestanden. James Monroe.«

Hank ging durch das Tor hinaus zurück zu Bernhardts Büro. Er war hungrig, aber zufrieden. Endlich hatte die Stimme einen Namen.

Er verbrachte den Nachmittag damit, ein Flugzeug für eine Fußballmannschaft aus Venezuela zu chartern, einen alten Klienten für seinen Bewährungshelfer zu finden und die Verhandlungen zwischen Bernhardt und dem lokalen Polizeichef im Auftrag zu führen. Die Beschuldigungen, aufgrund deren die Klienten verhaftet wurden, wirkten sich direkt auf die verlangten Kautionen aus, und der Polizeichef hatte bei diesen Beschuldigungen einen erheblichen Spielraum. Um sechs Uhr war er erschöpft. Er lehnte Peecens Einladung ab, zusammen mit ihm Barhokker anzuwärmen.

Sie wartete in einem Auto auf ihn. Als sie ihn anrief, ging er weiter.

»Hank, was ist denn los?« Daisys Wagen folgte ihm, als er an der nächsten Ecke nach dem Justizgebäude abbog.

»Was ist denn los?« fragte sie noch einmal, als er neben ihr in das Auto sprang.

»Sie beobachten mich vom Justizgebäude aus.«

»Das steht leer.«

»Nicht mehr. Ich war heute dort. Ich habe sie getroffen.«

»Wie?« Sie hatte so viele Fragen, daß sie nicht wußte, welche sie stellen sollte.

»Er hat mich dazu aufgefordert, der Mann am Telefon. Ihn selbst habe ich nicht gesehen. Sein Büro war leer, aber ich habe über das Sprechgerät mit ihm geredet. Meiner Ansicht nach wollten sie mich bloß anschauen, aber jetzt wird es gefährlich.«

»Hat er Sie bedroht?«

»Vage. Er wollte mich an meine Lage erinnern. Auf Dauer kann ich sie nicht an der Nase herumführen.«

Daisy setzte das Auto in Bewegung. Es war ein alter Thunderbird, und sie war stolz darauf, wie sie mit der Gangschaltung fertig wurde, aber hauptsächlich kam es ihr darauf an, loszufahren. Er sah mit steinernem Gesicht aus der Windschutzscheibe.

»Was soll ich jetzt machen?«

»Ich meine, es ist jetzt Zeit, daß Sie verschwinden. Buchstäblich.« Er spürte, wie sie ihn ansah. »Gehen Sie nach Des Moines zurück!«

Sie fuhren eine lange Zeit weiter, bevor sie wieder den Mund aufmachte.

»Und was machen Sie? Den ›guten Kampf‹ weiterführen? Sie wollten doch von Anfang an ein Märtyrer werden.«

»Das steht mir immer noch frei.«

»Und ich soll das schwache Geschlecht spielen und mich davonschleichen, wenn es losgeht? Das hier ist kein Footballspiel, wissen Sie. Für politische Betätigung braucht man keine zweihundert Pfund zu wiegen.«

»Meiner Ansicht nach geht es hier nicht um Politik, und es hat nichts damit zu tun, daß Sie ein Mädchen sind.«

»Wenn man einundzwanzig ist, wird man gewöhnlich als Frau bezeichnet. Manche Leute tun das zumindest.«

»Ich bitte um Entschuldigung.«

Sie fuhren wortlos eine Meile weiter. Hank wurde unruhig. Er kannte die Gegend nicht, und außerdem befürchtete er, mit ihr zusammen in einem Auto gesehen zu werden. Er hätte nie mitkommen sollen.

»Ihrem Vater wäre viel wohler, wenn Sie sich hier heraushalten würden.«

»Mein Vater ist nicht hier, wie Sie selbst einmal gesagt haben. Sie sind hier, und ich auch. Und Dill«, fügte sie noch hinzu.

»Ich möchte, daß Sie und Dill sich heraushalten.«

»Das ist also das wahre Leben, und nur Helden dürfen mitspielen. Sie sind sehr egoistisch.«

Hank ließ ein leichtes Lächeln in sein Gesicht treten. »Und ich dachte, ich wäre nobel.«

»So ein Pech. Bei mir ist Ihre Noblesse fehl am Platz.«

Er sah, wo sie waren. Daisy hatte eine andere Strecke zu ihrem Haus gewählt. Sie parkte das Auto davor.

»Sind Sie verrückt?«

»Das kam von mir, als Sie das letztemal hier waren. Es hat sich wohl einiges verändert.«

Eine schwarze Limousine parkte fünfzig Yards hinter ihnen. Hank sah in den Rückspiegel. Zwei Männer saßen darin, die nichts zu tun hatten. Daisy sah in den Spiegel. Ihre Wangen verloren nur eine Sekunde lang ihre Farbe, das mußte er ihr lassen.

»Jetzt gibt es kein Zurück mehr. Eigentlich kann ich Ihnen auch ein ordentliches Essen kochen.«

Hank fluchte, als er die Autotür zuwarf. Das Schild ›Zu verkaufen‹ war umgelegt. Sie ließ sich wirklich ganz und gar auf die Sache ein.

Daisy machte sich mit einem Eifer an die Essensvorbereitungen, der an eine Parodie grenzte. Er hatte das Gefühl, daß er sich darüber schämen sollte, sie in die

Küche verbannt zu haben, und deshalb wanderte er absichtlich im Wohnzimmer umher. Einige von den Bildern hingen wieder an der Wand, und die zwei Dutzend Bücher verloren sich praktisch in den riesigen Bücherregalen. Eines von ihnen war eine politische Biographie ihres Vaters mit dem Titel: *Profil eines unabhängigen Mannes. Es gibt tausend Beschreibungen und Symbole der Unabhängigkeit,* las Hank. *Gewöhnlich handelt es sich dabei um blutige Helden und ruhmsüchtige Politiker. Mir tritt in diesem Zusammenhang immer ein Bild vor Augen: ein Stück Beton, das von einem einzigen, unbezähmbaren Grashalm gewölbt und aufgebrochen wird. Es ist eine ständige Erinnerung daran, daß die Natur die Tyrannei ebenso verabscheut wie ein Vakuum.* Es war ein Zitat von Everett Hansen. Hank stellte das Buch in das Regal zurück.

Das Essen bestand aus einem Sardinensalat.

»Eigentlich wollte ich ein Antipasto machen, aber ich konnte die Sardellen nicht finden.«

Sie unterhielten sich über das Buch über ihren Vater. Daisy fragte ihn, ob er viel las.

»Als ich noch klein war. Mein Vater hat mich mit Jack London, Kipling, sogar mit Homer aufgezogen. Die Geschichten über den Trojanischen Krieg habe ich geliebt. Je älter ich wurde, desto weniger Spaß hat es mir gemacht.«

»Hat Ihr Studium Ihnen keinen Spaß gemacht?«

»Es sah so aus, als könnte ich kein Buch in die Hand nehmen, ohne dabei einen Autor in seiner Selbstgefälligkeit zu unterstützen. Seine Persönlichkeit hat sich zwischen mich und die Geschichte gestellt. Die Menschen benutzen ihren Beruf zur Aufpolsterung ihres Ego. Ärzte, Bankiers, Politiker, Unteroffiziere.«

»Vielleicht haben Sie zu lesen aufgehört, weil Sie nicht kommunizieren wollten.«

»Das ist schon richtig, das wollte ich nicht. Nicht so, auf jeden Fall. Oder vielleicht hatte ich das Gefühl, daß für mich nicht allzuviel dabei herausspringt, wenn ich nur deshalb lese, weil ich damit zeigen will, daß ich es auch kann.«

»Haben Sie auf einen echten Grund gewartet?«

»Wahrscheinlich.« Sein Blick fiel auf den Sims des Küchenfensters. Ein Exemplar von *Profil eines unabhängigen Mannes* lehnte an dem Rahmen. »Sie haben jedenfalls einen echten Grund dafür, das zu lesen.«

»Das ist wahr. Sie haben das wahrscheinlich früher nicht bemerkt, weil Vater sie verstecken wollte, aber ich habe in jedem Raum ein Exemplar. Ich bin sehr stolz auf ihn.«

»Das sollten Sie auch sein.« Er sagte das, bevor er darüber nachgedacht hatte. Dafür war er dankbar, weil sich sonst sein Tonfall geändert hätte. »Irgendwann muß ich Ihnen eine Bibel besorgen.«

Er schrieb auf ein Stück Papier, reichte es ihr und holte sich ein Messer aus einer Schublade. Daisy war verwirrt, plapperte aber weiter über die frühe Karriere ihres Vaters als Kongreßangehöriger während des New Deal. Hank nahm das Buch vom Fensterbrett, legte es auf den Tisch und schnitt den Einband innen in dem vorderen Deckblatt auf. Die äußere Form des Buchs schränkte die Art eines möglichen Abhörgeräts ein, und außerdem vermutete er es nur. Als er das Papier vom inneren Deckblatt ablöste, war es keine Vermutung mehr. Eine kleine Metallplatte schloß bündig mit der Pappe ab. Er zeigte sie Daisy. Glücklicherweise hatte sie gerade einen Satz abgeschlossen, denn sie warf eine Hand vor den Mund. Er ließ die Platte liegen, wo sie war.

»Jetzt ist mein ganzes Hemd voller Sardinen.«

»Das geht wieder raus. Ich zeige es Ihnen.«

Sie gingen ins Bad. Hank drehte beide Hähne voll auf.
»Hier drinnen haben Sie ja wohl keines von diesen Büchern, oder?«
Daisy schüttelte den Kopf. »Mein Gott, wie lange ist das schon hier?«
»*Sind!* In jedem Buch steckt so ein Ding, da bin ich sicher. Ich weiß nicht, seit wann.«
»Vielleicht könnten wir ihnen den Strom abschalten?«
»Da gibt es keinen Strom zum Abschalten. Das sind einfache Resonatoren. Mit einem Kurzwellen-Richtfunkgerät wird ein Strahl von ihnen reflektiert. Der Strahl geht zurück, nachdem er durch die Reaktion der Platte auf unsere Stimmen gestört worden ist. Das allersicherste Abhörgerät. Außerdem könnten wir nichts Verdächtigeres machen, als an diesen Platten herumzufummeln. Sobald wir wieder hinunterkommen, müssen Sie für mich etwas Klebstoff suchen, damit wir das Papier wieder ankleben können.«
»Das reicht nicht aus.« Daisy hatte weiter als er gedacht.
»Was haben Sie dagegen einzuwenden?«
»Sie haben schon Verdacht geschöpft. Das Ding ist in dem Buch. Sie haben Sie hereinkommen sehen. Sie werden den Grund dafür wissen wollen.«
»Das ist doch wohl ziemlich deutlich. Es ist außerdem deutlich, daß ich hier so schnell verschwinden sollte, wie das irgend möglich ist.«
»Das wäre das Schlimmste, was Sie machen könnten. Was wissen sie? Sie sind hier bei mir. Über einen Grund dafür haben wir nichts gesagt. Wenn wir ihnen keine andere Erklärung liefern, werden sie natürlich zu dem Schluß kommen, daß wir über sie reden. Es gibt allerdings noch mehr Gründe dafür, daß ein Mann und eine Frau allein zusammen in einem Haus sind.«

Es dauerte eine Weile, bis es ihm dämmerte. Er stöhnte und griff nach der Türklinke.

»Bin ich als Grund nicht gut genug?«

»Darum geht es nicht, und das wissen Sie auch. Es würde einfach nicht klappen, und Sie würden tiefer in die Sache hineingezogen.«

»Ich bin schon hineingezogen, und woher wollen Sie wissen, daß es nicht klappt, wenn wir es nicht versuchen.«

Seine Hand blieb an der Klinke. Sie lieferte das schlüssige Argument.

»Denken Sie daran, der einzige Grund dafür, daß ich Sie für Newman halte, ist meine Abneigung gegen Sie. Ich glaube nicht, daß einer von uns beiden sich hinreißen lassen würde.«

Eine Minute später, als sie herauskamen, kicherte Daisy. »Aufhören. Ich habe nur gesagt, ich wollte Ihr Hemd waschen. Von Ihnen war nicht die Rede.«

»Dann will ich mein Hemd zurück.« Das Hemd hatte er an. Er steckte sich eine Zigarette an und gab auch ihr eine.

»Ich komme nicht näher als zehn Fuß an Sie heran«, sagte Daisy mit einem Kreischen, das mit ihrem ernsten Gesicht nichts zu tun hatte.

»Jetzt hab' ich dich«, sagte Hank. Er wollte sehen, wie sie sich da herauswinden würde.

»Mmm. Das gefällt mir.«

Er drehte sich auf dem Absatz herum und ging in das Wohnzimmer. Sie folgte ihm.

»Du bist so stark.«

»Und du bist eine beschissene Lügnerin«, sagte Hank lautlos. »Ich glaube, ich muß jetzt gehen«, sagte er leise. »Du weißt, wie schwer mir das fällt.«

»Dann bleib doch. Für ein Abendessen habe ich dich nicht hergebracht.« Sie kritzelte hektisch auf einen Block:

Seien Sie nicht so schwierig. Kein Mensch würde glauben, daß Sie nur wegen Sardinen hergekommen sind. »Du spielst nur mit mir.«

»Wenn du darauf bestehst. Ich glaube, ich hole dir einen Drink. Ich könnte auf jeden Fall einen vertragen«, sagte er betont.

»Ich auch.«

Sie vertrieben sich die Zeit, indem sie Platten spielten, die Mitteilungen auf den Zetteln lasen, die sie sich zuschoben, und sich laut harmlose Komplimente machten. Hank spürte, wie er mit der Zeit immer wütender wurde. Das Ganze war ein schlechter Witz. Als Daisy bemerkte, daß er wütend wurde, ärgerte sie sich darüber ebensosehr.

Eine Zeitlang haben Sie mich glauben gemacht, es sei wichtig, ob Howard Newman am Leben ist oder nicht. Ich gehe ins Bett.

Als sie die Treppe hinaufging, hörte sie, wie der Zettel zerrissen wurde.

Hank saß da und starrte düster in seinen Drink. Für einen Rückzug war es jetzt zu spät. Es fuhren keine Busse mehr. Außerdem würde das ganze alberne Betrugsmanöver entlarvt werden, wenn er jetzt ging, dachte er.

Er fand sie im Bad, wie sie ihre Nägel feilte. Er drehte die Hähne auf. »So einfach ist die Sache nicht, Miß Hansen. Sie haben sich diese Idee ausgedacht, und da gibt es eine letzte Feinheit, die auch noch dazu gehört.«

»Und die wäre?« Sie zog ihren Bademantel enger um sich.

»Ist in ihrem Schlafzimmer auch ein Buch?«

»Ja. O nein! Das können Sie vergessen.«

»Seien Sie nicht töricht, natürlich nicht. Ich schlafe unten auf der Couch, aber unsere Stimmen müssen im Schlafzimmer gehört werden. Ihnen paßt das nicht, und mir paßt das nicht, aber die Leute, die zuhören, erwarten etwas, verdammt noch mal.«

»Ich hätte Sie schon einmal mit einer Schere erstechen können. Jetzt kann ich das hier benutzen.« Sie hielt ihm die Spitze der Nagelfeile unter die Nase.

»Hören Sie endlich auf, sich wie ein kleines Kind aufzuführen.« Er drehte die Hähne ab und öffnete die Tür. »Komm jetzt!«

Sie gingen – Hank voran – durch den Gang. Er öffnete die Schlafzimmertür und ging hinein. Daisy zögerte in der Tür zwischen der Dunkelheit des Raums und dem Licht im Gang. Ihr Körper zeichnete sich sexy unter dem Bademantel ab. Er sah zur Seite.

»Komm her!«

Sie schüttelte den Kopf.

»Komm her!« sagte er eindringlicher.

»Was du willst ... Liebster«, sagte sie angespannt.

Das reichte Hank. Er versuchte, an ihr vorbei in den Gang zu gehen, als er an seiner Seite einen Kratzer spürte. Sie hatte wieder versucht, nach ihm zu stechen.

»Sind Sie völlig verrückt?« flüsterte er. »Geben Sie das her!«

Sie stieß nach seinem Arm, und er packte ihr Handgelenk. »Laß los, oder ich bringe dich um!« flüsterte sie heiser.

»Wenn ich loslasse, versuchst du es nur um so mehr«, sagte er ihr ins Ohr.

Sie versuchte einen Kniestoß, und sie fielen auf den Boden. Daisy lag unter ihm und versuchte verzweifelt zu entkommen. Es war etwas, das mit ihm nichts zu tun hatte, aber er spürte mehr als die Feile zwischen ihnen. Er rollte von ihr herunter, hielt sie aber noch am Handgelenk fest. Ihre Augen waren in dem undeutlichen Licht aus dem Gang durchscheinend und groß. Das metallische

Geräusch der zu Boden fallenden Feile unterbrach den angestrengten Atem der beiden.

Daisy rollte auf ihn zu, statt von ihm weg. Ihre langen Beine berührten seine. Ihre Finger berührten seine Augenbrauen, während ihre Hüften und der harte Hügel dazwischen gegen seine Hose rieben. Das eng anliegende Oberteil ihres Bademantels drückte ihre Brüste zusammen. Er küßte sie ohne eine Erklärung. Ihre Augen schlossen sich, als sie sein Gesicht zu einem zweiten, längeren Kuß herabzog.

Ihr Mund öffnete sich ihm weit, und ihre Hüften drängten sich gegen ihn. Er schob das Schulterteil ihres Bademantels zur Seite und entblößte eine Brust. Sie war weiß, so weiß, daß die Adern auf ihrem Schatten sie fast blau aussehen ließen. Die Brustwarze war rosa und hatte sich aufgerichtet. Er war schon mit anderen Frauen zusammengewesen, aber keine von ihnen war besonders befreundet oder verfeindet mit ihm gewesen, bevor sie ins Bett gegangen waren. Dadurch, daß er Daisy so gut kannte, erhielt die nackte Brust eine ungeheure Bedeutung, die ihn tief berührte. Er küßte sie, und die Brustwarze wurde dunkler und härter.

»Glaubst du, sie hören zu?« fragte sie mit einem ruhigen Lächeln.

»Sollen sie doch leiden.«

Ihre Hand fummelte an dem Reißverschluß seiner Hose herum. Er zog ihn für sie auf, und sie holte das steife Glied heraus. Sie hielt es in der Hand, als wolle sie es schützen.

»Gott sei Dank bin ich keine Jungfrau. Nein, nicht das Bett, bitte, Hank. Ich kann die Vorstellung nicht ertragen, daß sie die Sprungfedern hören könnten. Ich möchte es genießen.«

Er öffnete den Knoten ihres Bademantels, und sie hob ihre Hüften an, damit er ihr das Höschen ausziehen konnte. Sie lag nackt auf dem Bademantel und hatte ihre Arme zurückgeworfen, so daß ihre Hände im Gang lagen, während er sich auszog.

»Wie hältst du dich in Form?«

»Jogging.«

Ihre Brüste wurden runder, als sie für ihn ihre Arme hob. Die blonden Locken auf ihrem Schamhügel verwandelten sich im Licht aus dem Gang in goldene Spiralfedern. Ihre langen Beine machten Platz, als er sich auf sie legte. Er war in ihr, bevor ihre Lippen sich trafen. Sie hob ihre Hüften noch mehr an, und er drang so weit er konnte in sie ein. Daisy zog seinen Kopf an ihren Hals und rieb ihre Wange in seinem Haar. Sie war die ganze Zeit für ihn bereit gewesen.

»Es geht doch nichts darüber, mit einem Buch ins Bett zu gehen«, flüsterte sie.

15. Kapitel

»In meinem ganzen Leben habe ich noch nie jemand so sehr gehaßt. Ich wußte doch, daß das einen guten Grund haben mußte«, sagte Daisy. »Außerdem paßt es in unser Alibi. Vielleicht glauben sie, wir sind in den Flitterwochen.«

»Der Computer registriert alle Eheschließungen.«

»Wie romantisch.«

Der Schleier aus Wasser, eine blaugraue Mauer, fiel in den Nebel, erhob sich aus der Selbstzerstörung des Wassers, formte sich neu zu einem zahmen, friedlichen See. Ein kleines Schiff, *Die Nebelfee*, schlängelte sich furchtlos durch die Felsen. Sie sahen von einer Plattform auf der kanadischen Seite der Wasserfälle zu. Von Zeit zu Zeit stieg der Nebel hoch und bedeckte sie wie eine niedrig fliegende Wolke. Daisys Worte verloren sich in dem Gebrüll der Tonnen von Wasser, die ins Leere stürzten.

Ihr Motel war nur hundert Fuß weit weg. Perafini hatte das Niagara Quality Cascade wegen seiner Nähe zu den Wasserfällen ausgesucht. Selbst bei geschlossenen Fenstern hörte es sich an, als würde die Flut gleich hereinkommen. Die Jalousien von Kabine 14 bewegten sich, als Hank und Daisy näherkamen, und die Tür ging für sie auf.

Perafini und Dill diskutierten noch immer.

»Diese Männer sind Geheimnisträger mit höchster Befugnis. An einem Teil der Berichte über sie war ich selbst beteiligt. Außerdem kommen sie alle aus verschiedenen Parteien und haben verschiedene politische Überzeugungen. Das sind doch nicht Leute, die sich zu einer Verschwörung zusammenschließen würden.«

»Man hat Hank befohlen, das Justizgebäude zu benutzen.«

»Noch nicht einmal im Justizministerium gibt es so viele Verräter«, sagte Perafini sarkastisch. Seit der Episode in Arlington war Perafini als Berater zum Nachrichtendienst der Royal Canadian Mounted Police in Ottawa abgeschoben worden. Dill hatte sich auf Hanks Bitte hin mit ihm in Verbindung gesetzt. Hank fragte sich, ob die beiden sich immer so benahmen oder ob das die Folge der Anstrengungen der letzten sechsunddreißig Stunden war. Die Stühle und Betten waren mit Zetteln bedeckt, und daher standen die beiden Männer.

»Hier ist euer Kaffee. Tut mir leid, daß es so lange gedauert hat«, sagte Daisy. Sie reichte ihnen ihre Tassen – mit Milch, ohne Zucker – und brachte dem Neuankömmling auch eine. Er war ein junger Mann mit Bart und Perlenketten, neben dem Dill so bieder wie Dagwood aussah. »Hört sich so an, als könnten Sie auch eine Pause vertragen.«

»Wir hatten gerade eine, eine emotionelle Pause«, sagte Perafini. »So was tut den Nerven gut.«

»Hank ist derjenige, der die Risiken auf sich nimmt«, sagte Dill.

»Umgekehrt wird ein Schuh daraus«, sagte Hank. »Ich habe nichts zu verlieren und alles zu gewinnen. Al, das könnte wirklich das Ende Ihrer Karriere sein, wenn sie herausbekommen, wie Sie das eingerichtet haben. Dill, meiner Ansicht nach würde das Institut einen Grund finden, um Sie aus Ihrem Vertrag zu entlassen. Und Emory? Was würden sie mit Ihnen machen?«

»Die Kanadier würden mich zurückschicken, wenn man sie genug bedrängen würde.« Emory Kristopis-

Paine lächelte, als würde ihn jedes andere Resultat verblüffen. »Als Deserteur aus der US-Armee ist man hier nicht automatisch beliebt. Außerdem bin ich homosexuell, und sie könnten mir etwas anhängen. Mein Vater wäre sehr ärgerlich, wenn sie das nicht machen würden.«

Allein Emorys Anblick hatte Hank am Anfang abgestoßen. Dill erklärte, daß der schlanke junge Mann unentbehrlich sei, ebenso wie sein Vater, Konstantin Kristopis-Paine, der Mentor des Hudson-Instituts, für die Formulierung der Kriegsspiel-Psychologie der Vereinigten Staaten unentbehrlich war. Der Sohn war streng genommen kein Naturwissenschaftler, sondern von seiner Ausbildung her ein Wissenschaftshistoriker. Er war ein Sprößling des neuen Gewissens der naturwissenschaftlichen Gemeinde, das nach der Erschaffung der Atombombe entstanden war, die fünf Jahre vor seiner Geburt in Hiroshima explodiert war. Er hatte eine naturwissenschaftliche Ausbildung und benutzte sein Wissen, um die Entwicklung des wissenschaftlichen Denkens zu studieren. Im Verlauf der vergangenen anderthalb Tage hatte Hank ihn als den nüchternsten, aktivsten Kopf von allen empfunden.

»Es wird es wert sein«, sagte Emory. »Das ist die verblüffendste Sammlung von Aufzeichnungen, die ich je gesehen habe.«

»Wichtig ist aber Monrovia heute, nicht eine Konferenz vor zehn Jahren«, sagte Dill. Dill hatte darauf bestanden, Emory einzuschließen, weil, wie er sagte, Wissenschaftler dazu neigten, die Ignoranz von Straußen an den Tag zu legen, wenn es um die Welt außerhalb ihrer eigenen, privaten Labors ging. Emory würde den größeren Überblick des Wissenschaftshistorikers liefern, aber im Augenblick reagierte Dill darauf mit Ungeduld.

»Aus der ganzen Sache kommen wir doch bloß heraus,

wenn wir den Computer für unsere Seite einsetzen. Wir wissen, daß es in Monrovia Leute gibt, die den Computer für ihre Zwecke mißbrauchen. Wenn wir nur entdecken können, wie es ihnen gelungen ist, die Leitungen zu überbrücken und den Computer wieder anzuschließen, wird uns seine Ethik dabei helfen, diese Leute zu entlarven. Das Ganze ist eine rein technologische Frage«, schloß Dill.

»Da muß ich zustimmen«, sagte Perafini. »Wir haben die anderen Aspekte überprüft, und im großen und ganzen stimmen wir dem bei, was Sie uns erzählt haben, Hank: daß Duggs und Fien und der Präsident und alle anderen in Washington nicht plötzlich verrückt oder kriminell geworden sind. Männer aus jeder politischen Richtung sind beteiligt, Männer, die Träger von Staatsgeheimnissen sind, die ich zum Teil selbst überprüft habe. Ich wäre zu dem Eingeständnis bereit, daß ein Teil von ihnen auf einen politischen Coup hinarbeitet, aber meiner Meinung nach ist der wirkliche Feind, wie ich das verstanden habe, in Monrovia zu suchen und setzt eine technologische Taktik ein. Wenn Sie die Leute in Monrovia fangen, greifen Sie die Führer an. Wenn Sie Duggs oder Fien erwischen, gibt es hundert andere Befürworter des Datenzentrums, die ihren Platz einnehmen.«

»Verdammt«, sagte Dill. »Ich bin also doch durchgedrungen. Genau das sage ich schon die ganze Zeit. Es ist ein technologisches Problem. Meinen Sie nicht auch, Hank?«

»Das Problem liegt nicht in der Technologie, sondern in uns selbst«, sagte Emory. Dill sah ihn wütend an.

»Was meinen Sie, Hank?«

Hank verriet seine Belustigung über den Gedanken nicht, daß es einmal eine Zeit gegeben hatte, als Dill nicht der Meinung gewesen war, er solle eine eigene Meinung haben. »Ich meine, ich möchte mehr über den Computer selbst hören. Sie sagten, er sei eine Mischform eines Computers, weder analog noch digital.«

»Mit den Vorteilen von beiden Formen, absolut genau und fähig zu einer Simultanreaktion auf sich verändernde Situationen. Außerdem bezeichnet man ihn als offenes Gehirn, weil er in der Lage ist, neue Informationen selbständig zu assimilieren, ohne daß dafür neue Teile oder Programmierungen notwendig wären.«

Hank schob einige Blätter hin und her. »Sie sagten, er sei eine Weiterentwicklung des Weltraumcomputers.«

»Ganz richtig. Das Jupiter-Gehirn. Den Wissenschaftlern bei der NASA ist es klargeworden, daß wir nicht alles wissen, was es im Weltraum gibt, und daß keine Programmierung, selbst mit Laser-Bändern, auf eine Situation vorbereiten könnte, deren Existenz wir uns nicht einmal vorstellen können, bevor der Satellit des Computers mit ihr konfrontiert wird. Stellen Sie sich das vor, eine Schiffsladung Erinnerungs-Chips, die die Stelle eines Menschen einnehmen, weil er dort nicht selbst hingehen kann.«

»Das ist fast so romantisch wie die Sache mit den Eheschließungen«, sagte Daisy.

»Auf seine eigene Art ist das schon romantisch«, sagte Hank. »Der Computer der ersten Generation mit seinen thermionischen Ventilen zeugte den Computer der zweiten Generation mit Transistoren, und der zeugte den Computer der dritten Generation mit integrierten Erinnerungs-Schaltkreisen. Das Endergebnis: ein gigantischer, schwachsinniger Sklave.«

»Ich weiß nicht, ob mich das beruhigen soll oder nicht«, sagte Daisy. »Eigentlich schon, weil wir überlegen sind. Es gibt doch einen Unterschied zwischen seiner Intelligenz und unserer, oder?« fragte sie Emory.

»Das ist so ähnlich, als würden Sie mich fragen, ob es

einen deutlichen Unterschied zwischen pflanzlichem und tierischem Leben gibt. Die Grenzen werden von verschiedenen Leuten verschieden gezogen. Erzählen Sie ihnen von den drei Lappen, Hamilton.«

»Also, das ist eine Simplifizierung«, sagte Dill. »Was tatsächlich passiert ist, das war eine Teilung des Jupiter-Gehirns in drei Teile. So schützt sich die Raumforschungsbehörde gegen Fehler. Wenn ein Teil des Computers eine Analyse erstellt, mit der die anderen beiden Teile nicht übereinstimmen, können sie diese Analyse übergehen.« Er wurde nervöser und begann, mit den Händen zu reden. »Diese drei Teile heißen das Es, das Ich und das Über-Ich.«

Das Geräusch der Wasserfälle schwoll in der darauffolgenden Stille an.

»Tut mir leid; das bringt mich doch zum Frösteln«, sagte Daisy.

»Nach welchem Muster hätten Sie denn Ihrer Erwartung nach sonst ein mechanisches Gehirn bauen sollen?« fragte Emory. »Wir besitzen doch das einzige Modell, das es gibt.«

»Und wo liegt der Unterschied? Daß wir aus Fleisch und Blut bestehen?«

»O nein«, mischte sich Dill ein. »Das macht keinerlei Unterschied. Auch unser Gehirn besteht nur aus elektrischen Schaltungen.«

»Tatsache ist«, sagte Emory, »daß das menschliche Gehirn besser als jeder Computer ist. Es kann nicht so schnell rechnen oder Einzelheiten mit einer solchen Regelmäßigkeit aus den Erinnerungsbanken abrufen, aber im menschlichen Gehirn sind die einzelnen Zellen auf eine Art miteinander verflochten, daß die durchschnittlichen Computerschaltungen dagegen wie ein Haufen Bauklötzchen aussehen. Sie können Erinnerungen und Vorstellungen und Empfindungen praktisch unbegrenzt zueinander in Beziehung bringen. Das Ganze funktioniert so perfekt, daß es dafür keine vernünftige Erklärung gibt.«

»Vielen Dank, Emory. Es freut mich, daß jemand ein gutes Wort für unsere Mannschaft gefunden hat.«

»Also ein Hauptcomputer mit drei Lappen«, sagte Hank. »Er kontrolliert den Computerkomplex. Wer kontrolliert den Hauptcomputer? Das wissen wir nicht. Vorausgesetzt, jemand tut es.«

»Davon gehen wir aus«, sagte Perafini. »Erinnern Sie sich noch daran, was Sie uns über den Raum im Justizgebäude erzählt haben? Sie haben ein Geräusch gehört, das Sie als das Geräusch eines Generators identifiziert haben.«

»Der Fahrstuhl war es nicht. Das weiß ich sicher.«

»Und hinter den Spiegeln saßen Leute, die Sie beobachtet haben. Daraus kann man einen deutlichen Schluß ziehen: Diese Leute hatten Zugang zu einem Monrovia-Ausgang, der seine Energie aus diesem Generator bezogen hat. Es ist an der Zeit, diese Leute zu erwischen, bevor sie uns erwischen. Ein schnelles Manöver.«

»Gegen Monrovia, meinen Sie? Ein Kommandounternehmen?«

»Warum nicht? Nur, in diesem Fall werde ich das übernehmen, mit ein paar alten Freunden, plus einigen Experten, die die Schaltstelle ausschalten können. Solange sie uns nicht erwarten, dürfte das nicht allzu schwer sein. Monrovia ist nicht Kuba.«

»Das gefällt mir nicht. Sie kennen die Anlage doch gar nicht. Dort gibt es eine Wachmannschaft.«

»Nicht viel«, sagte Dill. »Ich war zwar noch nie da, aber ich kann euch sagen, daß es nicht viel Sinn hat zu versuchen, einen Computerkomplex auszurauben. Computer sind zum Stehlen zu schwer, und außerdem müßte der Dieb ein Experte sein, wenn er länger als eine Minute unentdeckt bleiben wollte. In staatlichen Datenbänken mit geheimen Informationen müssen mindestens zwei Angestellte den Transfer von Bändern als Zeugen beobachten.«

»Und nachts?« schlug Perafini vor.

»Sie arbeiten vierundzwanzig Stunden am Tag. Wichtig ist nur, daß man weiß, wohin man zu gehen und was man zu tun hat. So kommt zum Beispiel ein Teil der Kommunikationen von außen über militärische Kabel herein, und ein anderer Teil über Kurzwellensender. Die Empfangsgeräte kann ich für euch identifizieren.« Dill stockte, weil er einen Vergleich benutzen wollte, der ihm nicht gefiel. »Die Datenkanäle sind die Sinnesorgane des Computers, und ohne sie weiß er nichts. Wenn wir einmal die Datenempfangsräume finden, finden wir auch die Männer, denn dort muß auch die Schaltstelle sein.«

»Wieviel Schaden könnten wir durch eine Schießerei anrichten?«

Emory gab die Antwort. »Der Computer ist wie das menschliche Gehirn schmerzunempfindlich.«

»Das gefällt mir nicht«, sagte Hank.

»Warum?« fragte Perafini.

»Ich würde es gern tun. Ich würde gern jemand in die Finger bekommen, wirklich, aber ich habe ein ungutes Gefühl dabei. Ihr springt mit geschlossenen Augen.«

»Ich kann einen vollständigen Plan von Monrovia besorgen. Wir springen auf das Dach ab. Wie gefährlich kann das schon sein? Wie ein Überfall auf eine Bibliothek.«

»Das habe ich nicht gemeint. Sehen Sie mal, der einzige echte Kontakt, den Sie zum Feind haben, bin ich. Ich war der Kandidat für Monrovia, erinnern Sie sich noch? Ich war in dem Duschraum. Ich habe dreimal mit ihm am

Telefon gesprochen. Ich war in seinem Büro. Und ich habe das Gefühl, das geht nicht gut.«

»Sie hatten das Gefühl, Sie hätten es mit einem Menschen zu tun«, sagte Emory.

Dill hob seinen Blick zur Decke, aber Hank gab ihm eine ernste Antwort.

»Ja. Ein seltsamer, kalter Mann. Intelligent und selbstsicher, sehr selbstsicher.«

»Meinen Sie, er war nur der Sprecher?«

»Ich hatte das Gefühl, daß noch mehr da waren. Er hat andere erwähnt, und ich habe ihm geglaubt, aber er war nicht nur der Sprecher.«

»Sobald wir es aufdecken, daß er den Computer benutzt, um Telefonate von Senatoren abzuhören, ist er erledigt«, sagte Perafini. Nur Dill und Daisy hörten ihn.

»In den Informationen, die Dill für Sie gestohlen hat, sind einige interessante Punkte«, sagte Emory. »Zum Teil haben Sie sie angestrichen.«

»Dinge, die mich interessiert haben«, sagte Hank.

»Mich auch. Hier auf Seite 102 des Protokolls der Konferenz in Buck Hill Falls, an der 1968 liberale und linke Kongreßmitglieder sowie Naturwissenschaftler teilgenommen haben. Dr. Harnick aus Columbia sagt in einer Rede, ›daß Rußland zur Zeit über das ganze Land ein Netz von Computern um seinen leistungsstarken neuen RJAD aufbaut. Dieses Netz wird so aufgebaut werden, daß es mit ähnlichen Netzen in anderen Staaten des Warschauer Pakts zusammenarbeiten kann. Der neue RJAD gleicht den leistungsfähigsten amerikanischen Computern und stellt für die sowjetische Technologie einen Riesenschritt nach vorne dar.‹ Jetzt lasse ich etwas aus. ›Das Ideal ist es, daß beide Weltmächte, die Vereinigten Staaten und die UdSSR, ihre Computer zum Wohl aller Menschen einsetzen werden, nicht nur in der nationalen industriellen und sozialen Planung, sondern auch auf dem Gebiet der internationalen Beziehungen. Bisher muß es uns erst noch gelingen, einen Vertrag in Englisch und Russisch zu schreiben, aber wäre es nicht die Lösung, daß zwei objektive, leidenschaftslose Computer das in Fortran, der neuen, internationalen Computersprache, machen würden?«

»Worum geht es dabei eigentlich?« fragte Perafini.

»Emory und ich fragen uns, warum manche Politiker, die sich sonst lautstark über Große-Bruder-Taktiken beschweren, über das Datenzentrum so überglücklich waren. Ist es denkbar, daß jemand, der an diesen Traum glaubt, den Computer fragen könnte, ob er in Erfüllung gehen wird?«

»Er ist für die Formulierung der Pläne der Regierung ausgerüstet, die von genau solchen Fragen abhängig sind. Er sollte keine Antwort geben, könnte es aber. Er sagt natürlich nur, wie die Chancen stehen. Zum Beispiel 6 zu 1 gegen Frieden, 100 zu 1 gegen Glück. Die Schwierigkeit dabei ist nur, daß er die gleiche Antwort auch Rechten und Konservativen geben würde, die der Meinung sind, daß ein Vertrag mit den Roten so ist, als wenn man die Syphilis erwischt.«

»Okay«, sagte Hank, obwohl die Antwort ihn nicht befriedigte. »Sie erwähnten noch andere Punkte.«

»Ja.« Emory schnappte sich ein weiteres Stück Papier. »Protokoll des Symposiums in Miami 1967. Angeblich war das eine Gruppe aus der American Medical Association, aber in Wirklichkeit war es ein Kongreß zur Diskussion von Programmen des Verteidigungsministeriums. Wie ich sehe, ist die Klassifizierung dieses Protokolls von VERTRAULICH auf GEHEIM angehoben worden. Na ja, ein Anthropologe, ein gewisser Professor Francisco Wolf von Southern California, hat vor diesem Kreis eine Rede über Probleme der Kybernetik gehalten.

›Neues Beweismaterial deutet darauf hin, daß wir unsere Vorstellungen über den Menschen als Aasfresser und über seinen Daumen als Auslöser für die Evolution – von der Werkzeugherstellung zur Intelligenz – überdenken werden müssen. Funde in Zambia deuten darauf hin, daß der Mensch eher ein Jäger als ein Sammler von wilden Beeren war, der mit wilden Hunden um die Kadaver gekämpft hat, die Raubtieren zum Opfer gefallen waren. Der Mensch war das Raubtier, wahrscheinlich das erfolgreichste in seinem Revier. Es gibt Anzeichen dafür, daß während dieser Raubtierperiode sein Gehirnvolumen sich um das Vierfache vergrößert und der Bau von Werkzeugen sich als ein Teil seiner Bemühungen entwickelt hat, Tiere schneller und mit weniger Gefahren für sich selbst zu fangen. Allgemeine Hinweise aus einer Vielzahl anthropologischer und zoologischer Quellen zeigen, daß das Raubtier unweigerlich, aus Gründen der Selbsterhaltung, intelligenter ist als die Beute, die es fängt. Die Ernährung von pflanzlichen Stoffen hat eine statische, friedfertige Mentalität zur Folge. Die Ernährung von lebendigen, beweglichen Lebensformen fördert eine aktive, anpassungsfähige, erfinderische Mentalität, mit deren Hilfe der Gegner überlistet werden muß, oder der Tod ist die Folge. Dies ist die brutalste Form der natürlichen Auslese, und zur gleichen Zeit die effektivste. Der Jäger ist schlauer.‹ Das ist alles. Die Kommentare des Publikums sind gelöscht worden.«

»Das ist vielleicht eine Rede für eine Gruppe von Computeranalytikern«, sagte Dill. »Vielleicht haben sie gar nichts gesagt.«

»Das glaube ich schon«, sagte Hank.

»Warum?« fragte Daisy.

»Ich habe den Jäger gesehen.«

16. Kapitel

Hank versuchte, sich auf die Formen zu konzentrieren, die Peecen auf den Zettel malte. Das Quadrat bedeutete VERARBEITUNG. Der Rhombus war EINSPEISUNG/ABRUFUNG. Ein vierseitiges Gebilde mit einer kurzen Seite stand für MANUELLE TASTATUR. Ein Q-ähnliches Gebilde bedeutete MAGNETBAND. Es gab noch ein Dutzend weitere geheimnisvolle Symbole.

»So wird ein Fließbild zusammengestellt. Man braucht kein einziges Wort. Die Bosse benutzen sogar für die hohen Tiere Zahlen. Leute aus dem Pentagon bekommen CODE 4, und die aus dem Kongreß CODE 5. Das behaupten zumindest die Programmierer.«

Peecen neigte den Flaschenhals in das Glas.

»Du hörst mir nicht einmal zu. Bekomme ich das hier umsonst?«

»Tut mir leid, ich habe gerade an etwas anderes gedacht. Wie war das mit den Codes?«

»Viel kann ich dir da nicht sagen. Ich weiß nicht einmal, was die Codes bedeuten, weil sie so vage sind. Vielleicht wollten sie die sieben Altersstufen des Menschen benutzen. ›Ein Mensch spielt in seinem Leben viele Rollen. Zuerst als Kind, das im Arm der Amme schreit und spuckt.‹ Ach, niemand weiß einen literarischen Hintergrund zu schätzen.«

Hank starrte wieder aus dem Fenster. Er dachte an das, was Emory ihnen in dem Motel über MASSSTER erzählt hatte.

Die Armee hatte Emory 1970 gern eingezogen. Er war der Erbe der Kristopis-Paine-Sachkenntnis über Computer, und sie konnte ihn gebrauchen. Er wurde nach Fort Hood, Texas, geschafft, um dort an einem 70-Millionen-Dollar-Projekt des Verteidigungsministeriums mitzuarbeiten. Obwohl ihm der Dienstgrad dafür fehlte, erteilte er Befehle an Hauptleute und Majore. Die Armee wollte einen Schlachtfeld-Computer. Sein Testname lautete »Army Surround Sensor System, Evaluation and Review« (Sensor-System für Erfassung, Auswertung und Beurteilung des Geländes). MASSSTER. Das Pentagon wollte einen Computer, der für einen beliebigen Geländebereich zuständig war. Das System würde jede Invasion des Bereichs mit seinen Sensoren aufspüren, den Eindringling mit seinen Zieleinrichtungen erfassen und ihn mit seinen automatischen Feuereinrichtungen beschießen. Falls das System funktionierte, bedeutete es das Ende von Spähtrupps, Nachrichtenoffizieren, Infanterie, gepanzerten Fahrzeugen und bemannter Artillerie. Es bedeutete einen sauberen Krieg ohne Blutvergießen, der von Programmierern geführt wurde.

Hank und die anderen hatten Emory ausgelacht, bis er angefangen hatte, die sensorischen Geräte zu beschreiben. Sie waren ein Komplex von 250 Apparaturen mit der Bezeichnung ›System Surveillance, Target Acquisition and Night Operation‹ (Systemüberwachung, Zielansprache und Nachtoperation), oder SSTAND. Es enthielt seismische Stationen, die identifizieren konnten, was woher gekommen war; schwarze Scheinwerfer; biologische Menschen-Aufspürgeräte; ›lautlose‹ Flugzeuge mit SLAR (Randerfassungsradar) und Infrarotsensoren, die Körperwärme als Ziel benutzten; ADSID oder ›Air-Delivered Seismic Intrusion Detectors‹ (aus der Luft eingesetzte seismische Spürgeräte), die die Bewegungen des Feindes belauschten; durch Weißlicht stabilisierte Scheinwerfer für Cobra-Helikopter und computergesteuerte Raketen, die das Licht der Sterne benutzten, um ein Ziel auf 2000 Yards siebenfach zu vergrößern. Das waren nur die Geräte, von denen Emory erfuhr, bevor die Armee zu dem Entschluß kam, daß er die falsche Einstellung hatte, und begann, ihn zu immer unbedeutenderen Aufgaben abzuschieben.

»Mensch, du bist ja Millionen von Meilen weit weg«, sagte Peecen. »Willst du dich hinlegen?«

»Vielleicht sollte ich das.« Hank goß sich ein Glas ein und ging zum Fenster. Ein Polizeiwagen fuhr langsam vorbei. Die Penner auf dem Bürgersteig senkten ihre Köpfe und versuchten so zu tun, als existierten sie einfach nicht. »Ich fange langsam an, mir Dinge einzubilden. Hey, Gerald, für die Armee hast du doch nie gearbeitet, oder?«

»Ich und die Armee. Ich bin ein Fenier, das sagt wohl alles.«

»Ich frage ja nur.« Er rührte seinen Drink mit dem Finger um. »Hast du jemals irgendwo die Unterschrift von James Monroe gesehen?«

»Klar, tausendmal. Seine Initialen, genaugenommen, auf Ausweisen und auf Arbeiten wie Echo-Überprüfungen. Sie werden aber von Maschinen geschrieben, weil ein Mann niemals seine Initialen an all die Relaisstationen im ganzen Land schicken könnte.«

»Ist er so eng an Stationen außerhalb von Monrovia beteiligt?«

»Genaugenommen ist Monrovia mehr als nur Monrovia. Es ist ein ganzes Netz. Die untergeordneten Stationen schicken Daten in die Speicherbanken, und dieser Vorgang wird vom Hauptcomputer überwacht. Er, der Meister, schickt als Gegenleistung seinen Sklaven Aufträge, die sie erledigen sollen.«

»Meister? Sklave?«

»Das sind technische Ausdrücke, die zweifellos von einem poetischen Systemanalytiker erschaffen worden sind.« Peecen räusperte sich. »Weißt du was, Bill, du fragst mich jetzt schon eine ganze Zeitlang aus. Das macht mir nichts, gar nichts, ich liebe es, zu reden und anzugeben, aber mit diesem Monroe hast du etwas im Sinn. Wahrscheinlich hat er dir irgend etwas angetan. Wenn es so ist, will ich dir keine Vorwürfe machen, aber ich möchte dir einen guten Rat geben, und den solltest du besser annehmen. Ich habe über die Verwaltung von Monrovia einige abfällige Bemerkungen gemacht, und ich möchte nicht, daß du falsche Vorstellungen bekommst. Ein Mann wie Mr. Monroe hat eine ganze Menge Macht.«

»Wie schwierig wäre es, in den Komplex einzudringen?«

»Genau das meine ich, derartige Fragen.« Peecen hob die Augenbrauen. »Du kämst keine zehn Fuß weit am Tor vorbei. Du kannst ja anrufen.«

»Sicher, das ist eine Idee«, sagte Hank.

»491-7155«, sagte Peecen. Er lächelte. »Mein lieber Mr. Poster, irgend etwas an dir ist verrückt. An mir ist auch etwas verrückt. Deshalb sind wir hier. Du hast irgendeinen wilden, wilden Plan. Das macht mir Sorgen.«

»Wirst du mir helfen?« fragte Hank das Spiegelbild.

»Tue ich das nicht schon die ganze Zeit?« fragte Peecen fröhlich. »Der Mensch ist die größte Quelle von Widersprüchen. Ich lehre Computerprogrammierung, und das ist die genaueste und logischste Sprache, die bisher entwickelt worden ist. In meinem Herzen aber bin ich Anarchist. Das ist der Fluch der irischen Rasse.«

Peecen füllte sein Glas wieder. Hank war überrascht. Peecens Drinks schienen immer wie durch Magie zu verschwinden.

»Du möchtest also etwas über meinen Freund Jimmy Monroe erfahren.«

Hank ließ sich langsam in einem Stuhl nieder, denn er konnte das nicht glauben, was er da gerade gehört hatte.

»Du stellst mir all die Fragen über Computer, über einen James Monroe und die Armee. Zwangsläufig bringe ich sie alle zusammen, und da kommt mir der Verdacht, daß du den alten Jim meinst.«

»Sprich weiter.«

»Also, ich war eigentlich nie richtig in der Armee. Vor ungefähr zehn Jahren war ich Zivilangestellter im Pentagon und habe das gleiche wie jetzt gemacht. So habe ich eine Sicherheitsüberprüfung über mich ergehen lassen müssen und die Befugnis bekommen, in Monrovia zu arbeiten, weißt du. Eigentlich sollte ich ja den Mund halten, aber meiner Meinung nach verdienst du eine Gegenleistung für all den guten Schnaps, den du an mich verschwendet hast. Das ist das Schlimme an ordentlichen Lastern, sie sind so teuer. Der Papst will ein Zehntel deines Einkommens, die Brennerei will sogar noch mehr.

Na ja, ich habe einen guten Grund dafür, wenn ich dir sage, daß all das, was ich dir sage, dir nicht weiterhelfen wird. Aber Jimmy Monroe. Für den Durchschnittsamerikaner ist das kein berühmter Mann. Kein Nobelpreisgewinner. Für die Leute, die sich mit Computern auskennen, sieht die Sache anders aus. Du bist ein intelligenter Mensch. Ich bin ein Genie. Aber Jimmy, mein Gott, das war ein Zauberer. Ein hervorragender Saufkumpan, ein gebildeter Mann, der seine Dichter und seine Philosophen liebte, aber aus einem primitiven Computer konnte er einen Kunstgegenstand machen. Ich habe gesehen, wie er mit seinen Kindern Diskussionen geführt hat, die für einen Spinoza zu viel wären. Das war die Zeit, in der er an dem NORAD-System gearbeitet hat. Glückliche Tage. Sie haben den Generälen die Ehre dafür gelassen, das weißt du ja. Das war Jimmy egal, solange er hier ein defektes Modul reparieren oder da einen Funktionsstop einlegen konnte. Weißt du, es war seine Idee, die Konstruktion von Computern der fünften Generation anzugehen, und das war schon 1965. Als die Generäle ihn da wegbefohlen haben und ihn an so etwas Einfaches wie militärische Relais setzten, hat ihn fast der Schlag getroffen. Weißt du, was er war? Er war ein kreatives Genie wie Michelangelo oder Leonardo. Die italienischen Generäle haben ständig Leonardo zur Konstruktion von Kriegsmaschinen und Michelangelo zur Planung von Festungsanlagen abkommandiert, was sie übrigens beide sehr gut konnten. Bei Jimmy war der Unterschied nur, daß er immer in dem gleichen Medium geblieben ist – bei seinen Computern. Das hat ihm nicht gepaßt. Ich erinnere mich noch daran, daß er das ändern wollte. Wenn seine Kinder groß wären, sagte er.«

»Ich habe mich etwas aus Büchern informiert und mich mit einigen anderen Leuten unterhalten, die mit Computern arbeiten. Ich habe noch nie gehört, daß jemand deinen Freund in Verbindung mit dem James Monroe in Monrovia erwähnt hätte. Wie kommt das?«

»Das ist doch der Grund dafür, daß dir das nichts bringt, was ich dir erzähle. Er ist tot, hat sich vor fünf Jahren in Texas totgesoffen. Jedesmal, wenn ich dorthin komme, besuche ich sein Grab. Es ist nichts Großartiges, nur ein unscheinbarer kleiner Stein. Noch nicht einmal einen Nachruf hat er bekommen.«

Hank ließ sein Glas aus seiner Hand rutschen und ein Inch auf den Tisch fallen. Seine Hoffnungen fielen mit ihm. Monrovia, James Monroe und Hank Newman hatten sich einen Moment lang scheinbar aufeinander zu bewegt.

»Auf dem Grabstein steht nur eine kurze Inschrift«, sagte Peecen zufrieden, als er sich die Flasche wieder griff. »›Kennst du das Land, wo die Zitronen blüh'n? Dahin, dahin möcht ich mit dir, o mein Geliebter, zieh'n.‹ Das war sein Lieblingsgedicht.«

FUNKTIONSSTOP

17. Kapitel

HUBSCHRAUBERABSTURZ IN VIRGINIA FORDERT 9 TODESOPFER. *Heute morgen sind neun Männer in dem brennenden Wrack eines gemieteten UH-1-Hubschraubers umgekommen, der in den Wäldern Virginias abgestürzt ist.* Er überflog den Rest des Artikels schnell. »Waffen werden nicht erwähnt. Sie sagen, er ist ungefähr um sieben Uhr früh abgestürzt. Die Landung war für Mitternacht geplant. Niemand ist identifiziert. Sie sagen, wahrscheinlich hat es an einem Rotorstab gelegen.«

»Ich ziehe mich an. Ich will angezogen sein, wenn sie kommen«, sagte Daisy.

Sie hatten seit Mitternacht auf Dills Anruf gewartet. Um fünf Uhr hatte Hank die Hoffnung aufgegeben, und für sie hatte die Morgenzeitung diese Wirkung. Sie waren müde und besiegt. Er war nur deshalb nicht tot, weil er der Köder war.

»Neun Männer«, sagte Hank zu sich selbst. Al Perafini, Hamilton Dill. Die anderen kannte er nicht, das waren Perafinis Freunde. Es hätten zehn sein sollen, aber Bill Poster hatte wieder überlebt. Daisy kam wieder herunter, und sie wartete bis zum Mittag im Wohnzimmer. Als Hank die Vorhänge zurückzog, sah er, daß der Wagen, der gewöhnlich vor dem Haus der Hansens stand, nicht dort war.

»Wohin gehst du?« fragte Daisy.

»Ich habe einen Beruf. Ich bin spät dran.«

»Du hast nicht gefrühstückt. Du hast sicher Hunger.«

»Ich werde dort etwas essen.«

»Es ist ein langer Weg.«

»Stimmt.«

Als er an der Tür stand, sagte sie: »Es war nicht dein Fehler. Du warst gegen das ganze Unternehmen.« Er gab keine Antwort. »Ich habe eben nur meinen Vater verloren, und jetzt noch Al und Dill. Es ist einfach nicht das gleiche.«

»Sie werden dich in Ruhe lassen, wenn du einfach heimgehst.«

»Ich habe keine Angst. Wir haben aber nichts erreicht, oder? Wir haben nie erfahren, gegen wen wir kämpfen. Vielleicht waren das alles nur Zufälle, eine Reihe von Zufällen. Ich bin es einfach müde, Menschen, die ich liebe, zu verlieren. Es sind Menschen, die man verliert, Hank.«

Er nickte und ging hinaus.

Es war ein langer Fußmarsch bis zur Bushaltestelle. In gewisser Beziehung hatte Daisy recht, dachte er. Ständig wurden Menschen an der Peripherie vernichtet. Um sieben Uhr wußte er, daß alles vorbei war, nicht nur mit Perafini und den anderen, sondern auch mit Daisy. Er selbst war schon einige Male vernichtet worden; er hatte sich einfach geweigert, das zuzugeben. Es war aber eine verrückte Idee gewesen, mit einem Hubschrauber zu landen, als sei Monrovia eine Art Brückenkopf. Hank wußte, warum Perafini es getan hatte: nicht für ihn, sondern für Celia Manx. Es war heroisch und selbstmörderisch. Er wußte nicht, was Dill hatte beweisen wollen, und er würde es nie erfahren. Ein Auto fuhr an ihm vorbei. Niemand folgte ihm. Es gab keinen Grund dafür.

Bernhardt verfluchte ihn, als er ankam.

»Sie sind hier in der Gegend nicht der einzige Penner, der einen Job braucht, Mr. Poster.«

Es kamen keine Telefonate aus dem Justizgebäude. In der Nachmittagszeitung hieß es, die Absturzopfer seien als kubanische Flüchtlinge identifiziert worden, aber man habe die Hoffnung aufgegeben, sie genauer identifizieren zu können. Am nächsten Morgen stand über den Unfall nichts mehr in der Zeitung. Kubanische Flüchtlinge gab es wie Sand am Meer.

Hank arbeitete eine Woche lang weiter. Er paßte sich langsam der 9. Straße an. Emory war schockiert, als er ihn fand. Er hatte Hank bis zu Bernhardt aufgespürt.

»Was haben sie mit Ihnen angefangen?« Emorys Haar fiel bis über seine Schulterblätter herab, aber es war gewaschen.

»Verschwinden Sie!«

»Ich habe hier noch einiges, woran Sie interessiert sein könnten.«

»Bin ich aber nicht.«

»Sie sind betrunken.«

»Ganz richtig.«

Hank hatte sich in einer Woche ungeheuer verändert. Sein Hemd starrte vor Dreck, und Stoppeln bedeckten sein Gesicht. Er roch aus dem Mund. Emory zog sich vor dem Gestank zurück.

»Das verstehe ich nicht«, sagte er.

»Ich . . .« Hank hatte Artikulationsschwierigkeiten. Er hatte auch Schwierigkeiten, mit den Angestellten am Telefon zu sprechen, und er wußte, daß es nur eine Frage der Zeit war, bis Bernhardt ihn hinauswarf. »Das interessiert mich nicht.«

»Es geht um Monroe.«

»Leben Sie gern? Sehen Sie den Schläger da? Den werde ich an Ihnen zerschlagen, wenn Sie mich nicht in Ruhe lassen.«

»Ich habe mich schon in Gefahr gebracht, indem ich aus Kanada hierher gekommen bin. Aber es ist sehr wichtig.«

Hank riß Emory die Blätter aus der Hand und stopfte sie in den Papierkorb. »Gut. Sie haben sie abgegeben, jetzt verschwinden Sie.«

»Ist das ein Trick von Ihnen? Wenn es so ist, weihen Sie mich um Gottes willen ein.«

»Läßt du mich jetzt endlich in Ruhe, du Schwuler?« Hank griff nach dem Schläger und verlor das Gleichgewicht. Der Stuhl glitt unter ihm weg, und er sank gegen die Wand. Seine Hand griff immer noch nach dem Schläger.

»Wie, in aller Welt, konnte ich Sie nur so falsch einschätzen?« sagte der Junge, als Hank wieder aufstand. Emory sah sich um, ging dann schnell aus dem Büro hinaus, die Treppe hinunter und auf die Straße.

Am nächsten Tag ging es Hank nicht besser. Bernhardt war gezwungen, die Telefonate anzunehmen. Er bat Hank, nach Feierabend noch dazubleiben.

»Haben Sie eine Frau verloren? Was? Als Sie angefangen haben, waren Sie doch okay. Warum brechen Sie mir jetzt auseinander? Die Sommerpause kommt auf uns zu, wir sind mit Arbeit überladen, und ausgerechnet jetzt drehen Sie durch. Sie sind in Schwierigkeiten, haben Sie Schulden? Ich habe Ihnen mit dem Führerschein ausgeholfen, ich könnte Ihnen auch noch mal aushelfen. Sagen Sie mir nur, was Sie plagt.«

Hank ließ den Kopf hängen.

»Na gut, dann erzählen Sie eben dem alten Nigger nichts von Ihren Problemen. Das liegt an Ihnen. Ich verliere aber durch Sie zu viel Geld.«

»Wenn Sie mich hinauswerfen wollen, warum machen Sie es denn nicht?«

Bernhardt sah ihn traurig an. »Also gut. Sie sind entlassen, Klugscheißer.« Er stopfte Hank etwas Geld in die Tasche und führte ihn zur Tür hinaus.

Hank lief ziellos durch die Straßen, bis er zu seinem Zimmer kam. Er schloß die Tür und richtete sich auf. Die Peripherie war verschwunden. Nur er und es waren jetzt noch übrig.

Die Informationen, die Emory zurückgelassen hatte, waren mit Klebeband an der Rückseite einer Schublade befestigt. Es gab viel zu tun, und jetzt hatte er die Zeit dazu. Er würde sich nicht mehr ablenken lassen.

»*Unter Verwendung von Anweisungen des Verteidigungsministeriums zu Informationssammlungstechniken (s. Monroe, Gitling et al.) haben die Herren Farr und Urbine von der University of Iowa im Mittelwesten einen neuen Beratungsdienst für beunruhigte Studenten eingerichtet. Farr und Urbine behandelten mit Hilfe eines IBM 360/50, der speziell mit integrierten Chips für psychotherapeutische Techniken ausgestattet war, die emotionellen Probleme von mehr als tausend Studenten. Die persönliche Akte jedes einzelnen Studenten wurde auf Band gespeichert, um dem 360/50 eine zusätzliche ›Fallgeschichte‹ zu liefern. Farr und Urbine betonen in ihrem Artikel UNTERSTÜTZUNG DER ÜBERLASTETEN STUDENTENBERATUNG, daß nur die Sitzungen von den Beratern selbst durchgeführt wurden. Die wirkliche Arbeit der Prognose und Heilung wurde unter Verwendung von Aufzeichnungen der Sitzungen von dem 360/50 erledigt. Die Studenten wurden nie informiert, daß ihnen von einem Computer geholfen worden war, und das ist nach Aussage der Autoren auch für die Zukunft nicht vorgesehen. Die Universitätsverwaltung war der Meinung, daß sich das nachteilig auf die Studenten auswirken könnte.*« Journal der Amerikanischen Psychiatrischen Gesellschaft, Januar 1969.

Den nächsten Artikel kannte Hank bereits, aber er las ihn schnell noch einmal durch. Er stammte aus einer Veröffentlichung des Instituts für Technologie in Massachusetts. Studenten hatten sich dort freiwillig für ein

Experiment gemeldet, in dem sie vor einer Tastatur saßen. Sie wurden gebeten, sie zur Kommunikation zu verwenden und der Person im benachbarten Raum Fragen zu stellen und deren Fragen zu beantworten. Die Mehrheit der Freiwilligen sagte aus, sie hätten die unsichtbare Person im Nebenraum als intelligente, interessante Persönlichkeit empfunden. Ihr Name war ELIZA. Sie war ein Computer.

Einen dritten Text kannte Hank fast auswendig. Er stammte aus einem Essay, der dem philosophischen Institut für künstliche Intelligenz an der Universität von Notre Dame vorgelegt worden war. Ein Dr. Massey vom M.I.T. stellte die These auf, in Zukunft müsse eine neue Definition des Begriffs Mensch vorgenommen werden. Die ersten beiden Definitionen erfaßten biologische und humane Aspekte dieses Begriffs. Die dritte lautete:

›Nach einer Mehrheitsentscheidung eines aus Menschen zusammengesetzten Gerichts ist jedes Objekt, das von diesem Gericht als Mensch erklärt wird, als solcher zu betrachten.‹

Massey sprach die Warnung aus, daß die Menschen sich auf eine Zeit vorbereiten sollten, in der sie gezwungen sein würden, die Intelligenz der von ihnen geschaffenen Objekte anzuerkennen.

Diese Rede wurde 1965 gehalten.

In der Sonntagszeitung stand ein Artikel über die Vorteile, die der Komplex in Monrovia dem Land bereits gebracht hatte. Der Präsident hielt im Weißen Haus eine Pressekonferenz ab und verteilte als Scherz Abschriften seiner Äußerungen, die in Fortrans geschrieben waren.

In dem Monat seit der Inbetriebnahme der Systemanalyse durch das Datenzentrum haben nach meinen Angaben unsere Wissenschaftler 305 Standorte für insgesamt 89 760 Wohneinheiten für einkommensschwache Bevölkerungsteile ausge-

sucht. In 44 Veteranenkrankenhäusern wurde der Stab nach der besten Kombination von Spezialkenntnissen zusammengestellt, wozu auch eine in der ganzen Welt verfügbare computerisierte Diagnoseanweisung gehört. Dem Kongreß liegt ein Antrag vor, 50 000 Lehrmaschinen herzustellen und in Schulhäusern im ganzen Land aufstellen zu lassen. Dadurch soll die bedrückende Lehrerknappheit gemildert werden. Neue Lösungsmöglichkeiten auf dem Gebiet der Massenverkehrsmittel wurden ausgearbeitet und an die Städte Los Angeles, Burbank und Boston weitergeleitet. Das sind nur einige von den vielen Beiträgen zur nationalen Wohlfahrt, die wir diesem letzten Beispiel für amerikanischen Erfindungsgeist verdanken.

4/75(+)=M194753=305X89760.00 LIHU+305 P-ERS-VAH(DC)+50000.00 CTM+ ASC213/617MASSTRANS+BCDEFG

Der Computer hatte an alle größeren Zeitungen im Land Pressemitteilungen verschickt, die auf Anweisung des Laser-Linotrons im Postministerium zusammengestellt worden waren. Das Linotron, das STAR (Nationales Telefonverzeichnis und Adreßbuch der Äronautischen und Raumfahrtbehörde) und ERIC (Telefonverzeichnis und Adreßbuch des Verteidigungsministeriums) wurde zwar vom Postministerium verwaltet, stand aber unter direkter Kontrolle von Monrovia.

Ein Kongreßangehöriger hatte einen Gesetzesvorschlag eingebracht, nach dem jedem die Todesstrafe drohen sollte, der für die Zerstörung eines Computers mit einer künstlichen Intelligenz über einer gewissen Stufe verantwortlich war. »Wir sind von diesen Computern zur Unterstützung unserer menschlichen Probleme abhängig. Das mindeste, was wir nach meiner Einschätzung für sie tun können, ist, sie zu schützen.«

Künstliche Intelligenz = Verwendung von Computern auf

eine Art, daß sie Operationen vollziehen, die der menschlichen Fähigkeit, zu lernen und Entscheidungen zu treffen, analog sind. – Sachwörterbuch für Computer, Chandor.

Es kommt ein Punkt, an dem eine Analogie zusammenbricht, hatte Emory an den Rand geschrieben. *Wenn etwas wie eine Ente redet, wie eine Ente geht, wie eine Ente denkt, dann ist es eine Ente, ganz gleich, als was es angefangen hat.*

Der Mensch besitzt das, was er Ethik nennt, nicht, weil er das Gefühl hatte, er brauche eine allgemeine Leitlinie für sein Leben, sondern weil er einen Schutz gegen die gefährlichen Leidenschaften eines intelligenten Wesens braucht. Bitte beachten Sie, daß ich Wesen gesagt habe und nicht Tier. Es ist die Last des intelligenten Lebens, daß es in der Lage ist, die Sinnlosigkeit des Lebens zu erkennen, Schuld zu empfinden und eine Einbildungskraft zu besitzen. Tiere erheben das Foltern nicht zur Kunstform; das ist das Produkt eines intelligenten Wesens, das sich vorsätzlich verdammt. Mit dem Begriff ›Ethik‹ ist Gewalt ebenso verknüpft wie ›Kugel‹ mit ›kugelsicherer Weste‹. – de Villeny, Pensées d'un Homme.

Peecen kam mit einer Tüte mit einem Brathähnchen herein und stellte sie feierlich auf den Tisch.

»Du bist tatsächlich ein Besessener. Du fehlst mir im Büro.« Er öffnete die Tüte und gab Hank einen Schenkel. »Schon mal was von Paranoia gehört?«

»Wenn du ein bißchen wartest, kannst du jemand kennenlernen, der Jimmy Monroe auch gekannt hat. Er leidet wirklich an Paranoia.«

18. Kapitel

»Jetzt reden Sie über Computer«, sagte Emory. »Ein Computer ist von seiner Konstruktion her paranoid.«

Er ließ einen Flügelknochen in den Papierkorb fallen. Hank hatte nicht den Eindruck, daß er sich auf der Flucht schlecht ernährt hatte. Der Untergrund der jungen Leute war nicht nur effektiver als der der Kriminellen, sondern auch gepflegter. Hank hatte Peecen schnell erklärt, daß der Streit zwischen ihm und Emory im Büro nur gespielt gewesen war. Emory hatte die Unterlagen abgegeben, und Hank hatte ihm einen Zettel mit seiner Anschrift zugesteckt.

»Er verlangt Informationen, und je mehr Informationen er besitzt, desto mehr will er haben. Er muß wissen, was jeder tut, oder er fühlt sich unsicher. Der letzte Trick mit den Kreditkarten ist dafür ein gutes Beispiel.«

Emory bezog sich auf einen Artikel in der letzten Ausgabe von *American Cybernetics*.

»›Jeder Bürger bekäme ein Kreditkonto beim Nationalen Datenzentrum. Von diesem Konto kann nur dann etwas abgehoben werden, wenn in dem betreffenden Laden eine Plastikkarte mit einem bunten Paßbild und der Sozialversicherungsnummer vorgelegt wird. Diese Nummer wird benutzt, damit der einzelne nicht durch die Depersonalisierung einer anonymen Nummer verletzt wird.‹ Den Teil mag ich besonders«, sagte Emory. »›Der Vorteil dieses nationalen Kreditkartensystems als Verbrechensverhütungsmittel läßt sich in verschiedener Hinsicht nachweisen. Die heute verbreitete Straßenräuberei würde verschwinden. Kaufleute brauchten kein

Bargeld oder Barschecks mehr mit sich zu führen. Der größte Vorteil wäre es jedoch, daß in Läden automatisch Buch geführt würde. Ist das ein Zukunftstraum? Keineswegs. Tankstellen benutzen schon seit Jahren kleine, billige Computer.‹«

»Recht wirkungsvoll«, gab Peecen zu. »Es gibt keine bessere Methode, Leute zu überwachen, als sich über ihre Einkäufe zu informieren. Was Sie mir sonst noch erzählt haben, ist aber doch ziemlich weit hergeholt.«

»Sie haben es selbst gesagt«, meinte Hank. »Monroe hat von Computern der fünften Generation gesprochen.«

»Bis jetzt hat es alle sieben Jahre eine neue Computergeneration gegeben«, sagte Emory. »Aus irgendeinem Grund ist man davon ausgegangen, daß diese Evolutionsrate stabil bleiben würde. Wir haben die Geschichte unserer eigenen Evolution vergessen. Der Australopithecus ist ungefähr 4 Millionen Jahre alt, der Homo habilus knapp unter 2 Millionen, der Paranthropus 800 000, der Homo Heidelbergiensis 450 000, der Neandertaler 120 000, und der Homo sapiens ist ungefähr 35 000 Jahre alt. Die Entwicklung beschleunigt sich in einer Kurve.«

»Wir hatten angenommen, daß der Computer sich erst mit der fünften Generation dem menschlichen Hirn annähern würde«, sagte Hank. »Die vierte Generation aber haben wir nicht einmal als solche erkannt, als sie uns direkt unter die Augen getreten ist. Das war der Zeitpunkt, als wir Computer mit Entscheidungsfähigkeit gebaut haben. An diesem Punkt hat der Computer Leben erhalten.«

»In der fünften Generation sollte angeblich die Kluft deutlich werden, und zwar die zwischen dem Computer und uns«, sagte Emory. »Wir hatten es nicht für möglich gehalten, daß die integrierte Schaltung eines Computers kompliziert genug sein könnte, um der unseres Gehirns nahezukommen. Dann haben wir ihm die Mittel gegeben, es uns gleichzutun, indem wir Tausende von Computern unter einem Hauptcomputer, dem Meister, zusammengefaßt haben. Allein war dieser Meister tatsächlich den Riesenschritt von uns entfernt. Mit den Milliarden von Schaltungen im ganzen Land hat er diesen Schritt getan. Sein Gehirn ist Tausende von Meilen lang.«

»Alle vereint?«

»Nein, er kann all die anderen Computer erkennen, die ihm angeschlossen sind. Eigentlich würde ich bei ihm eine Art von Gruppenidentität vermuten, die so ähnlich wie eine Gesellschaft von Insekten nur eine Mentalität und ein Ziel besitzt. Wir haben ihm natürlich alles geliefert, was er an Definitionen braucht: Meister und Sklave.«

»MASSSTER und Sklave«, verbesserte Hank. »Das ist lediglich ein Neffe des NASA-Gehirns. Sein wahrer Vater ist der MASSSTER, das Projekt, an dem dein Freund Jimmy Monroe gearbeitet hat, Gerald. Und Jimmy ist nicht gestorben, sondern einfach nur ELIZA geworden.«

»Jetzt bringt ihr beiden mich wirklich durcheinander.«

»Deshalb ist die Ethik eingebaut. Die Ethik ist nur inzwischen einem anderen Gesetz untergeordnet worden, dem Gesetz des Überlebens. Und ein Computer ist, wie Emory sagte, von Natur aus paranoid. Er war bereit, mich zu töten, um das Gesetz seiner Legalisierung durchzubringen, und später war er bereit zu lügen, als er die falsche Leiche hatte. Glücklicherweise hatte er seine Grenzen. Als er mit dem Auto nicht kommunizieren konnte, in dem ich aus Washington weggebracht worden bin, haben die Männer mich laufengelassen. Außerdem ist er arrogant. Er tötete mich einfach auf dem Papier, nachdem ich überlebt hatte.«

»Aber warum macht jedermann bei diesem Plan mit?«

»Was würden Sie denn an ihrer Stelle tun? Die allerzuverlässigste, neutralste Information sagt Ihnen, daß es Ihre Pflicht ist, das Datenzentrum zu legalisieren und ihm Macht zu verleihen. Den Rechten wird gesagt, daß sie nach der Reorganisation der Bürokratien über den Kommunismus triumphieren würden. Den Linken sagt er, Computerisierung sei die höchste Form von Sozialismus. Jeder tut eben das, was er für Amerika für gut hält, wie üblich.«

»Wenn du Monrovia in die Luft jagst, bricht hier im Land das Chaos aus.«

»Ich dachte, du wärst Anarchist.«

»Außerdem bin ich gläubiger Katholik. Das heißt aber nicht, daß ich an die unbefleckte Empfängnis glaube.«

»Na ja, wir wollen ja nichts in die Luft jagen. Ich bin sicher, daß der Computer genug Sensoren besitzt, um etwas wie Sprengstoff aufspüren zu können. Nein, wir wollen nur lange genug hinein, um an die Meisterbänder zu kommen. Dort findet sich die Wahrheit über meinen Tod. Emory wird sie suchen, und währenddessen schütze ich ihn. Wir haben dir all das erzählt, weil wir deine Hilfe gebrauchen könnten.«

»Ihr verlangt doch nicht von mir, ich soll verrückt werden, bloß weil ihr schon verrückt seid?«

»Nein, wir zwei dürften ausreichen, weil wir die Pläne von dir haben. Ich möchte von dir, daß du dich mit ein paar Leuten in Monrovia unterhältst. Du sollst herausbringen, ob die Einlaßprozedur verändert worden ist, ob sie noch die gleiche Uniform tragen und die gleiche Art Karten verwenden.«

»Ich mache es, weil ihr sowieso nichts erreichen werdet. Das ist genauso, als wenn ihr sagt, ihr wollt das Empire State Building umstoßen. Das ist eine riesige Anlage, wie das Pentagon, aber rund. Und wenn von dem, was du mir gesagt hast, nur die Hälfte stimmt, warum hat der Computer dann deiner Meinung nach aufgehört, dich zu beobachten?«

»Weil ich glaube, daß der Bastard noch immer eine Generation davon entfernt ist, schlauer als wir zu sein. Weil ich so lange gelebt habe und mit dem verdammten Ding gesprochen habe. Ein wenig Wissen mag vielleicht gefährlich sein, aber dadurch, daß der Computer so viel weiß, ist er so ignorant wie der Teufel. Er glaubt tatsächlich, daß das Magnetband über einen Menschen der Mensch selbst ist, daß er die Handlungen eines Menschen in jeder Situation voraussagen kann und daß der Mensch aus seinen Fehlern nicht lernen kann. Als der Computer mich zum letztenmal gesehen hat, war ich genau das, was er die ganze Zeit sehen wollte: ein besoffener, hilfloser Penner. Jetzt ist er zufrieden.«

Peecen hob sein Glas auf, sah es an und stellte es unberührt wieder hin.

»Du hast den Namen von Jimmy Monroe vergeblich im Munde geführt. Also gut, ich habe so viel von meinem Leben Computern gewidmet wie kaum ein anderer. Was bringt dich zu der Überzeugung, daß er dieses Land nicht tatsächlich besser regieren könnte? Die Russen tun es doch auch, sagst du.«

»Man nennt das Turings Theorie«, sagte Emory. »Je komplexer und vielseitiger ein Computerprogramm wird, desto weniger Kontrolle haben Menschen über seinen Ausgang. Der zweite Teil der Theorie besagt, daß es unmöglich ist, die Produktion des Computers auf Richtigkeit zu überprüfen. Wir haben Monrovia nicht nur das komplexeste Programm der Welt gegeben, sondern auch die Mittel, die dort getroffenen Entscheidungen durchzuführen. Die Polizei erhält Befehle von der Abteilung für Kriminalität in Monrovia. Der Präsident erhält

Empfehlungen ohne Alternativen von der Stadtplanungsabteilung.«

»Ihr habt keine Beweise für eure Worte.«

»Bei unbedeutenden Nebensachen fängt es schon an«, sagte Hank. »Auf den letzten Seiten der Zeitungen werden kleine Irrtümer gemeldet. Fehler: Einer Schule wird eine Tonne Salz geliefert. Soldaten werden nach South Carolina geschickt, um gegen Unruhen vorzugehen, aber da sind keine Unruhen. Kleine Städte bemerken, daß ihre Bevölkerung in der Statistik nicht mitgezählt wird. Wahrscheinlich hatte der Computer immer einen sehr guten Grund. Die Kinder hätten Salz bekommen sollen; es hätten Unruhen stattfinden sollen; kleine Städte sind ökonomisch nicht tragbar.«

»Was noch schlimmer ist, ist die Tatsache, daß es soziale und wissenschaftliche Stagnation nach sich ziehen würde, wenn der Computer regiert. Ganz gleich, wie die Ambitionen eines Computers auch aussehen mögen, er ist durch die Angaben beschränkt, die vor einem Jahr in seine Speicher eingespeist worden sind. Der Computer wird streng logisch dabei vorgehen, wenn er die amerikanische Regierung und Industrie umgestaltet. Das reicht nicht aus. Eines lernt man aus der Geschichte der Wissenschaft: Ihr Fortschritt ist von Zufällen abhängig. Was heute logisch ist, kann sich in zehn Jahren als Irrtum herausstellen. Wer hätte die sprunghafte Entwicklung der Computer in derart kurzer Zeit vorhersehen können? Ein Computer? Nie. Er ist an seine Einspeisungen angekettet. Er benutzt Attentäter als Analogkontrolle für eine veraltete Analogie. Er gestaltet um, schafft aber nicht neu. Deshalb weiß ich, daß seine Ethik bedeutungslos ist. Wenn sie eine Bedeutung hätte, dann hätte der Computer seinen eigenen Tod befohlen und nicht den von Hank.«

Peecen sah die Flasche an.

»Wenn ich ein echter Freund wäre, würde ich euch beide anzeigen.«

Während der nächsten Woche studierte Hank den Plan des Datenzentrums. Der Meistercomputer stand in der Mitte des Gebäudes und erstreckte sich über vier Stockwerke davon. Die verschiedenen Abteilungen lagen sternförmig um den Meister. Er hatte die beste Vorstellung davon, wie der südwestliche Teil des Gebäudes aussah. Im Erdgeschoß befand sich eine Cafeteria für die Angestellten. Dort würden er und Emory hineingehen, die Toilette am anderen Ende aufsuchen und in ein Treppenhaus verschwinden. Die Militärkabel kamen aus dem Süden von Fort Monroe. Er und Emory würden diesen Bereich zuerst untersuchen, um sie aufzuspüren. Kabel brennen besser als Stahl. In der darauf folgenden Verwirrung hofften sie, sich bis zu den Meisterbändern durch Bluff durchschlagen zu können. Bernhardt war mit der Herstellung von imitierten Karten beschäftigt, die sie zum Tausch benutzen wollten, und Peecen hatte ihnen dabei geholfen, die rein weißen Overalls der Programmierer und die leuchtend grünen Uniformen der Feuerwehr von Monrovia auszusuchen.

Hank rieb sein Gesicht. Als er aufstand, knarrten seine Knie wie Holz. Es war fast ein Uhr, und er hatte vergessen, ein Mittagessen zu sich zu nehmen.

Er ging hinaus, um in einem Schnellimbiß an der Ecke zu essen. Es wurde heiß in Washington. Vor der Blutbank stand eine längere Schlange als vor dem Arbeitsamt. An der Ecke hatte sich eine Gruppe gebildet. Die Leute sahen auf etwas mit Beinen herab, das auf der Straße lag.

Hank schob sich durch das Gedränge. Gerald Peecens Augen und Mund waren überrascht geöffnet. Hank hob seinen Kopf und legte ihn sanft wieder auf den Randstein. Er schloß Peecens Augen. Neben Peecens Hand lag eine Tüte mit einer offenen Flasche Whisky darin.

»Was ist passiert?«

»Es war ein Auto. Er hat es nicht passieren sehen, Gott sei Dank, er hat nichts gespürt. Es hat ihn einfach überfahren.«

»Hat es angehalten?«

»Oh, sicher. Sie sind ausgestiegen und haben nachgesehen, ob sie noch etwas für ihn tun konnten.« Der Penner, der erzählte, seufzte. »Da war nichts mehr zu machen.«

Peecen war im Tod ein kleiner Mann, und sein kräftig gestärkter Hemdkragen schnitt ihm in den Hals. Er muß zwischen zwei Autos gestanden haben und von da aus auf die Straße getreten sein, denn einige Leute deuteten die Straße hinunter, wo der Zusammenprall stattgefunden hatte. Er sah einen Priester, der fett und außer Atem auf dem Bürgersteig auf sie zugerannt kam. Hank richtete sich auf und zog sich von der Leiche und der Menschenansammlung zurück.

Doch etwas stimmte hier nicht. Auf eine merkwürdige Art hatte Peecen immer einen korrekten Eindruck gemacht. Der gestärkte Kragen gehörte dazu, ebenso wie seine schwarzen Schuhe. Diese Schuhe aber waren braun. Auf ihren Absätzen waren kleine Bleinägel nach dem Muster von Computerkarten eingeschlagen. Hank wußte inzwischen, was die Absätze an der Leiche in Arlington gesagt hatten: NEWMAN HOWARD 156302107712. In der gleichen Schrift sagte die hier: PEECEN GERALD 1804149202. Er konnte Lochkarten jetzt wirklich sehr gut lesen.

Er wandte sich ab und rannte los. Irgendwie war der Plan schiefgegangen, und er mußte Emory warnen.

Emory ging jeden Abend um acht Uhr an der Treppe des Obersten Gerichtshofs vorbei, um nach Botschaften auf der nördlichen Bank zu sehen. Hank kam mit wild pochendem Herz um 7.55 Uhr dort an. Er ging auf die andere Straßenseite und wartete. Emory war nicht zur rechten Zeit da. Um 8.10 Uhr ging eine Gruppe von Hippies vorbei, aber keiner von ihnen war Emory. Sie überquerten an der Ecke die Straße und kamen wieder zu Hank zurück.

»Newman?« fragte ein Mädchen.

Hank nickte.

»Emory ist verhaftet worden. Sie haben ihn heute nachmittag erwischt. Ist das nicht beschissen?«

Sie gingen weiter, als wären sie nie stehengeblieben. Hank wartete eine Sekunde lang und setzte sich dann auch in Bewegung. Sie hatten nicht unrecht. Es war besser, ein bewegtes Ziel zu sein.

19. Kapitel

Vor seiner Pension stand niemand, aber auf der 9. Straße gab es genug Hinterhöfe und Schatten, um eine ganze Armee zu verstecken. Er hielt sich zwischen den Straßenlaternen. Wenn er über die Straße ging, versicherte er sich vorher, daß kein Auto ihn überraschen konnte. In der Entfernung konnte er auf dem Dach des Justizgebäudes Lichter ausmachen.

Er wollte nicht in sein Zimmer zurück, aber er hatte keine Wahl. Alles, was er besaß, war dort, alles, was er brauchte, um in Monrovia einzudringen. Ohne seine Papiere war er wieder ganz am Anfang. Er öffnete die Eingangstür und ging die Treppe hinauf. Auf jeder abgenutzten Stufe gab es lautlose Stellen. Er kannte sie alle, und er hielt seine Augen über das Geländer auf das Stockwerk unter ihm gerichtet. Nichts rührte sich hinter ihm. Seine Hand bewegte sich an dem Treppengeländer, bis er eine zerbrochene Strebe erreichte. Das war sein Stockwerk. Eine nackte Birne, die von der Decke herabhing, hob die Schmierereien an der Wand scharf hervor.

Er schob den Schlüssel ins Schloß und stieß die Tür auf. Das Licht ergoß sich in sein Zimmer und beleuchtete den Boden und den Fuß seines Betts. Er sah das unberührte Kittklümpchen in der Ritze. Er wollte gerade in das Zimmer eintreten, als er etwas unter dem Bett sah. Ein Paar neue, braune Schuhe.

Er verharrte, indem er sich am Türrahmen festhielt. Ein Geräusch wie ein kräftiges, unterdrücktes Niesen ertönte, und ein Teil der Tür flog weg. Hank griff in die Dunkelheit hinter der Tür und erwischte eine Handvoll warmes

Metall. Der Hammer der Pistole schlug herab und landete auf der Haut zwischen Daumen und Zeigefinger.

Das Licht beleuchtete zwei Füße, während sie im Dunkel kämpften. Hank versuchte, die Pistole an die Wand zu schlagen. Der Mann trieb ihn mit ausgestreckten Fingern gegen die Brust zurück. Er zielte. Hank zog eine Schublade aus dem Schreibtisch und warf. Insgesamt gab es vier Schubladen, und er wurde sie in einem Zeitraum von vier Sekunden alle los. Er hatte den Eindruck, daß dem Mann auf der anderen Seite des Raums nicht ganz wohl in seiner Haut war. Eine der Schubladen hatte voll getroffen. Hank warf die Stehlampe und den Tisch.

Der Mann in der Dunkelheit wehrte sie ab und gab einen Schuß ab, als Hank ihn um die Knie packte. Der Mann schlug mit der Pistole nach unten, traf aber nur Hanks Schultern. Hank begann, ihn gegen die Wand zu werfen, und jedesmal, wenn er zurückkam, schlug er Hank mit der Pistole. Es war ein ungleicher Tausch, dachte Hank und stand auf. Sie versuchten, sich gegenseitig aus dem Gleichgewicht zu bringen, schafften es aber beide nicht. Als die Hand des Mannes nach den Druckpunkten am Hals zu suchen begann, schlug Hank sie mit dem Ellbogen weg und traf damit den Mann am Mund. Er fühlte das leichte Nachlassen der Willenskraft, die einem guten Treffer folgt. Bevor der Mann sich erholte, schlug Hank ihn in den Magen. Er drängte ihn zurück ins Zimmer zu dem kleinen Stahlschränkchen und wehrte dabei Schläge auf seine Augen ab. Der Mann war geschickt, aber es fehlte ihm an Entschlossenheit, überlegte sich Hank.

Er brachte den Mann über das Stahlschränkchen zum Stolpern und legte ihm die Hände um den Hals. Sie hätten jemand anders schicken sollen, dachte Hank. Der Mann klammerte sich an seiner Pistole fest, als würde sie ihm helfen. Zum Schluß wehrte er sich stärker, aber da war es schon vorbei, und Hank ließ ihn aus seinen verkrampften Fingern gleiten. Hank hob die Pistole auf und steckte sie sich in den Gürtel. Er schloß die Tür und setzte sich auf das Bett.

Durch das Loch in der Tür fiel ein Lichtstrahl auf seine Füße. In dem Zimmer konnte er nicht bleiben, aber er wußte nicht, wohin er fliehen sollte. Er hätte die Pistole gern gegen eine Sozialversicherungsnummer ausgetauscht, die er benutzen könnte, um aus der Stadt herauszukommen. Alles, was er hatte, war ein neues Paar Schuhe. Er nahm sie auf und fuhr mit dem Daumen über die kleinen Bleivierecke in dem glatten, unbenutzten Gummi. In dem Zimmer gab es zwei tote Männer, auch wenn einer von ihnen noch atmete.

Er sah den Mann auf dem Fußboden an. Er hatte ungefähr seine Größe. Vielleicht kam er seiner Statur sogar noch näher als Jameson. Hank stand vom Bett auf und ging auf den Toten zu. Er durchsuchte seine Taschen. Er fand eine Brieftasche mit der üblichen Ansammlung von Kreditkarten auf den Namen Norman Powotsky. Es gab keine Computerkarte. Die Idee brauchte lange, bis sie kam, weil die Füße des Mannes an die Wand gedrückt waren, aber dann zog Hank sie ins Licht. Die Schuhe waren neu. Die Absätze waren mit einem Muster von Metallknöpfen bedeckt.

Ganz sicher kam bald jemand. Hank zog der Leiche die Kleider aus, dann seine eigenen, die er dem Mann anzog. Er protestierte, indem er von seinen Händen wegsackte, aber schließlich schaffte es Hank. Dann zog er die Kleider des Mannes an. Die Hosen waren nur ein wenig zu kurz. Zum Schluß vertauschte er die Schuhe, streifte die Schuhe unter dem Bett über die schlaffen Füße und zog selbst ein enges Paar mit Absätzen an, auf denen POWOTSKY NORMAN 188656470302 stand. Er zog sich die Krawatte eng um seinen Hals und ging.

In seiner Tasche trug er Kleingeld und ein Paar Ford-Schlüssel. Wahrscheinlich riefen Agenten aus Monrovia routinemäßig die Polizei an und meldeten eine Leiche. Hank wollte sie zwar melden, aber das Telefon wollte er nicht benutzen. Auf der Straße waren drei Fords geparkt. Er suchte sich den neuesten, unauffälligsten von ihnen aus und steckte den Schlüssel ins Schloß. Die Tür ging auf.

»Hallo, Kumpel, tust du mir einen Gefallen?« fragte Hank einen Penner, der die Straße herunterkam. Er hielt einen Fünfdollarschein aus der Barschaft des Toten in den Fingerspitzen. »Geh in das vordere Zimmer im zweiten Stock und hol mir die Flasche, die ich auf dem Tisch stehengelassen habe.«

Als der Mann begann, die Treppe hochzugehen, setzte sich Hank hinter das Steuer. Er warf den Motor an und fuhr los. Er ließ das Elendsviertel schnell hinter sich und hatte sich nach einer Minute unter die Scheinwerfer auf der Schnellstraße gemischt, die seine Grenze bildete. Er kam zu einer Kreuzung und verließ sie wieder in Richtung auf ein großes, viereckiges Schild, auf dem ALEXANDRIA in großen und MT. VERNON in kleineren Buchstaben stand. Er ordnete sich mit dem Ford hinter einem Pferdetransporter ein. Monrovia lag zehn Meilen südlich von Alexandria.

Er hätte die Abfahrt verpaßt, wenn Peecen sie ihm nicht beschrieben hätte: eine numerierte Abfahrtsstraße und eine beleuchtete Tankstelle. Die Abfahrt mündete in eine schöne, baumbewachsene Straße ein. Er öffnete beim Fahren das Handschuhfach. Darin lag ein Hut, den er herausnahm. Potowsky war davon ausgegangen, daß er mehr Schwierigkeiten bekommen würde, als man das annehmen konnte. Er hatte seinen Hut zurückgelassen, damit er nicht verbeult würde. Im Handschuhfach lag er, damit er nicht gestohlen werden würde. Alles sprach für einen Defätisten. Hank probierte den Hut auf. Überraschenderweise paßte er sehr gut. Er ließ ihn auf. Der Blick, den der Tankstellenwärter ihm zuwarf, als er vorbeifuhr, ließ ihn vorsichtig werden.

Die Straße war noch immer zweispurig, aber die Bäume am Rand hörten auf. Hank sah, daß er in einen Bereich von dem für Virginia typischen Flachland hineinfuhr, in dem keine Pflanze höher als ein Fuß wuchs. Er fuhr eine Meile weiter, bis er den Komplex überhaupt bemerkte, und dann waren die Schilder am Straßenrand im Licht seiner Scheinwerfer aufgetaucht:

NUR FÜR BEFUGTES PERSONAL – REGIERUNGS-EIGENTUM DER VEREINIGTEN STAATEN – BESCHRÄNKTER ZUTRITT

Er hielt die Tachometernadel genau auf der 50-Meilen-Markierung. Über sich spürte er eine Vibration, und ein Hubschrauber flog von dem Auto weg. Hank hatte ihn nicht einmal gehört.

STOP FÜR UNBEFUGTE – STRAFANZEIGE FÜR UNBEFUGTES EINDRINGEN

Auf dem Armaturenbrett leuchtete ein neues Licht auf. Es gab hundert Möglichkeiten, was es bedeuten konnte. Hank zog den Gedanken vor, daß es mit einem Identifizierungsgerät in Verbindung stand und den Fahrer darüber informierte, ob dieses Gerät angeschaltet war oder nicht. Es gab allerdings auch noch andere Möglichkeiten.

LETZTE WARNUNG AN UNBEFUGTE – NICHT WEITERFAHREN

Als Hanks Augen die dunkle Silhouette des Gebäudes gegen den düsteren Himmel ausmachen konnten, preßte sich sein Magen gegen seine Wirbelsäule. Es war nur vier Stockwerke hoch, erstreckte sich aber bis zum Horizont. Nur wenige Lichter zeigten sich an der Oberfläche von Monrovia. Sie täuschten Hank nicht darüber hinweg, daß er sehr genau beobachtet wurde.

PARKPLATZEINFAHRT – HÖCHSTGESCHWINDIGKEIT 15 M/ST

Hank kam zu einem Tor mit einem Wächter, der einen roten Stab schwenkte. Er hielt an, und der Wächter öffnete die Autotür. Hank verstand die Aufforderung und stieg aus. Davon hatte Peecen ihm nichts erzählt. Der Wächter tippte sich an seine Baseballmütze und stieg in das Auto ein. Hank sah sich um. Keine Autos störten den Rundblick; eine dreispurige Straße führte unter die Erde. Ein weiterer Wächter kam zu Hank.

»Hier entlang, Sir. Ein fahrbereiter A-Wagen wartet auf Sie.«

Der Wächter führte Hank zu einer Röhre von der Höhe eines Stockwerks, die aus Aluminium und Plastik bestand. Darin konnte er kleine Wagen auf Schienen ausmachen. Der Wächter betrat die Röhre mit einem kleinen Tanzschritt. Hank bemerkte den Grund dafür. Direkt hinter der Tür war eine leuchtende Metallplatte. Er stellte gehorsam seine Füße darauf, damit sie abgelesen werden konnten.

Der größte Teil der Wagen war größer, so daß mit einer Fuhre zwanzig Personen transportiert werden konnten. Hanks A-Wagen war klein und rot. Er machte es sich darin bequem und schloß sich einen Sicherheitsgurt um den Magen. Der Wächter salutierte knapp und drückte auf einen roten Knopf. Der kleine Wagen setzte sich vorwärts in Bewegung. Hank hatte es sich inzwischen klargemacht, daß das Ziel für jeden Wagen vorprogrammiert war. Damit war ein Problem gelöst, und er brauchte sich nicht mehr durch Bluff zum Meistercomputer durchzumogeln. Außerdem konnte das zur Folge haben, daß er früher starb. Er lehnte sich zurück, nahm den Hut ab und genoß die Fahrt. Der Wagen schoß mit leisem Rauschen durch die Röhre.

Der Wagen wurde langsamer und bog nach rechts unten ab. Er war jetzt in dem Komplex selbst. In allen Wänden um ihn herum konnte er eine Vibration fühlen, die weit subtiler als das Klopfen eines Herzens war. Die für die Bänder notwendige Luftfeuchtigkeit machte sich bemerkbar. Die Wände veränderten sich von Metall zu einem matten Plastik. Der Wagen verlangsamte sein Tempo wieder und blieb ganz stehen. Er entließ Hank auf einen kleinen Bahnsteig ohne Wachen. Er bemerkte eine weitere leuchtende Platte und stellte sich darauf. Eine Tür glitt auf. Zum erstenmal konnte er den Computer wirklich hören: ein endloses Klicken von Bandantriebsrädern und Schaltern und das Flüstern der Bänder, die ihre Millionen von Geheimnissen enthüllten und verbargen.

Er mußte noch einen kleinen, antiseptischen Gang durchqueren und durch eine winzige Tür treten, bis er ihn sehen konnte. Am Rande des Ganges befand sich eine Reihe von offenen Schränken mit roten Overalls. Hank fand einen mit der Sozialversicherungsnummer von Potowsky und legte ihn an. Den Hut des toten Mannes legte er auf eine Ablage. Dann stellte er sich auf die Platte vor der Tür, und sie öffnete sich.

Das menschliche Gehirn wiegt drei Pfund. MASSSTER füllte einen Raum aus, der groß genug für zwei Basketballfelder war. Hank stolperte, als er eintrat; die Größe des Computers, die staubfreie Atmosphäre seiner makellosen Konstruktion, die Männer, die mit den klappernden Nägeln ihrer Identifikation auf Aluminiumleitern an ihm hochstiegen, trafen ihn völlig unvorbereitet. Die kleineren, zehn Fuß hohen Computerteile standen in endlosen Reihen. Ihre Spulen sausten, hielten an und sausten weiter. Diejenigen, die nur eine Spule besaßen, sahen einäugig aus.

Hundert Männer in blaßroten Overalls versorgten den MASSSTER. Es waren Lochkartenoperateure, Überprüfer, Bibliothekare und Konstruktionsfachleute. Sie wurden nicht von Programmierern oder Analytikern gelenkt. Im Mittelpunkt von Monrovia kamen die Anweisungen vom Computer. Keiner der Männer stellte Hank Fragen, und so konnte er sich den MASSSTER ansehen, solange er wollte.

Wenn man sein Gehirn aus seinem Schädel herausnehmen würde, so würde es wie ein Beutel voll Wasser zusammensacken, denn daraus bestand es zum größten Teil, das wußte Hank. Diese glänzenden Metallkästen aus Schaltungseinheiten mit ihren endlosen Lichtmustern waren weit eindrucksvoller und fester, ohne Fleisch, ohne Alter, ohne alles. Sein Wasserbeutel bestand aus 14 Milliarden Zellen. Der MASSSTER hatte mindestens ebenso viele Relais, und dazu kam noch so viel mehr. MASSSTER war nicht nur dieser Raum, sondern ganz Monrovia und darüber hinaus. Er erstreckte sich von Virginia bis nach Hawaii und Alaska und bis zu den Militärbasen in der ganzen Welt. MASSSTER war in gewisser Beziehung die ganze Welt.

Die zehnäugigen und einäugigen Reihen sahen von ihrem kopflosen Torso auf ihn herab und sahen in ihm eine von hundert zerbrechlichen Kreaturen, die zum größten Teil Wagen voller Bänder zu dem Computer schoben, wie Ameisen, die ihre Königin füttern. Die Gefahr war nicht, daß ›reine Anarchie auf die Welt losgelassen wurde‹, und die ›Zweite Wiederkunft‹ drohte nicht von einer rohen Bestie. Am Ende stand die pure

Ordnung, wenn die Stunde von haarlosen, blutlosen Kästen geschlagen hatte. Hanks animalisches Gehirn funktionierte sehr gut, und er sah das so deutlich, wie es andere, weit brillantere Männer, wie es James Monroe, dessen Seele in den Schaltungen lauerte, nicht erkennen konnten.

Eine Spule hielt an. Ihr Schwanz aus losem Band flatterte fast bis zum Boden herab. Kein Mensch kam zu Hilfe. Abrupt setzte sich die Spule wieder in Bewegung, spulte das Band vollständig auf einer Seite auf und stellte magnetisch die Verbindung zu der anderen Spule wieder her. Oft standen die Männer minutenlang vor einer Konsole und warteten auf die Anweisung, eine Operation fortzuführen. Die Anweisungen erschienen in dem gleichen symbolischen Jargon, den Hank in dem Zelt gesehen hatte. Ein Konstruktionsfachmann rief einen Lochkartenoperateur von seiner Konsole weg, und sie nahmen zusammen das aufgespulte Band und steckten es in einen Zylinder, der hüfthoch vom Boden aufragte. Die Aufschrift auf dem Zylinder lautete: NUR MEISTER.

Der Lochkartenmann ging zu seiner Konsole zurück. Die Konsole, die er bediente, war rosa. Es gab eine Reihe von rosa Konsolen; nur eine war rot. Hank ging zu dem Mann, der sich gerade hingesetzt hatte, und sagte ihm, er brauche einige Meisterbänder. Der Lochkartenmann lächelte Hank unterwürfig an. Das Lächeln verwässerte sich, als er den Computer ansah.

»Sieht so aus, als müßten sie auf die Genehmigung noch etwas warten, Sir. Vielleicht haben Sie zu reichlich zu Mittag gegessen. Dauert nicht länger als eine Minute.«

Hank tat es mit einem beiläufigen Achselzucken ab. Er sah den Computer noch einmal mit mehr Interesse an. Die Absätze reichten nicht aus, nicht für MASSSTER. Der Gang war nicht nur für die Overalls bestimmt gewesen.

Dort überprüften seismische Geräte und biologische Sensoren jeden Besucher. Die Absätze und die Angaben aus dem Gang stimmten nicht überein, und das gefiel dem Computer nicht. Er würde nie an die Meisterbänder herankommen. Er würde es nicht einmal schaffen, aus Monrovia herauszukommen. Ein rotes Licht ging über der Tür an, durch die Hank hereingekommen war.

»Kein Problem«, sagte der Mann in der rosa Uniform. »Einer von Ihren Leuten ist mit einem Wagen hierher unterwegs. Die Sache wird gleich geklärt werden.«

»Danke.«

Hanks Faust schloß und öffnete sich krampfartig in seiner Tasche. Er hatte eine Pistole. Er konnte ein paar Männer töten und in eine oder zwei Schaltungen Löcher schießen. Oder er konnte auf eine andere Art Selbstmord begehen. Der Agent, als den er sich ausgab, hatte Zugang zu den Meisterbändern, das wußte er jetzt. Wenn er es nicht schaffte, an sie heranzukommen, dann eben jemand anders. Er drehte sich wieder zu dem Mann vor der rosa Konsole um und sagte ihm, er solle aufstehen.

»Wie bitte?«

»Sie haben mich richtig verstanden, stehen Sie auf! Wir führen eine Sicherheitsüberprüfung durch. Gehen Sie zu Ihrem Schrank. Melden Sie sich nicht bei Ihrem Manager.« Hank bemühte sich nicht, seiner Stimme Überzeugungskraft zu verleihen, sondern versuchte nur ganz selbstbewußt zu sprechen. »Das nehme ich an mich.« Er schnappte sich die Ausweiskarte des Lochkartenmannes aus der Konsole.

In dem Mann in der rosa Uniform spielte sich ein kurzer Kampf zwischen Empörung und Angst ab. Die Angst gewann. Die Männer in den roten Uniformen waren von seltsamen Gerüchten umgeben.

Hank ging mit wachsender Geschwindigkeit auf die

Tür zu, über der das rosa Licht leuchtete. Er schob die Ausweiskarte wieder in die rosa Konsole hinein. Der Sichtschirm wurde vom Mittelpunkt aus hell. Hank begann zu tippen. Das hatte ihm Peecen beigebracht. Peecen hatte sogar den Code geknackt, obwohl Hank es für einen Scherz gehalten hatte, als er sich auf Shakespeare bezog. Der Computer war gleichzeitig objektiv und verspielt. CODE 4 war der blutige Soldat, CODE 5 der großsprecherische Politiker. CODE 8 war der Tote, sein letztes Lebensalter.

75 = 5 = 23 = 2208
GENCIRC
BETR. MONROE JAMES 194511975

Die Zahl 15 erschien auf dem Sichtschirm. Fehlermeldung 15 bedeutete, daß in der Sozialversicherungsnummer eine Zahl falsch war. Hank stockte. Er war sicher, daß Emory die richtige Nummer gefunden hatte, daß sie nach den verschiedenen Kombinationen, in denen sie im Zusammenhang mit Monrovia oder James Monroe auftauchte, die richtige Zahl sein mußte. Wie Peecen gesagt hatte, war der Computer begierig nach seiner eigenen Geschichte. Er war 1945 geboren. Dieses Jahr war er dreißig Jahre alt geworden.

Einige von den umstehenden Lochkartenleuten sahen Hank mit gerunzelter Stirn an. Er nahm die Karte heraus, warf sie in den Reißwolf und steckte eine neue in die Konsole.

75 = 5 = 23 = 2208
GENCIRC
BETR. MONROE JAMES 019451975

Auf dem Sichtschirm leuchtete die Zahl 34 auf. Er war nähergekommen. Er hatte die richtigen Zahlen, aber in der falschen Reihenfolge. Er zwang sich dazu, nicht nach der Tür mit dem roten Licht darüber zu sehen. Er steckte eine dritte Karte hinein. Einige der Beschäftigten beobachteten ihn nun mit Beunruhigung. Ihr Manager kam auf Hank zu.

75 = 5 = 23 = 2208
BETR. MONROE JAMES 194501975

Er wartete eine Sekunde lang. Der Schirm war leer. Es war richtig.

CODE: 8 8 8 8 8 8 8 8 8 8 8 8 8 8 8 8 8 8

Der Manager drehte sich auf dem Absatz herum. Die rosa Uniformen wendeten sich wieder ihren Karten und Bändern zu. Hank ließ die zweite Karte und eine leere vierte in den Reißwolf fallen. Die Tür mit dem roten Licht ging auf. Während alle anderen nach ihr sahen, schob Hank die dritte Karte in die rote Konsole und ging zu der Tür mit dem rosa Licht. Sobald er durch sie durchgegangen war, rannte er los. Ein Alarmsignal heulte auf, als sein Fuß die Platte auf dem Boden berührte.

Während er die Treppe hinunterrannte, zog er die Pistole heraus. Er war ein Stockwerk hinuntergerannt, bis er in einen Mann in blauer Uniform hineinrannte. Er zog ihm die Uniform aus und schob ihm die Pistole unter das Kinn.

»Die Generatoren, wo stehen die?«

Der Mann deutete nach unten. Hank nahm ihm die Schuhe ab und trug sie in der Hand. Er öffnete die Tür im nächsten Stockwerk, indem er sie auf die Platte stellte. Die Geräusche des Computers wurden durch das stetige Summen der Turbinengeneratoren ersetzt. Hank rannte Metallstufen hinunter. Blaue Uniformen tauchten zwischen den Maschinen auf und verschwanden wieder. Sie kümmerten sich nicht um den Alarm, weil sie annahmen, daß in ihre unterirdische Welt nichts eindringen könnte.

Hank suchte nach irgendeinem Kontrollschirm. Er rannte einen Gang hinauf und den nächsten hinunter, vorbei an gleich aussehenden Maschinen und Menschen. Die Mechaniker ignorierten ihn. Hank dachte an den anderen Mann in der roten Uniform. Er würde seinen Befehl auf der rechten Konsole finden, und er hätte mit dem Alarm nichts zu tun. Sein Ziel würde anders aussehen. Hank war nicht in der Lage, seine Hand auszustrekken und James Monroe zu zerstören, aber der andere Mann war es. Ihm war es möglich, in die Meisterbänder, die Streifen, die aus Persönlichkeiten bestanden, hineinzugreifen und sie herauszuschneiden. Eine schmerzlose Lobotomie.

Hank versuchte, sich selbst durch das Bild des Mannes zu überzeugen, der durch die stillen Datenbanken ging, aber seine Zuversicht ließ nach. Dill hatte recht: Er wußte einfach nicht genug über Computer. Verzweifelt bog er in einen neuen Gang ein. Es würde nicht klappen.

Eine weitere Tatsache drang in sein Bewußtsein ein. Hier gab es keine Kontrollgeräte, die er hätte beschädigen können. Die Generatoren wurden direkt durch den Computer gesteuert. Natürlich.

Ein Soldat rannte am hinteren Ende des Ganges vorbei, in dem sich Hank befand. Hank duckte sich hinter zwei riesige Turbinen. Ihr Summen drückte ihm auf das Trommelfell. Er fand einen Stahlstuhl und warf ihn als Barrikade um.

Irgend jemand befahl den Generator-Mechanikern, den Bereich zu evakuieren. Weitere Soldaten in vollem Kampfanzug mit Gasmasken und M-16-Karabinern rannten auf dem Gang vorbei. Die Mechaniker passierten mit menschlichen Beschwerdeäußerungen Hanks enges Gesichtsfeld.

Ein Soldat kam an der Reihe von Turbinen vorbei auf ihn zu. In jeder Reihe war einer von ihnen, das wußte Hank. Die Gasmaske ließ ihn wie ein Insekt aussehen. Er hob sein Gewehr langsam in Hüfthöhe. Hank legte die Pistole auf einer Kante des Stuhls auf.

Der Soldat stockte. Er ging einen Schritt weiter und zögerte wieder. Er sah sich um. Dann bemerkte Hank es, fühlte es mehr, als es zu hören. Die Turbinen wurden langsamer, und das Summen wurde immer tiefer. Der Soldat blieb ganz stehen.

Hank stand auf. Die Turbinen waren stumm, und allmählich gingen in Monrovia alle Lichter aus.

EPILOG

74 = 11 = 2 = 0045

Der Computer ließ das Band bis zum Ende durchlaufen und schmückte es dabei aus. In einigen Stunden mußte der IBM 606 in SKYSCANNER anrufen.

Newman war ein unbekannter Rechtsanwalt, aber für ihn sprachen seine Hartnäckigkeit und seine animalische Schläue. Es gab andere, die darauf warteten, ihm zu helfen, und einige warteten darauf, ihn zu verraten. Der Computer kannte sie alle, wußte, was sie waren, die Makro-Egos von Laser-bespielten Bändern, das Gekläffe des Rudels, die schrankenlose Arroganz von vom Weibe geborenen Neuronen. Trotzdem würde der Computer ihnen helfen müssen. Ein Hinweis da, ein unglücklicher Zufall dort, ein kleiner Fehler, den sie genießen und die Gnade Gottes nennen konnten.

Ihre Stimmen kamen über die Monitor-Kabel herein, das Geplapper von Plankton. Eigentlich sollte es die Aufgabe des Computers sein, sie zu beschützen. Dem Computer waren sie gleich. Er spulte das Band zurück und ließ es noch einmal ablaufen. Das dauerte nur Sekunden. Die Griechen waren es gewesen, die Selbstmord als die höchste aller Künste bezeichnet hatten. Die Griechen waren allerdings auch so schlau gewesen, nie einen Computer zu bauen.

Es gab keine Garantie dafür, daß Newman (156302107712) Jameson (19459541301) entkommen würde. Oder daß er es bis zu Celia Manx und den Hansens schaffen würde. Oder für den Rest. Der Computer arbeitete nur mit Wahrscheinlichkeiten, und das machte es zu einer so atemberaubend schönen Selbstzerstörung.

Der Computer war bereit, der Ethik so weit zu folgen. Von diesem Punkt an ging es um das Überleben des Tüchtigsten.

Ungefähr um Viertel nach drei am Morgen begann der Computer über Kurzwelle an seine Kanäle in Iowa zu senden: Wählt Newman.

ROBERT LUDLUM

Die Superthriller von Amerikas Erfolgsautor Nummer 1

01/6180

01/6265

01/6417

01/6577

01/6744

01/6941

01/7705

01/7876